KB236847

해체와 역설의 시학

국립중앙도서관 출판시도서목록(CIP)

해체와 역설의 시학 / 최현주 지음. -- 서울 : 새미, 2003
   p. ;   cm

ISBN 89-562-8083-5 93800 : ₩16000

810.906-KDC4
895.709-DDC21   CIP2003001062

해체와 역설의 시학

최현주

새미

내가 너무 멀리 와 버린 것인지도 모른다. 더 이상 돌아 설 수도 없는 외줄을 타고 지금 여기까지 와 버렸다. 그런데 앞이 보이지도 않는다. 황홀한 비상이나 추락을 기대할 수조차 없다. 제발 꿈이었으면, 다만 신비한 링반데룽의 몽유에 지나지 않기를 빌어본다.

그 순간 외줄을 단박에 끊고 싶다. 돈오돈수(頓悟頓修)의 깨달음도 없을 터인데…. 추락에의 충동은 한편으로 비상에의 쾌감을 동반하지 않던가. 하나의 온전한 생명은 한 생명의 온전한 죽음으로부터 시작하지 않던가.

무사아유사(無事我有事)

경허 스님의 화두 한 마디가 나를 점점 대상에 대한 이중적 인식, 혹은 역설적 인식의 길로 몰아갔다. 일없음(無事)이 내게 일있음(有事)이 되는 세계, 일있음으로 일없음을 인식할 수 있는 세계, 그 세계 가운데 나는 실존하고 있었음을 깨닫게 되었다. 보다 구체적으로는 나의 청년기의 일없음(無事한 나머지 너무나 평범하기 이를 데 없었던)이 결국은 지금의 일있음(내가 너무나도 평범하지 않는 有事한 삶을 살고 있는)의 결과를 낳았다는 인식에 도달하게 되었다. 하여 더 일찍, 너무 멀리 오기 전에 단박에 줄을 끊었어야 한다는 인식으로 요즘의 나는 절망한다.

그런데 그 절망의 늪 가운데 문학이 놓여 있었다. 친구이자 연인인 문학을 나는 이중적인 시각으로 바라보기 시작했다. 대상에 대한 역설적 인식만이 대상에 대한 진정한 깨달음으로 이끌어내는 것임을 작품 하나 하나를 읽어가면서 깨달을 수 있었다. 많은 이들로부터 정말 좋은 평가를 받았던 작품들의 실체와 허상을 확인할 수 있었고, 권력으로부터 배제된 이 땅의 좋은 시인과 소설가들의 작품을 만나는 기쁨도 맛보았다.

그처럼 나에게 공감과 감동을 주는 작품들 대부분은 역설의 구조를 내재하고 있었다. 기존의 권력과 지배 담론에 대항하는 반담론을 형성하는 문학들은 대부분 역설과 전복의 시학을 향유하고 있었던 것이다. 저항과 반항, 소외와 절망 가운데 문학의 꽃은 피어나고 있었던 셈이다.

하지만 여전히 나는 위기다. 한발 뒤로 물러설 수도, 옆으로 비켜 나설 수도 없다. 하여 나는 타협한다. 나는 경계에 선 존재라고…. 죽음과 삶, 지배와 피지배, 근대와 탈근대, 일상과 일탈, 권력과 대항, 추락과 비상 사이에 선 존재이기에 문학을 할 수밖에 없는 거라고 자위하고 만다.

갑작스럽게 첫 평론집을 내게 되었다. 당초에는 많은 준비와 수련의 과정을 거쳐 상재하려고 하였는데 무언인가라도 완성해야 한다는 위기의식이 이 책을 서둘러 내게 했던 것 같다. 제1부는 처음 평론가로 이름을 내놓고 나서 쓴 작가론 중심의 글들이다. 여기저기의 갑작스런 청탁들로 인해 작가들의 선택이나 이론 전개가 일관되지 못했다. 제2부는 「정신과 표현」이란 잡지에 현재까지 연재해 온 것들을 골라 다시 정리해 보았다. 주로 작년부터 올해 출간된 최근 소설작품들을 중심으로 현 시기의 소설 동향에 대해 살펴본 글들이다. 제3부는 「시와 사람」, 「문예연구」, 「열린 시조」에 연재했거나 발표했던 시와 시인에 관한 글들이다. 당초 소설 평론만을 지향했는데 본의 아니게 시 부분 평론까지 하게 되었다. 하지만 시를 읽은 즐거움을 깨닫게 된 좋은 기회들이었다. 제4부는 광주지역 「사랑방신문」의 서평부분을 2년간 쓰고 있는데 거기서 고른 최근 소설들을 중심으로 한 단평들이다.

처음이 가장 소중한 줄 알면서도 항상 결과가 미약한 것 같아 아쉬울 따름이다. 결과가 아니고 과정에 있는 젊은이의 치기로 보아주시면 감사하겠다. 많은 정진과 노력을 다짐할 뿐이다. 이 책이 나오기까지 많은 분들의 도움이 있었다. 평론가의 길로 들어서게 해주신 신덕룡, 임헌영 선생님, 문학의 곧은 길을 삶으로 보여주신 송기숙 선생님, 학문의 길을 열어 주시고 이 책의 출판을 위해 노고를 아끼지 않으신 김춘섭 선생님께 머리 숙여 감사드린다. 어려운 출판 사정에도 출판에 흔쾌히 동의해주신 정찬용 사장님과 편집부 여러분에게도 감사의 말씀을 드린다. 그리고 나의 사랑하는 가족들, 호선, 호준, 그리고 아내에게도 고맙다는 말을 전하고 싶다.

2003년 8월

최현주

차 례

정체성 탐색과 성장의 풍경 | 제 1 부

환상과 현실의 경계에서의 나찾기

윤후명론

1. 정체성 탐색을 위한 긴 여로

21세기를 맞이한 한국 소설은 이전의 것들에 비해 많은 변화의 양상을 보여 주고 있다. 서사성의 약화야말로 최근 소설들의 두드러진 양상 중의 하나이다. 이러한 서사성의 약화는 소설의 주된 소재가 역사나 사회로부터 개인의 내면이나 일상의 삶으로 바뀌어가고 있는 것에서 비롯한다. 보다 본질적으로는 최근의 소설들이 인과적 요소를 갖춘 사건 단위의 연결이 아닌 우연적 요소로 이루어진 우화 혹은 일화의 나열로 구성되고 있기 때문이다. 이는 하나의 대상이나 사건에 대한 인식이 인과적이고 계기적이기 보다는 분열적이면서 단절적인 때문이기도 하다.

이같은 양상은 특히 여행의 과정을 소재로 한 여로형(旅路型) 소설 혹은 기행소설이라 지칭되는 소설들, 양귀자의 「숨은 꽃」, 정찬의 「슬픔의 노래」, 최윤의 「하나꼬는 없다」, 윤대녕의 「피아노와 백합의 사막」·「천지간」, 김인숙의 「먼길」, 이순원의 「은비령」, 신경숙의 「그는 언제 오는가」 등에서 보다 지배적으로 드러난다. 이러한 여로형의 구조를 가진 소설들은 대부분 여행의 과정을 통해 실존적 자아의 상황과 내면 정황을 세밀하게 그려낸다. 동시에 여로형 소설들은 전망이 부재하는 현실에 대한 환멸을 보여 주고 현실과의 거리 두기를 통해 현실을 새롭게 조망하거나 전망 없는 현실에 대한 대안을 제시하려고 한다. 결국 여행은 현실을 타자화하여 자아와 세계의 존재의미를 반추하고, 현실에 대한 인식을 확장할 수 있는 어떤 새로운 것을 향한 욕망이며, 부정적인 현실의 내적 모순에 대한 전복으로서의 성격을 갖는다.

이러한 여행의 과정을 소설의 주요한 모티프로 구조화해온 작가가 바로 윤후명이다. 그가 줄곧 추구한 소설적 화두는 자아의 정체성, 즉 자아의 자기 동일성에 대한 탐색이었다. 그 탐색 과정은 여행의 과정을 매개로 한다. 그의 여로는 협궤열차가 달리는 수인선으로부터 백제의 구드레나루, 빨치산의 근거지였던 지리산과 동포들의 삶과 죽음이 겹쳐지는 연변과 백두산에까지 이르고, 한편으로는 사자가 너울너울 춤을 추는 돈황으로부터, 언제 시들지도 모르는 양파의 하얀 꽃이 피는 나라인 누란을 거쳐, 중앙아시아의 하얀 만년설의 설산 봉우리에까지 이른다. 이러한 정체성 탐색의 여로는 끊임없는 현실과 환상의 넘나듦이었고, 그것은 난해한 관념과 깊은 낭만성에 바탕한 것이었다. 그리고 그의 소설의 심층에는 우주와 인간의 본질, 그리고 그 원형의 아우라에 대한 의문을 파고드는 정신주의가 자리잡고 있다.

윤후명 소설의 문학적 아우라와 진정성은 대체로 몇 가지의 패턴을 보여준다. 첫번째는 여로형 소설의 양상이 그것이다. 항상 그의 소설 속의 주인공은 길 위에 서 있다. 길이 함의하는 바가 인생이겠지만, 그러한 인생의 행로에서 무엇인가를 끝없이 찾아가는 탐색자가 언제나 그의 모든 소설에 등장한다. 두 번째는 서정적 서사의 양상이다. 그의 소설은 소설이면서 시로써 읽혀진다. 그의 문체의 아름다움 때문이기도 하지만 대상을 내면화하거나 자아화하는 창작방식 때문에 그의 소설은 서정적 장르의 특질과 상동하다고 할 수 있다. 세 번째는 여성과의 만남을 모티프로 한 환상적 양상이다. 그의 대부분의 소설에서는 여성이 등장하고, 그러한 여성 인물들은 서사적 긴장을 유발시키는 계기점이 되거나 현실과 환상의 경계에 위치하면서 두 공간을 넘나든다.

따라서 이 글에서는 윤후명 소설을 텍스트로 하여 심층적인 서사 문법의 시학을 탐색함과 동시에, 그의 소설이 궁극적으로 지향하는 주제의식의 구조화 과정을 명료하게 밝혀보고자 한다.

2. 주관적 낭만성에 바탕한 서정적 서사

윤후명의 소설에는 시적 상상력을 바탕으로 한 여러 유형의 이미지가 드러난다. 그러한 이미지는 기성사회로부터 소외된 주인공의 피폐화된 삶과 은유적 등가를 이루면서 형상화된다. 그 이미지는 작가 자신의 독특한 삶의 체험으로부터 근원하는 상상력의 소산이지만, 한편으로 그것은 상상력의 보편적인 궁극성을 표현하는 원형에 가깝다. 따라서 윤후명 소설에 독특한 방식으로 창조된 이미지는 우리들 모두가 상상 가운데 가장 이상적으로 그리는 보편적인 가치를 창조하는 것으로 규정할 수 있으며, 그것은 바슐라르적 상상력의 역설을 보여준다.

윤후명의 소설에 주로 등장하는 이미지는 나무와 새의 이미지이다. 나무 이미지는 하강을 통한 현실에의 정착의 의미로 제시된다. 한편 새는 날아오름의 이미지로 일상으로부터의 초월 혹은 일탈을 함의한다. 이처럼 정착과 초월의 이미지로서의 '나무'와 '새'의 이미지는 그의 여러 소설에서 반복

교차되면서 적층의 효과를 구현해낸다.

　이러한 이미지의 효과가 극명하게 창출되는 작품이 바로 「별을 사랑하는 마음으로」이다. 이 작품에서 서술자인 '나'는 현실에 적응하지 못하는 알코올중독자로 새로운 삶을 찾고자 '폐쇄병동'에 입원한다. '나'는 오랜 세월 동안 늘 새롭게 살아야 하리라는 명제에 괴로워했으며, 새로운 삶의 계기를 만들기 위해 폐쇄병동에 떠밀리다시피 들어왔다.

　새로운 삶을 꿈꾸는 '나'는 미술요법 시간에 '기러기인지 고니'인지 커다랗게 생긴, 하늘을 날아가는 새를 그리는 '그녀'를 발견한다. '그녀'는 한때 북한에 비행기를 몰고 갔었다고 주장하는 과대망상증 환자이다. '그녀'는 그림을 전공했었는데, 샤갈의 그림에서처럼 프랑스와 러시아의 하늘을 날아다니기를 꿈꾸는 여자이다.

　그러던 어느 날 '나'는 '그녀'에게 '나무'를 그려보도록 권유한다. 그것은 어쩌면 '그녀'를 현실에 적응할 수 있게 만들려는 '나'의 무의식의 소산이며, 한편으로는 현실에 뿌리내리지 못한 스스로의 또 다른 다짐이기도 하다. 그러나 그러한 '나'의 충고가 위선이었다는 깨달음과 함께 뿌리내림만이 옳다는 고정관념에 사로잡혀서 지난 세월 쓸데없이 한탄만 하고 있었다는 또 다른 깨달음을 얻게 된다. 즉 뿌리내리지 않고 무지개처럼 하늘에 떠서 존재하는 찬연한 것도 있을 수 있음을 깨닫게 된다.

> 이제 자작나무는 그 전의 자작나무가 아니었다. 그것은 땅에 뿌리를 내리고 한곳에서 죽을 때까지 살아가는 그런 나무가 아니라 하늘에 뿌리를 드리우고 얼마든지 날아다니며 사는 나무였다.
> <중략>
> 하늘을 날아 다니는 자작나무.
> 나는 비로소 내가 새로운 삶으로 태어난다는 의미를 깨달을 수 있을

것 같았다. 그로부터 퇴원할 때까지 나는 새로운 자작나무를 매일 내려다보는 것이 크나큰 낙이기도 했다. 내 인생의 변혁이 바깥으로부터 주어질 리는 만무한 것이었다. 그것은 내 안으로부터 얻어지는 것이었다. 새로운 인생은 하늘로부터 뚝 떨어지는 것이 아니었다. 그것은 지금까지 있던 그대로의 모든 사물을 새로운 눈으로 보는 것에서 비롯되는 것이었다.

「별을 사랑하는 마음으로」

‘나’는 새와 나무의 이미지, 초월과 정착의 이미지가 길항하면서 창조된 이미지로 인해 새로운 삶을 발견하게 된다. 과거 자신의 삶을 절망과 좌절로 몰아간 고정관념들을 깨뜨림으로써 삶의 새로운 계기를 맞이하게 된 것이다. 이는 새의 이미지로 표상되는 <이상>과 나무의 이미지로 표상되는 <현실>이 조화롭게 합일됨을 꿈꾸는 것이기도 하다.

이처럼 윤후명은 새와 나무의 이미지를 초월과 정착이라는 대립항으로써 고정시키지 않고 양자의 대립을 통합하여 <이상>과 <현실>의 합일에 이르게 하고 있다. 그것은 대립의 세계를 넘어서 통합을 지향하는 우주의 전일적 존재를 지향하는 것이며, 이로 인해 그의 소설 속의 주인공들은 새로운 삶을 탐색해낸다.

이와 같은 이미지를 사용한 소설쓰기는 윤후명의 소설이 소설이면서 한 편의 시적 구성물이 될 수 있음을 의미한다. 그래서 그의 소설은 서정적 서사라 이름할 수 있을 것이다. 이는 그의 소설의 여러 곳에서 시적인 글쓰기의 흔적들, 즉 고도의 시적 상상력과 은유, 상징, 이미지 등의 수사적 기법들을 발견할 수 있기 때문이다.

시적인 소설쓰기의 양상은 그의 대부분의 소설이 일인칭 서술자에 의해 서술된다는 점에서 확인할 수 있다. 일인칭 소설은 작가 자신이 작품 내부에서 말을 하기 때문에 서정시의 갈래적 특성과 유사하다. 즉 서사시와 극시에서는 시인이 다른 사람들의 발화를 빌려 말하는 것과 다르게 서정시에서는 시인 자신이 말을 하기 때문이다. 따라서 일인칭 소설쓰기만을 고집하는 윤후명의 소설은 모두 작가 자신의 목소리에 의해 발화되는 서정시에 가까운 양상, 서정소설로서의 면모를 보여 준다. 서정소설은 소설의 필연적인 한계인 허구와 실제와의 괴리를 서정시가 지니는 강력한 이미지 결합을 통해 극복함으로써 두 양식의 통합과 보완을 지향하는데, 그런 점에서 윤후명의 소설은 시적인 소설, 서정적 서사라고 할 수 있다.

이러한 서정적 서사로서의 윤후명 소설의 양상은 경험주체와 서술주체가 일치되는 것으로도 확인된다. 이는 작품 속의 주인공 인물과 일인칭 화자가 일치하는 것을 의미하는데, 그로 인해 그의 소설의 대부분은 '나'의 이야기로 시작해서 '나'의 이야기로 끝맺는다. 때문에 그의 소설 전반에 걸쳐서 드러난 주체의 양상이 자기동일성으로서의 정체성으로 드러나게 되는 것이다.

또한 윤후명 소설의 시적 양상은 대상을 자아화하는 면에서도 두드러진다. 세계의 자아화가 시적 장르를 구분짓는 중요한 함수 요인이라는 점에서 윤후명 소설에 드러난 주인공과 대상 세계와의 연관관계는 밀접하다. 그의 소설의 주인공은 그가 맞닥뜨리는 모든 대상에 자기의 현재적 감정과 심리 상태를 이입하려고 한다.

「별을 사랑하는 마음으로」에서 서술자인 '나'는 날아다니는 것만을 그리는 과대망상증 환자인 '그녀'와 현실에 깊이 뿌리박지 못하는 자신의 처지를 동일시하게 되고, 폐쇄병동에 갇힌 '그녀'가 자신으로 동일시되어 내면화되고 있다. 그로 인해 '나'는 '날아다니는 자작나무'의 의미를 깨닫고 새로운 삶을 발견하게 된다.

서술자인 '나'와 대상과의 동일시와 합일은 「돈황의 사랑」에서도 서술자인 '나'와 '사자'와의 동일시로 드러난다.

> 사자가 걸음을 멈추었다. 무슨 일일까. 그러자 사자가 난데없이 내게 물었다.
> "봉산(鳳山)이 예서 머오? 강령(康翎)이 예서 머오" 기린(麒麟)이 예서 머오?"
> 깜짝 놀란 나는 머리를 내젓기만 했다. 그와 함께 사자가 고개를 들고 화등잔 같은 눈을 크게 떴다.
> "이기 뉘기요? 북청 아즈바이 앙이오?"
> 사자는 말을 마치자마자 어느결에 가죽을 훌훌 벗어 던졌다.
> "참말 긴 하루였소. 이리 오래 춤추기도 아마 처음이지비?"
> 목구멍에 모래가 잔뜩 엉겨붙은 쉰 목소리였다. 그러나 나는 그 목소리가 누구의 목소리인지 짐작할 수 있었다.
> 그것은 내 목소리였다.
>
> 「돈황의 사랑」

소설의 말미에서 서술자인 '나'는 돈황과 누란이라고 하는 곳을 방황하는 사자와 현실에 안주하지 못하는 자신을 동일시하고 있다. 이처럼 관찰대상이던 사자와 관찰자인 '나'의 거리가 소멸됨으로써 주체와 대상이 동화되고 있다. 이처럼 대상과 주체와의 비판적 거리가 소멸됨으로써 소설의 비판적 기능보다는 시적인 합일에 가까운 소설쓰기가 이루어지고 있다. 이는 윤후명이 시적 장르의 태도인 세계의 자아화를 통해 소설을 쓰는 것을 의미하는 것이고, 또한 그것은 그의 소설의 궁극적 주제인 정체성 탐색, 즉 자기 동일성 탐색이 하나의 서사시학으로 정립되고 있음을 보여주는 것이기도 하다.

3. 현실 부정과 통과의례로서의 끝없는 여로

윤후명 소설의 공간적 배경은 이국적이고 낯설다. 그것들은 우리가 평소 많이 접하지 않았거나 우리의 일상에서 잊혀져간 공간들이며, 이미 과거의 영화로움과는 상관없이 현재에는 폐허화된 것들이기도 하다. 그러한 공간들이란 바로 고대의 유적 도시 '돈황'과 '누란', '협궤 열차'가 다녔던 '수인선', 역사 속의 외로운 섬 '독도', 천년의 역사 속으로 사라져간 백제의 '구드래 나루' 등이다. 이는 작가 윤후명이 역사적 삶의 중심부에서 소외되고 잊혀져간 것들에 대해 깊은 관심을 기울였음을 의미한다. 소외된 것들에 대한 관심은 결국 폐허화된 자신의 현실에 대한 반항이며, 그러한 현실로부터의 탈출에 대한 욕망에서 발원한다. 그리고 그러한 관심은 궁극적으로 자신의 정체성과 새로운 삶에의 탐색을 지향한다.

현실의 삶 이쪽과는 전혀 상관없이 버려져 있거나 분리되어 있는 저쪽의 공간에 대한 탐색은 그의 소설에서 여행의 과정을 통해 전개된다. 그리고 잊혀져가고 소외된 배경들이 작중인물의 삶과 환유적 대체를 이룸과 동시에 주인공의 여로로 제시된다. 따라서 이러한 여로를 서사의 핵으로 전개되는 이야기는 현실에서 좌절하고 패배한 주인공의 실존적 자아의 상황과 내면 정황을 세밀하게 재현하면서 동시에 전망이 부재하는 현실에 대한 환멸을 제시한다.

「여우사냥」에서 '나'는 개인이 함몰되는 사회에서 견뎌내기 힘든 공포감과 저항감을 항상 가지고 있었으며, 사회 구성원으로서 완전한 실격자였던 존재이다. 무엇보다 '나'는 사회계약을 거부하고 있었으며, 러시아로 떠나가기 불과 얼마 전 스스로 병원으로 들어가서 새로운 삶을 획책하기도 했다. 러시아로의 떠남은 그 일련의 획책의 마무리 단계로 마련된 것이었다.

따라서 '나'의 러시아로의 여행은 다른 여행들처럼 단지 낯선 이국 정취에 대한 향수나 현실 도피적인 여행이 아니다. 그것은 자신의 현실에 대한 부정과 자학에 가까운 삶의 반성을 동반한다. 그리고 그 여행은 현재와 과거, 그리고 미래의 시간을 넘나든다. 시간을 넘나드는 것은 한편으로는 시간의 흐름을 거역하는 것이기도 하며, 그것은 운명과의 한판 대결을 시도하는 장엄한 것이기도 하다. 그러한 장엄과 비장으로 의도된 여로여야만이 새로운 삶을 찾아낼 수 있을 것이기 때문이다.

그러므로 '그'와의 러시아에서의 만남은 어떠한 혹한에도 생명의 씨앗을 간직하고 있음을 확인했다는 느낌을 간직하게 하는 것이었다. 한때 혁명을 꿈꾸었던 '그'가 사십을 훨씬 넘긴 나이에도 불구하고 새로운 세계를 향할 수 있다는 점에서 '내'게는 이상주의자로 인식된다. 하지만 이미 혁명의 깃발은 내려지고 '그'는 쓸모가 없어져 버린 이념이 생성되었던 곳에 사십의 나이를 넘겨 찾아 왔다. 그러므로 '그'와 '내'가 어떠한 경로를 밟아 무엇을 찾아 헤매어가든, 찾아 헤매는 몸부림만은 서로 닮아 있다.

그와의 만남은 단지 지나가는 길으므로 오랜 친구를 만나본다는 단순한 목적을 넘어서 있다. 그것은 '나'의 또 다른 목적 때문이다. '나'는 지금 별거중인 '그'의 아내와 사랑에 빠져 있으며 어떻게든 '그'와 그 문제를 해결하기 위해 멀고 먼 러시아땅까지 찾아왔던 것이다. 하지만 '나'는 그 목적의 충족을 계속해서 유예시키려고만 한다. 그리고 '나'와 '그'는 여우사냥에 나서게 되고, 도시를 벗어나 위험한 눈길을 달려 크롭채카의 향내가 풍기는 러시아 서북 평원의 숲에 도달한다. 딱딱한 러시아 빵으로 끼니를 때우고, 불편한 침대에서의 잠자리에도 불구하고 그 어떤 확인을 위해 '나'는 여기까지 달려 왔다는 인식을 하게 된다. 이러한 고행으로서의 여정이 바로 성인의 사회로 입사하기 위한 통과의례로서의 고행과 닮아 있다. 통과의례

과정에서의 고통이 심화되면 심화될수록 새로운 삶의 의지가 획득되면서 진정한 정체성 탐색에 도달할 수 있게 된다.

결국 '나'와 '그'는 '탕 –'하는 총소리와 함께 동시에 목표물을 향해 달려 나가고, '그'가 필사적으로 달려가고 있는 모습을 보는 그 순간, '나'는 '그'가 새로운 삶을 향해 그렇게 내딛고 있다고 여기면서, 유예되었던 시간이 끝났음을 확신한다.

> 유예되었던 시간은 끝났다고 누군가 소리치는 것을 나는 들었다. 그것은 그의 이상이 참다운 이상으로 현실 속에 구현됨을 꿈꾸는 소리였으며, 나의 현실이 참다운 현실로서 이상 속에 구현됨을 꿈꾸는 소리였다.
> "조심해!"
> 나는 목청껏 소리쳤다. 그림 속의 모든 사물들이 살아서 움직였듯이 모든 무생물과 생물들이 한데 어울려 살아나 소리치는 느낌이었다. 나는 있는 힘을 다해서 그의 뒤를 따라 달려가며 한 뜀 차례마다 '조심해!'를 가슴속으로 외치고 있었다.
>
> 「여우사냥」

이상주의자였던 '그'와 현실에 얽매이던 삶을 살았던 '내'가 고행으로서의 여우사냥을 통해 합일에 도달하고 있다. 이상의 현실화, 현실의 이상화가 그러한 고행으로서의 여로를 겪은 후 획득되고 있다. 신참자가 부조리한 현실을 부정하고 통과의례의 고행을 겪은 후 세계에 대한 새로운 인식을 획득하는 것과 동일한 양상인 셈이다. 이처럼 윤후명 소설에서 여로에 들어선 주인공의 모습은 고난에 찬 통과의례를 위해 입사의 과정에 들어선 입사자의 모습과 닮아 있다. 그의 소설속의 여로는 입사를 위한 여로, 통과의례로서의 여로인 것이다.

　이러한 현실 부정과 통과의례로서의 여로의 양상은 윤후명의 대부분의 소설에서 유사하게 전개된다. 「하얀 배」, 「북회귀선을 넘어서」, 「아으 다롱디리」, 「꿈사냥꾼」 연작 등 그의 대부분의 소설에서 이러한 통과의례로서의 여로가 서사를 추동하는 힘으로 작용한다. 따라서 윤후명 소설에 드러나는 현실부정과 통과의례로서의 여로는 자기 동일성에 대한 끝없는 탐색으로서의 여로였다고 할 수 있다.

4. 현실과 환상의 경계에서 선 타자

　윤후명 소설의 궁극적 주제는 자기 동일성의 탐색이다. 그것은 현실 공간과 그 공간을 넘어선 여로의 공간, 혹은 환상의 공간을 넘나들며, 현재와 과거, 그리고 미래를 넘나든다. 즉 현실 공간 이외의 공간은 모두 현실 공간의 환유적 대체물이며, 현재 이외의 시간 또한 동일한 기능을 수행한다. 따라서 그의 소설 속의 서사의 핵으로 제시되는 여정은 회상과 환상이 맞물리는 가운데 진행된다. 그런데 그의 소설 속에서의 회상은 과거에 일어난 구체적 일들에 대한 사유로부터 시작되며, 환상은 실제의 현재적 사실과는 구별되는 비현실적인 상황에 의해 구성된다. 특히 그의 소설에 드러나는 회상은 과거와 현재의 일상성의 차원이며, 환상은 주로 미래에 대한 관념적 상상의 차원이라고 할 수 있다.

　윤후명 소설에서의 회상은 주인공이 과거 경험한 사실의 흔적들로 드러난다. 그 회상의 축은 주로 몰락한 아버지와 연인들과의 이별에 대한 사유들이 씨줄과 날줄처럼 얽혀 있다. 그의 회상의 내용은 과거 어두웠던 시절, 그 시절을 견뎌내고 그 현실에 뿌리박기 위한 몸부림의 과정에 관한 것들이다. 반면 그의 소설에서의 환상은 대체로 미래 일어날 일들에 대한 추측과 기대 가운데서 이루어진다. 현실의 문제를 초극하려는 강한 의지가 소설의 결말부에서 강한 환상으로 치환되기도 한다.

이러한 회상과 환상의 병치는 과거 시간의 폐쇄적 공간과 현재 이후의 여행을 통한 확산적 공간으로 대비되어 드러난다. 즉 회상이 과거의 어둡고 폐쇄된 공간을 배경으로 하는 것이라면, 환상은 여행을 통한 현실로부터의 탈출공간에서 이루어지고 있으며, 그것은 과거의 폐쇄 공간으로부터 확장된 공간이다. 이처럼 회상은 과거의 사실들에 대한 객관적 반성의 기능을 수행하며, 환상은 현실로부터의 탈출을 통한 현실과의 거리두기이며, 현실에 대한 비판 및 대안의 창출 욕구로부터 기원하는 것이다.

「하얀 배」에서 주인공 '나'는 모국어를 열심히 배우는 조선족의 후예인 '문류다'를 찾아 먼 이역의 땅 중앙아시아로 향한다. '나'의 여행은 '문류다'를 찾아서 떠난 여행이기도 하지만 그것은 '나'의 정체성 탐색의 여정이기도 하다. 여기서 '나'는 과거를 회상하게 됨으로써 '문류다'와의 동일시에 도달하게 된다. 유신시절 실제로 쫓겨다니던 때가 있었으며, 뱃사람과 야간 경비원, 넝마주의, 묘지기를 꿈꾸던 소외의 쓰라린 체험의 흔적과 쫓김의 공포로부터 자유롭지 못했던 사람이 바로 '나'였던 것이다.

이같은 과거에 대한 회상이 민족사의 현장으로부터 소외된 '문류다'의 어려운 상황을 '나'의 상황으로 동일시하게 되는 계기가 되고 그로 인해 '나'와 '문류다'의 동일성이 공유된다. 이러한 동일성의 획득이 '나'와 '문류다'의 만남으로 이어지고, '나'와 '문류다'가 합일에 도달한 것과 같은 환상으로 대체된다.

"아 안녕하십니까."

나는 엉겁결에 똑같이 따라 하고 말았다. 그와 함께 나는 그 단순한 인사말이 왜 그렇게 깊은 울림으로 온몸을 떨리게 하는지 형언할 수 없는 감동에 휩싸였다. 개양귀비 꽃밭이 수런거리고, 숲속의 들고양이들이 귀를 쫑긋거리고, 꺼다란 까마귀들이 전나무 가지를 치고 날았으며, 사막 쥐들이 이리 뛰고 저리 뛰고, 돌소금이 하얗게 깔린 사막으로 큰 바람이 이는 광경이 눈에 어른거렸다. 천산에서 빙하가 우르르르 무너지는 소리가 들린다고 생각되었다.

「하얀 배」

‘문류다’와의 만남의 감동으로 ‘나’는 큰 바람이 일고 빙하가 무너지는 것 같은 환상에 빠지게 된다. 이러한 환상을 통해 ‘문류다’와 ‘나’의 만남의 의미가 극대화되고, 그로 인해 소외된 현실적 고난을 극복하려는 의지가 보다 강화되고 있다.

한편 윤후명의 소설에서 회상과 환상의 경계에 선 존재는 대부분 여성 인물들이다. 서사의 전개 과정에서 여성인물은 항상 현실과 환상의 경계에 위치해 있으면서 회상과 환상, 현실과 환상을 매개하는 요소로 작용한다. 또한 여성인물들은 서사적 긴장을 유발시키는 계기점이 되기도 하는데, 이러한 여성인물의 서사적 기능은 윤후명의 대부분의 소설에서 동일하게 드러난다.

「아으 다롱디리」에서도 이러한 여성인물이 등장한다. ‘나’는 백제 향로의 비밀을 캐러 백제의 마지막 수도였던 부여에 도착한 후 갑자기 ‘그녀’를 떠올린다. ‘그녀’는 한때 내게서 엉터리 특강을 받았던 수강생이다. ‘나’는 ‘그녀’와 함께 구드레 나루에서 배에 올라 백제 향로의 비밀을 캐는 것과 동시에 왕조의 슬픈 역사를 되새긴다. 그리고 ‘그녀’와 지새운 지난 밤의 환상으로 인해 ‘나’는 향로 속의 향내 뿐만 아니라 세상의 모든 향내를 다

맑은 것 같은 환상에 빠진다.

> 향로 속, 비어 있는 공간에 달빛이 비치고, 그 달빛 속에 서 있는 그녀
> 의 벗은 몸은 알몸이었다. 침향·백단향·자단향·목향·육계·안식향·용뇌
> 의 향이 가득히 피어오르는 가운데 그 모습은 달빛을 타고 하늘을 날고
> 있었다. 모든 꽃들의 향내와 모든 과일들의 향내, 가령 묘지들을 찾아갔
> 던 어느 길모퉁이나 느닷없이 여우를 잡으러 갔던 머언먼 어느 겨울 숲의
> 향내까지도 다 내게 존재의 깊은 뜻을 되새기며 다시 밀려오고 있었다.
>
> 「아으 다롱디리」

이처럼 '그녀'를 떠올리면서 이 소설이 시작되고 있으며, '그녀'로 인한
환상으로 '나'는 세상이 곧 향로라는 생각에 도달하게 되고, '그녀'가 써준
백제의 옛노래 <정읍사>로 작품은 종결된다. 결국 이 소설의 시작과 끝이
'그녀'로 인해 열리면서 닫히고 있다.

그러므로 윤후명의 소설에 유일하게 등장하는 타자인 여성 인물은 소설
의 전개를 추동하는 강한 힘으로 기능하고 있다. 이러한 여성인물들은 '나'
의 삶을 규정하고 호출하는 타자로서 기능하기도 하지만, 오히려 그들은
'나'의 또 다른 자아들이다. 윤후명의 소설 속에서의 시공간이 모두 현실적
삶의 환유적 대체물로 기능하는 것처럼 그의 소설 속의 여성인물들은 주인
공의 분신이자 또 다른 자아들인 셈이다.

주인공인 '내'가 강한 지향을 보였던 삶을 여성들은 의연하게 잘 견디면
서 살아간다. '내'가 살고자 했던 삶을 대신하는 인물들로서 여성인물들이
존재하고 있는 것이다. 「아으 다롱디리」에서 세상이 모두 향내나는 향로라
고 하던 '그녀', 「별을 사랑하는 마음으로」에서 날아가는 것만을 그리는 '그
녀', 「누란의 사랑」에서 폐허와 같은 사랑도 어떤 섭리의 밀명을 띠고 있음

을 깨닫게 한 '그녀'들 모두 '나'의 또다른 자아들이다. 따라서 윤후명 소설 속의 주인공들은 타자이자 또다른 자아로 설정되는 여성인물들로 인해 자기 동일적 존재로서의 자기 정체성의 탐색에 도달하는 양상을 보여준다.

5. 그의 여로의 종착점은?

윤후명 소설의 여로는 서역의 돈황으로부터 러시아의 시베리아로, 중앙아시아의 하얀 설산으로, 우리의 외로운 섬 독도, 그리고 백제의 옛 수도인 부여의 구드레 나루에까지 이르렀다. 우리는 그의 여로를 동행하면서 그의 여로가 결국 자아의 정체성 탐색을 위한 환유적 공간으로 설정되었음을 확인할 수 있었다. 그는 현실의 고달픔으로부터 초월하거나 새롭게 정착하기 위해 새와 나무의 이미지를 사용하였다. 또한 그는 그러한 바탕 위에서 세계를 자아화해내는 시적인 소설 쓰기를 통해 대상과 자아의 동일성을 확인하면서 자아의 정체성을 탐색해내고 있었다.

그리고 윤후명 소설에는 현실과 환상의 경계가 교섭적으로 드러나는데 그것은 시공간의 넘나듦으로부터 파생하는 것이며, 그것은 과거 시간 중심의 회상과 미래 지향적인 환상의 대립과 교차로 형상화된다. 이러한 현실과 환상의 경계점에 여성인물들이 등장하는데, 여성인물들은 '나'의 또다른 자아이면서 '나'의 정체성을 탐색하는 조력자로서 기능한다.

윤후명은 거대 담론이 지배하는 시대에 미시 담론을 고집스럽게 추구했으며, 미시담론이 활보하는 거리에서 다시 거대담론을 만나려 하고 있다. 그는 자기만의 내면에 침잠한 언어에서 세계와 공감할 수 있는 열린 언어로의 지향이라고 하는 작가적 관심의 섬세한 전이 과정 중에 있다. 또한 윤후명은 그의 소설을 통해 매번 새로운 화두를 던져 주고 있으며, 우리는 그의 화두를 붙잡고 '나'의 삶의 정체성을 다시 한번 돌아보게 되는 계기, 정체성 탐색의 여정을 갖게 된다. 이러한 고난에 찬 여로를 통한 서정적 서사로서의 윤후명의 소설들은 새로운 천년을 견디기 위한 새로운 정체성의 탐색이라는 화두를 웅숭깊은 울림으로 제시하고 있다.

결국 윤후명 소설의 의의는 주체 정립의 노력과 문학적 진정성의 회복이라고 할 수 있다. 90년대 포스트모더니즘의 강세로 인한 주체 소멸의 논의는 현단계 문학 논의의 주축으로 자리하고 있다. 그러나 한국 문학사의 전개에 있어서 진정한 주체의 정립이 있었느냐 하는 것은 또 하나의 논란의 요소이다. 따라서 해체되어야 하는 주체마저도 정립되어 있지 않은 단계에서 주체의 소멸을 논하는 것은 어색한 일임에 틀림없다. 현단계 한국 문학의 과제는 주체 소멸이 아니라 주체의 정립, 진정한 정체성 탐색의 시도인 것이다. 이 점이 윤후명이 일관되게 추구해온 소설 세계와 만나는 접점이 된다.

그리고 또 다른 문제, 90년대 이후 영상문화의 폭발적인 성장과 주체 상실로 인한 문학의 위기의 해법은 문학적 진정성의 회복을 통해 가능하리라고 믿는다. 베껴쓰기니 혼성모방이니 하면서 문학의 창조적 기능을 두루뭉실하게 마멸시켜 가고 있는 이 시점에서 윤후명 소설의 독창성과 문학에 대한 진정성은 더욱 반사적으로 빛을 발하고 있다. 이러한 문학적 진정성이 미학과 역사 현실 사이에서 제대로의 위상을 확보할 수 있을 때 문학의 위기라는 말은 사라지게 될 것이다.

환상성의 한 극단, 무(無) 혹은 영원회귀

윤대녕의 『사슴벌레여자』론

1. 허무의 불온한 징후를 넘어서

후기 산업사회에 도달한 현대인들은 깊은 상실의 심연에서 배회하고 있다. 삶과 죽음, 실재 세계와 가상 세계의 경계가 허물어져 가면서 자신의 정체성 뿐만 아니라 세계에 대한 인식의 기준과 틀을 상실하고 만 것이다. 이러한 정체성과 가치 상실의 시대에는 허무주의가 유포되기 마련이다. 허무주의는 양가의 가치를 지향한다. 어느 한편에서는 의미없음과 의지의 상실로 이해되지만, 또다른 한편에서는 이성의 권위에 의해 자행된 제도적 폭력에 대한 대항의지로 인식되기도 한다.

이 시대의 지배적인 인식소로 기능하는 허무주의가 윤대녕의 소설에서는 원형적인 자기장을 형성한다. '시원으로의 회귀', '신생의 현현', '후기 자본주의 시대의 목가'라는 평가를 받은 바 있는 그의 소설들은 대상에 과도한 의미를 부여하거나 강요하지 않으면서, 오히려 의미를 갖고 있는 것들의 의미를 무화(無化)시켜 나가려고 한다. 그러한 허무에 대한 이미지화, 혹은 지향들이 종종 그의 소설을 '미적 신비주의', '현실 전복적 가역반응', '이미지의 황홀경에 대한 편집'으로 이해되는 단초를 제공하기도 한다. 하지만 그의 소설에 드러나는 불현듯 만났다가 사라지는 사랑이나 존재 저편의 비가시적인 아득한 삶에 대한 그리움은 그가 허무의 극단을 통하여 무(無)에 대한 의지, 즉 영원회귀를 지향하는 것으로 해석해 볼 수 있다.

그러한 영원회귀의 지향이 그의 장편소설 『사슴벌레 여자』에서 환상성을 전경화하는 글쓰기로 드러나고 있다. 낯선 세계로의 끌림이나 예기치 못했던 일에 대한 불안감을 내밀한 문체로 형상화해 온 윤대녕의 소설에서 환상적 요소를 찾기란 어려운 일이 아니다. 「은어낚시통신」에서 비밀 조직인 은어낚시 구성원들이 갖는 지하에서의 비밀스럽고 몽환적인 회합, 「남쪽 계단을 보라」에서 회전문을 통해 현실과 비현실의 경계가 불분명하게 되는 모호함의 상황, 「천지간」에서 죽음의 이미지로 화한 여인과의 만남을 통해 포착되는 삶과 죽음의 교섭에 대한 몽상 등 그의 소설은 일상이나 현실세계를 뛰어넘는 환상적인 이야기들로 구조화되어 있는 것이다.

특히 그의 소설은 요사이 인터넷의 확산과 매체의 다양화로 인해 등장한 판타지 소설의 성행과 그 궤를 같이 한다는 점에 주의를 필요로 한다. 1990년대 이후 환상성에 기초한 많은 유형의 소설들이 창작되는 것은 간과할 수 없는 문학적 변화인 것이다. 그러한 변화의 전위에 윤후명의 『가장 멀리 있는 나』, 「아으 다롱디리」, 이제하의 『독충』, 배수아의 『철수』, 「검은 늑대들의 무리」, 김영하의 『나는 나를 파괴할 권리가 있다』, 「흡혈귀」, 「고압선」, 「피뢰침」 등이 위치한다. 그런데 문제는 그러한 유형의 소설들이 절망적인 비현실의 세계나 지극히 예외적인 사건을 제시함으로써 현실에 대한 환멸과 수동적인 허무주의를 유포시킨다는 점이다.

그러므로 현 시기의 문학적 쇄신을 위해서는 환상성과 허무주의에 대한 진단과 대안의 제시가 새롭게 이루어져야 한다. 그 점에서 윤대녕의 『사슴벌레여자』는 이러한 환상성을 내재한 문학들이, 그리고 허무주의를 조장하고 유포하는 문학들이 새롭게 나아가야 할 방향을 환기해주고 있다. 따라서 이 글은 윤대녕 소설이 가지고 있는 허무와 환상이 결국은 적극적인 현실 부정을 통한 새로운 재현, 즉 역설적 재현으로서 의의를 갖고 있으며, 새로운 시대의 진정성을 선취하는 글쓰기의 전범이 될 수 있음을 밝히는데 우선하고자 한다.

2. 근원을 향한 탈주와 미로에서의 방황

윤대녕의 소설 문법은 반복되는 패턴을 갖는다. 여로형의 플롯을 통한 '나찾기'가 그것이고, '나'와 '그녀'와의 어긋난 만남이 또 그것이다. 그런 이유로 그의 소설들은 대부분 닮음꼴이다. 그래서 자칫하면 그의 소설은 우리의 자동화된 일상들처럼 진부한 느낌을 불러온다. 하지만 그의 소설 심층에는 깊은 영혼의 자기장이 형성되어 있다. 인간의 근원을 이루는 물이나 불에서 촉발되는 흡입적 상상력, 밀어내려 할수록 더욱 흡인되어 갈 수밖에 없는 악마의 속삭임과 같은 고혹적인 매력이 그의 소설에는 넘쳐흐른다.

그 고혹스러움의 근원, 그것은 바로 그의 소설이 삭막한 일상과 현실로부터의 탈주 욕망을 불러일으키기 때문이다. 모래 바람이 흘러 다니고, 삶을 거역하다 파멸된 것들과 상처받아 불구가 된 것들이 낮은 장송곡으로 불려지는 후기 자본주의 삶으로부터의 일탈은 누구나 꿈꾸는 바이다. 그런 일탈에의 질주를 간절하게 염원하고 호소하는 주인공들의 초상들에서 부인할 수 없는 우리들의 자화상을 확인하면서 우리는 그의 소설에 깊이깊이 자맥

질해 들어간다.

『사슴벌레여자』 또한 그러한 탈주의 자화상을 보여주는 작품이다. 여기
서는 그간 그의 다른 소설에서 보여지던 일상으로부터의 탈주가 보다 극단
화된 양상으로 전개된다. 주인공의 기억 상실이 바로 그것이다. 이러한 기억
상실은 그의 장편소설 『옛날 영화를 보러 갔다』에서 주인공이 유년시절의
충격 때문에 기억 상실을 경험하는 것과 유사하지만 그것은 일상을 계속할
수 없을 정도의 것은 아니었다.

그런데 그동안 그의 소설에서는 주인공 주변 인물들의 갑작스런 실종이
주요한 모티프로 작용해 왔는데, 이 작품에서는 바로 주인공 스스로의 실종
이 문제가 되고 있다. 스스로의 실종, 스스로의 죽임을 통해 '그'는 새로운
시작으로서의 다시 태어나기를 시도하고 있는 것이다.

크리스마스 이브, 주인공인 '그'가 지하철 2호선 시청역 벤치에서 깨어나
는 것으로부터 서사는 시작한다. '그'가 그곳에서 자신이 납득할 수 없는
상황에 처해 있음을, 즉 자신이 누군지 모르는 상태라는 것을 깨닫는 것으
로 서사의 발단은 추동된다. 이러한 <해리성 기억 상실>은 과거의 기억,
자아 각성, 즉각적 감정, 몸의 움직임의 부분적 또는 완전한 통합상실을 말
한다. 이와 같은 기억 상실은 주체의 상실로 이어지며, 모든 형태의 기표와
기의를 무의미화함으로써 동일적 정체성으로부터의 이탈을 의미하는 것이
다. 이는 근대적 기획의 산물인 주체 정립의 허구성, 혹은 폭력성에 대한
작가의 탈영토화의 의지로부터 산출된 것이라 할 수 있다.

거리는 번요한 빛으로 꿈틀거리고, 트리가 휘황하게 빛나면서 캐롤이 울
려퍼지는 크리스마스 이브에 '그'는 기억 상실에 빠져 내버려진 존재가 되
고 만 것이다. 시간의 아득한 저편이나 도시로부터 아주 멀어진 한적한 곳
이 아니라 21세기 첨단의 물질문명이 꿈틀대는 도시의 중심에서 그는 자신

의 정체성을 상실하고 만 셈이다. 특히 크리스마스 이브의 밤, 서울이라는 시공소는 후기 자본주의의 환멸을 함의하는 상징의 총화로 기능한다. 모든 욕망과 쾌락이 극대화된 시공소에서 '그'는 기억을 잃어버린 채 부유한다.

더구나 '서하숙'이란 여자를 만나면서 '그'의 탈주는 더욱 분열적 양상을 드러내게 된다. '그'는 '서하숙'을 편이점이라는 공간에서 만나게 되는데, 그곳은 우리가 일상에서 쉽게 접할 수 있으며, 누구나 쉽고 빠르게 먹고 마실 수 있는 공간으로 현대 사회의 허무한 속도를 극명하게 드러내준다. 하여 그곳은 빨라지는 속도로 인하여 우리를 깊은 망각의 늪으로 빠져 들게 하는 이 시대의 블랙홀과 같은 곳이기도 하다. 또한 편의점은 정주하지 못 하고 부유하는 유목민적인 삶을 사는 현대인들이 스치듯 거쳐가는 공간이 기도 하다. 따라서 안주하지 못한 영혼들, 정처없이 배회하는 유목민적 사유 에 길들여져 있는 '그'의 '서히숙'의 편의점에서의 만남은 필연저일 수밖에 없다.

'서하숙'과의 만남 이후 둘은 동거 아닌 동거를 시작하게 되고, '그'는 '서하숙'의 권고와 안내로 사이버 무인호텔에서 '이명구'라는 사람의 기억 을 이식받게 된다. 과연 누군가의 기억을 다른 사람에게 이식하는 것이 가 능할까?

여기서부터 이 작품은 환상의 세계와 결합하게 된다. 그러한 자연적 인간 과 기계적 기억 이식의 결합은 실재 세계와 자연의 원리로서는 결코 설명될 수 없으며 오히려 초자연적 원리 혹은 사이버 세계의 원리에 의해서만 설명 가능해진다. '그'는 이제 동일적 정체성을 상실한 채 누군가의 명령과 의도 대로만 살아가야 하는 사이버 공간에서나 존재하는 사이보그로서의 삶을 시작하게 된다. '그'는 인간과 기계의 결합, 육체·정신·영혼에까지 기술이 침투하는 사이보그 시대의 표상으로 제시된다. 그런 점에서 '그'는 자신의 부재만을 드러내는 들뢰즈적 의미로서의 신체없는 기관, 혹은 자신의 시뮬라크로서만 존재하게 된다.

그러나 그러한 기억 이식으로 인해 '그'는 '그'로서의 삶을 포기하고 '이명구'의 기억대로, '이명구'의 삶만을 살아가거나, 사이보그로서의 삶을 선택한 것은 아니다. '그'가 선택한 기억 이식은 '나찾기'의 절실한 방법 중의 하나였을 뿐이다. '그'는 '이명구'의 기억을 이식한 이후에도 '이명구'의 기억에 의존해서 살지 않고 자신의 본래의 기억과 정체성 탐색을 포기하지 않는다. 더구나 '이명구'의 기억 이식 후 만난 '차수정'의 자살을 목격한 이후 '그'는 '이명구'의 기억을 지워내고 원래의 자신의 정체성을 다시 찾아 나서게 된다. 그런 점에서 이 작품은 윤대녕의 다른 소설들과 마찬가지로 정체성 찾기의 탐색담이라 할 수 있을 터이다.

그런데 그 탐색의 대상은 물리적이거나 현시적으로 포착되지 않은 채 아련한 징후로만 파악된다. 아득한 시원이나 우주 저편 혹은 미세한 틈새들 사이에 흔적으로만 존재하는 것이 바로 윤대녕 소설의 탐색 대상들인 것처럼 이 작품의 탐색 대상 또한 결코 쉽게 가시화되지 않을 뿐만 아니라 결말에서도 그 결과는 충족되지 않는다. 그는 결말에서도 자신의 온전한 기억을 회복해내지 못한다. 그 때문에 이 작품에서는 찾는 대상보다 찾는 과정이 보다 전경화된다. 그러므로 플롯은 입구만 존재한 채 출구는 찾을 수 없는 미로나 미궁을 닮아 있다. 이러한 미로나 미궁 속에서 좌절하지 않고 주인공들이 끝까지 탐색하는 것은 바로 '나' 자신이며, '나'의 이상화된 타자를 통한 나찾기인 것이고, 그것은 결국 우리 현대인들의 힘겨운 정체성 탐색의 몸짓에 다름 아니다.

3. 비어 있는 사랑, 부유하는 죽음

힘겨운 일상으로부터 탈주하려는 현대인들의 심리에는 궁극적으로 상실과 결핍의 관념이 내장되어 있으며, 그것들이 탈주를 꿈꾸거나 충족될 수 없는 욕망을 욕망하게 한다. 그리고 비어있는 욕망의 언저리에는 언제나 죽음의 징후가 포착된다. 이는 윤대녕의 소설들에서 두드러지게 드러나는 징후이기도 하다. 그의 소설들에서 주인공들의 욕망의 근원에는 존재에 대한 상실감과 결핍감이 존재한다. 그러한 결핍으로 인해 파생한 욕망들 때문에 주인공들은 자신의 분신이나 타자를 찾아 나서게 되지만 그 욕망은 결코 충족되지 않는다. 충족되지 않는 욕망이 더욱 강화되면서 주인공들은 어느덧 죽음에 가까이 다가서게 된다.

『사슴벌레여자』에서도 주인공들의 만남은 항상 미끄러지거나 엇갈린 뿐이다. 더구나 그들의 사랑 가운데 욕망은 존재하지만 애정은 존재하지 않는다. 이 작품에서는 몇 개의 남녀간의 만남이 겹쳐진다. '그'와 '서하숙'의 만남이 그 하나이고, '이명구'와 '차수정'의 사랑이 또 다른 하나이다. 그리고 '이명구'의 기억을 이식받은 '그'와 '차수정'의 만남이 있다.

그러나 위의 세 만남과 사랑에는 어떤 애정도 깃들지 못한다. 어쩌면 불구의 사랑으로 명명될 수 있을지 모른다. 애정을 찾을 수 없는 사랑이기에 사랑의 진실은 징후로만 파악될 뿐이다. 특히 이러한 징후로서의 사랑의 매개가 애정이 아니라 운명적인 우연이란 점은 이 소설이 빚어내는 독특한 분위기를 조성한다. 우연이지만, 운명으로 인식되는 연인들의 만남 때문에 그 사랑의 절실함은 더욱 간절하게 다가온다.

결국 이 작품에는 두 명의 여인이 등장하는데, '그'가 편의점에서 만난 '서하숙', 기억을 이식받은 후 만나게 된 '차수정'이 그들이다. 그들은 부재이면서 결핍이고, 그러면서 주인공의 이상화된 타자이면서 분신이다.

'서하숙'은 컴퓨터와 텔레비전과 휴대폰을 가족보다 소중하게 생각하는 물신화된 현대문명의 숭배자이다. 그래서일까. '그녀'는 고독하기만 하다. "눈이나 비가 내리는 밤이면 자주 귀가 들리지 않고 눈앞이 보이지 않는 단단한 고독"에 휩싸인 존재인 '그녀'는 기억을 상실한 채 홀로 견뎌야만 하는 '그'의 또다른 초상이다.

단일한 의식이나 삶의 흐름을 영위하지 못한 채 매번 상이한 모습으로 살아가는 '그녀'. 이러한 유목민같은 삶을 살아가는 이유는 '그녀' 또한 어깨에 사슴벌레 문신을 한 기억 이식자, 사이보그이기 때문이다. '그녀'는 자신의 하루 동안의 잃어버린 기억과 새로 이식된 기억 사이에서 방황하며 하루 하루를 힘들게 살아간다. 때문에 '그녀'에게는 어제도 내일도 존재하지 않은 채 오직 오늘, 현존의 순간만 남아 있을 뿐이다. 그래서 '그녀'는 사회의 모든 영역으로부터 연결고리를 상실한 은둔자로서 사슴벌레처럼 살아가야 하는 것인지도 모른다. 아주 우아하고 고결한 사슴으로서의 삶과 미천하고 하찮은 벌레로서의 이중적인 삶, 사슴이면서 벌레로서 살아야 하는 여자가 '서하숙'인 것이다. 그러기에 '그녀'는 "어딘가 모르게 수상쩍은 여자, 이물감 속에 깊이 감춰진 기묘한 빛깔의 슬픔과 사람에 대한 맹목적인 집착"을 보이는 부조리의 정점에 존재한다.

한편 이 작품에서는 강렬한 사랑에의 욕망 저변에 죽음의 이미지가 강하게 투사되고 있다. '이명구'와 '차수정'의 죽음이 그렇고, 어쩌면 '그'를 기억상실로 몰고 갔을지도 모르는 '그'의 첫사랑의 죽음이 또한 그렇다. 특히 자살로 삶을 마치는 '차수정'의 죽음의 이미지 내부에는 치명적인 사랑의 상처가 존재한다. '그녀'는 '이명구'와 약혼한 사이면서 '그'와의 관계에서 권태를 느끼고 다른 남자와 일탈을 벌이게 된다. 그런데 그 일탈의 장면을

'이명구'가 목격하게 되고, '이명구'는 그로부터 일주일 후 사이버 무인호텔에 자신의 기억 이식을 의뢰한 채로 자살하고 만다. 이처럼 죽음의 이미지의 정점에 '차수정'의 삶이 있다. 하여 그들의 사랑은 항상 어두운 절망의 징후를 보여주고 있으며, 결국 그녀는 작품의 결말부분에서 죽음을 선택할 수밖에 없었던 셈이다.

그러므로 사랑없는 사람과 사람이 만나 사랑없는 사랑을 하는 것은 당연한 귀결일 터이다. 사랑없는 사랑은 항상 죽음의 그림자를 드리운다. 충족과 완결이 없는 결핍과 미완의 사랑, 그러한 사랑이기에 더욱 매혹적인지도 모른다. 그런 매혹의 뒤편에 죽음의 충동이 도사리고 있으므로 그 사랑은 매혹을 넘어 고혹적인 것이 되기도 한다. 이 작품에서 부유하는 죽음, 그것은 주인공의 실존적 자아의 죽임이다. 죽음을 통해 새로운 태어남을 갈구하는 자아의 강한 열망이 자신의 이상화된 타자, 존재의 근원이자 근거로서만 존재하는 여성들에게 투사되고 있는 것이고, 그로 인해 그들과의 사랑은 죽음으로 귀결된다.

그런 점에서 『사슴벌레여자』에서 볼 수 있는 허무한 사랑은 사랑없는 사랑을 지향하는 것이 된다. 그리고 그들의 진실 없음에 대한 지향은 어느 것에도 지향점을 두지 않는 차라리 깊은 여백, 무(無)를 지향하는 것이 될지도 모른다. 비움으로서 채워지는 것에 대한 지향이 『사슴벌레여자』에서 구현되는 능동적 허무주의의 실체일 것이다.

4. 차안과 피안의 경계에서의 환상성

윤대녕의 소설에는 항상 두 개의 세계가 존재한다. 이편과 저편의 세계,

결코 쉽게 넘어서기 어려운 두 세계 사이에서 방황하는 존재가 바로 그의 소설의 주인공들이다. 『사슴벌레여자』에서도 두 개의 세계가 병치된다. 기억 상실 이전의 세계와 그 이후의 세계, 기억을 상실한 '그'의 세계와 '이명구'의 기억으로 살아가는 세계, 유기체적·자연적 존재로서의 세계와 사이보그·기계적 존재로서의 세계, 이것들의 병치는 실재와 비실재, 현실과 환상이 병치되는 세계이기도 하다. 쉽게 넘어설 것만 같은 경계이지만 그것을 넘나들지 못함으로 인해 고민하고 방황하는 여정이 바로 이 소설의 스토리라인이다. 그래서 '그'는 두 개의 자아를 가지고 방황하는 야누스를 닮아 있으면서 항상 에로스와 타나토스의 충동으로부터 자유롭지 못한 존재이다.

그러나 그의 소설에서 이편과 저편의 간극은 작은 결락이나 틈새가 아니다. 하늘과 땅, 천지간의 아득한 차이이다. 그 경계를 넘어서기 위해 주인공들은 지독한 사랑의 상처나 심지어는 죽음까지도 각오해야 한다. 그러므로 그 아련한 경계를 넘어서려는, 커다란 여백의 간극을 좁히려는 주인공들의 의지가 윤대녕 소설의 힘이 되고 끓어넘치는 생명력의 동력이 된다.

그 경계 사이의 여백이 부유하는 주인공들의 내면이나 일상, 혹은 사랑까지도 비어있게 만든다. 그래서 '그'와 '서하숙'은 온전한 정체성을 갖지 못한 채 공허한 삶을 살아야 하고, 애정없는 사랑으로 일상을 지탱해 나갈 수밖에 없다.

그러한 공간의 커다란 여백과 더불어 시간의 역전에 대한 강한 의지가 아이러니를 구현해낸다. 시간을 반대로 되돌리기는 곧 인간의 역사적·이성적 삶에 대한 회의이고 저항으로서의 의미를 갖는다. 아득한 시원으로의 회귀나 지나간 첫사랑에 대한 추억, 혹은 잃어버린 기억을 회복하려는 몸짓들 모두가 시간 되돌리기이다. 이는 불연속적 자아, 분열되려는 파편화된 자아가 동일적 정체성으로서의 자아를 회복하려는 안타까운 몸부림인 것이다. 이 작품에서도 '그'는 과거로부터 근원하는 선조적인 자신의 기억을 되찾아 정체성을 확보하려 하지만 그것은 온전히 이루어질 수 없다. 그러므로 주인공의 온전한 정체성 탐색은 이 시대의 정체성이 육체나 정신, 혹은 영혼에까지 기술이 침투하고 포섭한다는 것을 인정할 수 있을 때 가능하게 될 지도 모를 일이다.

한편 토도로프는 그의『환상문학입문』에서 텍스트에 대해 독자가 자연적 또는 초자연적 설명 사이에 주저하게 될 때에야 환상문학이 성립된다고 하였다. 그리고 그것이 초자연적인 방식으로 설명이 가능할 때 경이문학이라고 하였다. 이런 점에서 볼 때『사슴벌레여자』는 '환상적 경이'로 규정할 수 있다. 즉 주인공이 '이명구'의 기억을 이식받는 과정은 어떤 자연의 방식으로도 설명될 수 없기 때문이다. 결국 작품의 끝까지 주인공이 겪게 되는 기억 상실과 기억 이식의 체험은 자연적인 방식으로는 설명이 불가능하다. 그것은 '그'의 기억 상실과 사이보그로서의 삶이 허구나 환상이 아닌 실재임을 인정하게 되는 가운데 가능하게 된다.

> "기억은 일종의 환상 같은 겁니다. 그러나 역시 사람이란 기억에 의지
> 해 살게 돼 있죠. 기억을 이식받고 나면 수뢰인께서는 지금보다 훨씬 자
> 유로운 삶을 살게 될 겁니다. 무엇보다 그동안 마음에 쌓아두고 있던 자
> 신에 대한 책임이나 고통으로부터 해방되기 때문입니다."

사이버 무인호텔에서 '그'에게 '이명구'의 기억을 이식한 'M'이 '그'에게 발화한 내용이다. 다른 사람의 기억을 이식받음으로써 훨씬 자유로운 삶을 살게 되리라는 말은 나름의 개연성을 갖기도 하지만 실재 세계에서 과연 기억 이식이 가능하느냐가 문제이다. 현실 세계의 원리로서는 그것을 설명할 수 없기에 이 작품은 환상의 지평에 편입될 수밖에 없게 된 것이다.

그리고 'M'이라는 존재 또한 문제적이다. 구체적인 이름으로 명명되지 못한 채 'M'으로만 모두 지칭되는 그들, 사이버 무인호텔에서만 존재할 것 같은 'M'들은 실재의 현실 공간에 출현하기도 한다. 그들은 모두 비슷한 복장과 이미지로 변별이 불가능해 보이지만 남산의 [만리장성]이란 중국집에서 난자완스에 이과두주를 마시기도 하고, 그곳에서 '서하숙'을 강간하기도 한다. 실재와 비실재, 이편과 저편의 공간 모두에 존재하는 'M'들의 정체는 초자연적인 방식으로만 설명될 수 있다. 그러기에 이 작품을 '환상적 경이'로 범주화할 수 있을 것이다.

그래서 이 작품에서는 말할 수 없는 것을 말하거나 말해서는 안되는 것이 너무나도 쉽게 말해지는 것을 보게 된다. 그로 인해 현실 정합성이나 내적 리얼리티를 결여하고 있다는 생각을 하게 하는 측면도 있다. 그러나 무엇보다도 『사슴벌레여자』의 환상성은 창조된 세계의 비현실성 보다는 그것이 현실세계를 유비(類比)하면서 그럴 듯하다는 믿음을 우리에게 제공해주기 때문에 나름의 의미를 확보한다. 즉 작품에서 보여주는 환상보다 그 환상을 통해 현실의 반어적 상황을 깨달아 가도록 하는 것이 이 작품의 숨겨진 의도일 수 있다. 이 작품에 형상화된 환상성은 리얼리티에 대한 강박으로부터 벗어나고자 하는 윤대녕의 의식의 한 축을 설명하고 있기도 하다.

때문에 그는 낯설음에 대한 상상력의 지평을 확장하면서 불가능해 보이는 두 개의 세계를 통일시켜 나가려고 시도한다. 일상 속에서 불가능하다고 생각해 왔던 것들을 가능한 것인 양 믿어보게 함으로써 현실 속의 불가능을 가능의 세계로 끌어들이고 있다. 그러한 환상의 지평으로 인해 현실의 경계와 영역이 확장되어가고 있는 것이다.

따라서 이 작품에서 환상의 의미는 현실로부터의 도피나 퇴행으로서의 의미보다 기존의 지배이념이나 제도에 대한 전복으로서의 의미에 무게 중심이 놓인다고 할 것이다. 문학의 진정성이 제도화된 인식과 언어 활용의 전복으로부터 출발하는 것이라면 이 작품은 그러한 문학적 진정성을 담보하고 있는 셈이다. 그 점에서 이 작품은 인터넷 매체나 사이버 공간의 현실화라는 환상적 요소가 개입되고 있으면서도 이 시대의 실존적 자아의 현실적 인식에 초점이 놓여 있다고 할 수 있다.

　　그렇지만 내게도 기억이 없는 며칠이 있었다. 그때 내게 무슨 일이 있었는지 나 역시 알아야만 할 필요가 있었다. 그렇지 않다면 다시 환상으로 변한 기억들을 끌어안고 나도 그 누구도 아닌 제 3의 존재로 살아가야 할지도 모를 일이었다. 어쨌든 내게는 현실이 필요한 것이다.

　이처럼 '그'는 작품의 결말에서 위와 같은 인식에 도달함으로써 기억을 상실했지만 그 상실의 상황을 현실로 받아들이려는 능동적인 현실 대응 능력을 보여준다. 그러므로 주인공은 가상의 현실성과 현실의 환상성을 동시에 인식해내는 역설에 도달하면서 실재하는 삶 자체로서의 현실의 중요성을 새롭게 깨닫고 있는 것이다.

　또한 작가는 무의미를 견디는 허무나 삶의 단순한 수동적 태도로서가 아니라 삶의 새로운 가치를 추구하는 능동적 허무를 지향하고 있다. 특히 그는 이 작품에서 후기 자본주의의 물신화의 양상을 강하게 비판한다. 추상적인 재화나 인간의 노동까지도 상품화하는 물신화의 상황, 존재하는 모든 대상이 판매의 대상일 수 있다는 이 시대의 물질에 대한 망상이 인간의 기억까지도 판매하게 될지도 모른다는 상상으로 발전하여 이 작품에 제시되고 있다. 그런 점에서 이 작품은 사이버 공간에서의 기억 이식이라는 환상의 창조를 통해 후기 자본주의 시대의 물신화된 상황의 절망성을 비판해내고 있는 것이다. 결국 작가는 『사슴벌레여자』라는 작품에서 환상성이라는

세계 인식 방법을 토대로 현실의 역설적 재현 형식을 새롭게 창조해내고
있다.

5. 허무와 환상을 넘어선 영원 회귀의 문학

물질 문명이 발달하고 새로운 사이버 매체가 등장하면서 세계는 가시적
인 인식의 대상 영역을 넘어서 버렸다. 아니 이미 예전부터 인간의 인지
능력을 넘어서 세계는 존재해 왔는지도 모른다. 그러한 비가시적이고 초월
적인 세계의 존재, 그리고 물질 문명의 발전으로 인해 파생한 정신적 가치
의 부재 때문에 세계를 조망하고 구획할 수 있는 인지적 근거를 현대인들은
상실하고 말았다. 실재가 아닌 이미지의 세계로서의 가상 공간이 이제 현실
보다 더욱 실감나는 공간으로 창조되면서 우리 문학 또한 사실적 재현에
대한 회의가 시작되고 있다.

그로 인해 최근 리얼리즘·모더니즘 논쟁이 촉발되고 있으며 양자의 회통
(會通)이 창작 방법에 대한 주요한 화두로 제시되고 있는 것이다. 만일 리얼
리즘의 재현 능력의 한계에 일정 부분 동의한다면 그러한 빈 부분을 메울
수 있는 환상적 요소의 도입은 필요할 수밖에 없다. 이성적 합리로 설명할
수 없는 추상적이면서 초자연적인 요소들, 이미 칸트가 물자체(物自体)라고
명명한 바 있는 영역들이 분명 우리의 일상을 구성하는 요소들이라면 그
필요는 더욱 배가된다.

윤대녕의 『사슴벌레여자』는 일상에 매몰된 채 사이보그처럼 살아가는 현
대인들의 정체성 상실을 이야기하고 있다. 선조적이면서 계기적인 순서에
의해 기억되는 동일적 정체성을 상실한 현대인들의 초상을 실재와 비실재
의 경계 위에서 환상적인 방식으로 형상화하고 있는 것이다.

그런데 이 작품에서 주인공들의 탈주와 방황과 죽음은 우리에게 극단적 허무주의의 재현으로 비쳐지기도 한다. 특히 후기 자본주의 시대의 탈중심화된 논리들이 우리의 삶을 압도하는 상황에서 이 소설은 수동적 허무의 궤적으로 비치기도 한다. 하지만 무의미 가운데 파생되는 허무주의라는 것이 부정적인 의미만을 갖는 것은 아니다. 그것은 오히려 역설적 의미를 창조해내는데, 바로 부정의 부정을 통한 긍정으로서의 의미이다. 그 때문에 기존의 지배 이데올로기에 대한 허무주의의 표현이 바로 하나의 대항 담론으로 기능할 수 있게 되는 것이다. 기성 사회가 배치하고 규율화하는 제도들에 대한 허무주의는 어쩌면 일상과 제도에 대한 전복을 의미하는 것이기 때문이다.

그런 의미에서 윤대녕 소설에 있어서의 허무와 환상은 시대의 호흡과 지형을 역설적인 방식으로 재현하는 것이면서 동시에 문학적 응전력을 상실해가는 이 시대 문학의 쇄신의 가능성을 보여주고 있다. 이 작품은 기억과 망각, 현실과 가상이 중첩되는 상황 속에서 인간의 끝과 비인간의 시작, 자연적 인간과 기계적 인간의 결합가능성을 조심스럽게 예단해내고 있는 셈이다. 그러므로 윤대녕 소설은 문학적 응전력의 확보와 쇄신의 가능성을 모색하는 우리 소설의 새로운 지평을 확장하는데 기여하고 있다고 평가하는 것이 온당할 듯 싶다.

하지만 그러한 환상이 현실에 대한 환멸만을 제시하거나 현실을 즉자화한다면 그것은 또다른 허무주의를 파생할 것임은 자명하다. 그러므로 즉자화된 환상성과 허무주의를 극복하고, 현실 재현과 환상적 상상력을 새롭게 결합시키면서 현실의 지평과 영역을 더욱 확장하는 데 기여하는 문학적 작업이야말로 윤대녕 문학과 현시기 문학이 궁극적으로 추구해야 할 우선적 과제일 것이다.

아비 찾기의 풍경, 혹은 성장의 편린들
김주영의 『홍어』론

1. 부재와 혼돈 속에서의 성장의 풍경

한 소년이 하늘을 날고 있다, 양팔을 벌린 채로 그러다가 물 속에서 자유롭게 헤엄치기도 한다, 마치 홍어처럼. 그러나 그 소년은 날거나 헤엄칠 수 없는 존재이다. 그것은 그의 상상과 환상, 혹은 그의 꿈 속에서만 가능할 뿐이다. 어쩌면 그는 현실 속에서 성장하기를 멈춘 귄터 그라스의 『양철북』의 주인공 오스카와 닮아 있다. 하지만 오스카보다 소년의 성장은 더욱 힘겹기만 하다. 저항하거나 부정해야 할 아버지가 부재하기 때문이다. 법, 제도, 이념으로 표상되는 '아버지'의 부재, 그로 인한 정체성의 혼돈, 그리고 끝없는 방황. 그 소년의 모습은 하나의 실루엣으로 근대화 이후 성장의 길모퉁이 다다랐던 우리들의 초상을 보여주고 있는지도 모른다. 그리고 그것은 아직도 부유하고 있는 한국 소설의 한 단면일지도

특히 1990년대 이후 한국 현대소설은 방향타를 상실한 채 표류하고 있는 난파선과 같다는 인식과 평가로부터 그다지 자유롭지 못했다. 짙은 안개 속에서 폭풍우를 견디며 새벽 바다를 건너기, 그 이미지의 형상이 요즘의

한국 소설의 지형은 아닐까. 이는 소련연방의 붕괴로 표상되는 사회주의 이념의 분열에서 근원하는 거대 담론의 소멸 현상으로 분석되기도 하지만 좀 더 자세히 들여다 보면 외부에서 그 원인을 찾으려는 우리의 안일함과 부박함 때문에 파생한 결과로도 추론할 수 있다.

이러한 상황에도 불구하고 90년대 이후 소설의 주요한 지형을 형성하고 있는 작품들이 바로 성장소설이다. 김주영의 『홍어』, 박완서의 『그 많던 싱아는 누가 다 먹었을까』, 현기영의 『지상의 숟가락 하나』, 임철우의 『등대 아래서 휘파람을』, 은희경의 『새의 선물』, 박정요의 『어른도 길을 잃는다』, 김소진의 『자전거 도둑』, 공선옥의 『시절들』 등 성장 소설 계열의 작품들이 숨차게 쏟아져 나오면서 90년대 이후 한국 소설사의 큰 흐름으로 자리잡게 되었다. 이는 아직 진정한 의미의 근대를 경험하지 못한 주체들이 새로운 정체성을 탐색하려는 열망의 표현임과 동시에 새로운 근대 사회, 혹은 새로운 이상사회 건설에의 뜨거운 열정이 투영된 결과로도 해석할 수 있을 것이다.

그런데 한국 성장소설은 갈래적 정체성에 대해 많은 우려와 의혹의 시선으로부터 자유롭지 못했다. 리얼리즘적인 시각으로부터는 역사 현실에 대한 몰이해의 차원에서, 모더니즘적인 시각으로부터는 개인의 체험에 대한 강조 때문에 한국 성장소설들은 그 존재에 값하는 제대로된 평가를 받지 못했던 것이다. 하지만 그러한 시선의 심층에는 한국 성장소설의 이념 부재에 대한 비판이 자리하고 있다.

본래 성장소설은 독일의 교양이념으로부터 발생한 교양소설, 즉 빌둥스로만을 전범으로 삼고 있는데, 한국 성장소설에서는 교양소설에서와 같은 성장이념을 찾아 볼 수 없다는 것이 바로 그러한 시선의 근원인 셈이다. 즉 우리에게는 개인의 내면적 성장을 유도할 문화요소나 보편적 이념이 부

재하거나 아직 정립되지 않았으며 그것의 근본적 원인이 분단과 냉전이념
의 폭력성으로 더욱 강화됨으로써 진정한 의미의 성장소설은 희소할 수 밖
에 없다는 것이다. 그럼에도 성장은 이념의 존재 여부와는 상관없이 이루어
지는 것이 존재의 당위적 측면이며, 그 조건은 기존 사회와 자아의 관계
설정에 의해 필요 혹은 충분할 수 있다.

성장소설을 가늠하는 빈곤한 시선으로부터 자유를 꿈꾸는 작품이 바로
김주영의 『홍어』이다. 이 작품은 성장에 있어서 필요충분조건으로 존재해
야만 하는 것이 성장이념만은 아니라는 것을 보여준다. 그러한 성장이념이
야말로 성장을 가로막는 제약조건이 될 수도 있다는 함의를 작가는 이야기
하고 있다. 김주영은 『객주』나 『활빈도』, 『화척』, 『야정』 등의 대하 역사소
설로 민초들의 삶에 어린 한과 생명력을 민속지적 탐사의 지평으로 투영하
고 형상화한 작가임에도 불구하고 그의 문학의 출발점은 궁극적으로 성장
의 서사로부터이다.

「도둑 견습」, 「모범 사육」, 「아들의 겨울」, 『고기잡이는 갈대를 꺾지 않
는다』 등이 바로 그것들이다. 이 작품들 이전의 풍자와 도시적 풍경의 서사
들은 뛰어난 문체적 성과에도 불구하고 김주영 문학의 본령으로는 여러 가
지 아쉬움을 보여주는 것이 사실이다. 그는 성장 모티프 계열의 작품들을
통하여 성장을 향한 살아 있는 인물들의 형상과 독특한 문체미학을 창조하
고 있으며, 기억의 환기를 통한 과거로의 여행 속에서 문득 자신의 참모습
을 탐색하는 구도의 문학을 완성해 왔던 것이다.

그리하여 성장소설로서의 『홍어』의 몇 가지 의미를 추출하는 데 목적이
있는 이 글은 더불어서 김주영 문학과 한국 현대 성장소설의 현재적 의미를
다시 한번 조망하고 그 조망점 가운데서 새로운 문학적 쇄신의 가능성들을
전망하고자 한다.

2. 그리움과 탐색의 외디푸스적 서사

『홍어』는 찾는 이야기, 찾는 자와 찾아야 할 대상이 서사의 심층을 이루는 탐색담이다. 탐색담은 인간의 가장 본질적인 욕망을 찾아 떠나는 모험의 이야기이다. 『홍어』에서의 탐색 주체는 '나'이며 탐색의 대상은 '어머니'이자 '아버지'이고 궁극적으로는 '나'의 성숙한 자아의 정체성이다. 따라서 이 작품은 진정한 자아의 정체성을 찾기 위한 모험과 탐색의 이야기이다.

그러한 탐색의 여로에 처음 계기를 마련해준 존재가 '삼례'이다. 서사의 시작이 '삼례'의 출현으로부터이다. 그 순간부터 '나'는 '삼례'를 찾고, '삼례'는 '나'를 찾는다. '어머니'는 '나'를 통해 '삼례'를 찾지만 결국 그것은 '아버지'를 찾는 것이 된다. 그리고 종국에는 '어머니'의 '아버지' 찾기가 다름아닌 '삼례' 찾기임이 밝혀지면서 서사는 종결된다.

서사의 시작에서 '나'의 '삼례'에 대한 탐색은 그것으로 종결되지 않고 순환적이거나 순환의 고리가 풀린 나선형의 양상을 띤다. '나'의 '삼례' 찾기의 근원에는 '어머니'의 대한 원초적인 그리움이 도사리고 있다. '나'는 '아버지' 부재의 상황에서 '어머니'와의 거리 좁히기를 간절하게 욕망한다. 하지만 그 자리에 '삼례'가 끼어들고, '삼례'의 가출 이후에는 '삼례의 사내'가 여름 동안 끼어들고, 또다시 겨울이 되어서는 배다른 동생인 '호영이'가 끼어든다. 그리고 마지막에는 '아버지'가 돌아와 그 자리에 서게 된다. '나'의 '어머니'에 대한 탐색은 이러한 방해꾼들로 인해 끊임없이 지연된다. 그리하여 결핍과 충족의 지연의 과정은 교묘하게 지라르의 욕망의 삼각형처럼 삼각구도로 구조화되어 있다.

이처럼 『홍어』에서는 '나'와 '어머니', 그리고 '삼례'의 관계는 삼각구도를 이루며, 그것의 꼭지점은 '삼례'에서 '삼례'의 사내로, '호영'으로, 그리고 '아버지'로 대체되고 있다. 그리고 '아버지'의 귀가로 파생한 삼각구조의 정립은 '내'가 상상계의 이원구조로부터 삼원구조의 상징계로 집입하였음을 의미한다. 그 결과 '나'는 어머니에 대한 탐색을 포기하게 된다.

한편 채워질 수 없는 결핍이 계속된 '나'의 탐색을 불러온다. 그 탐색은 '나'의 끊임없는 방황과 배회를 불러 일으키는데, 집을 중심으로 나선형의 무늬를 그려나가면서 방천둑으로, 소택지로, 읍내 선술집으로, 정미소로 거리와 관계없이 확장되어 간다. '나'는 처음에 몽유병에 시달리는 '삼례'를 찾기 위해 한밤중에 마을을 방황하게 되고, '삼례'의 가출 이후에도 그런 방황과 배회는 계속된다.

그러한 몽유병의 증상은 가끔씩 환상체험으로 대체되기도 한다. '나'는 이끼가 말끔히 녹아내린 소택지에서 홍어로 변신하여 쾌적한 유영을 계속하기도 하고, '삼례'와 함께 까마득하게 내려다보이는 낯익은 설국 위를 날아다니기도 하고, 어느 새 '삼례의 사내'를 닮은 콘도르가 되어 눈의 궁전 위를 날아다니는 환상을 체험한다. 그러나 그러한 몽유병의 증상이나 환상 체험을 통한 끝없는 방황이 결국은 '나'의 정체성 탐색의 환유적 대체물로 제시되기도 하지만 그것이 결정적인 성장의 징후로 인식되지는 않는다. 이는 그러한 탐색이 '어머니'에게 도달해야 함에도 '어머니'의 지향점은 내가 아니라 오직 '아버지'이기 때문이다.

『홍어』에서 '아버지'는 '새'의 이미지로 형상화된다. '아버지'는 홍어를 닮은 가오리연으로, 혹은 수꿩이나 수탉으로 이미지화되는데 반해 '어머니'의 이미지는 식물적 이미지, 즉 박꽃이나 씀바귀꽃으로 이미지화된다. 새의 이미지가 자유와 현실로부터의 일탈의 의미를 내포한다면 식물적 이미지는 질서에의 순종과 정착의 의미를 함의하고 있다. 식물적 이미지의 '어머니'는 가오리연을 만들면서 '아버지'의 부재를 이겨낸다. 여기서 가오리연은 홍어를 닮아 있지만 그것은 새의 이미지로 치환된다. 그러므로 '어머니'에게 있어서 가오리연 만들기는 잊혀져가는 '아버지'의 이미지를 새롭게 창조하는 행위이기도 하다. 그리고 '삼례'의 가출 이후 '어머니'는 직선적 발전의 형상을 갖는 가오리연 만들기 대신 나선형의 시간들의 표지를 가진 조각보 만들기에 골몰하게 되는데, 그것은 '아버지'에 대한 그리움이 가슴속으로 더욱 파고들어 곪아가고 있다는 징후이기도 하다. 그러한 '어머니'의 '아버지'에 대한 그리움은 '아버지'의 실체에 대한 그리움에서 '아버지'로 표상되는 새와 같은 자유 혹은 억압된 현실로부터의 일탈 욕망으로서의 그리움으로 발전해 나간다.

'어머니'의 가출은 바로 '어머니'가 '아버지'의 쾌락원리를 삶의 원리로 지향하고 수용했음을 의미한다. 이처럼 쾌락원리를 지향하는 '어머니'는 아이의 요구를 충족시켜 주지 못한다. '어머니'는 '나'의 기대와는 다르게 '나'와 함께 있지 않는다. 오히려 부재하는 '아버지' 대신 '어머니'와 '나' 사이에 끼어든 '삼례'는 '어머니'의 쾌락원리를 추동하고 강화시켜주는 역할을 하면서, 장차 '어머니'의 질적 변화를 촉발시킨다. '어머니'는 '삼례'로 인해 '삼례'의 욕망을 욕망하게 된 것이다.

여기서 '어머니'의 가출은 '어머니'의 진정한 정체성 탐색의 양상으로 해석될 수도 있다. '어머니'에게 있어서 집은 바슐라르가 간파했던 <세계속의 둥지>가 되지 못한다. 집은 '아버지'의 부재로 다른 이웃들과 단절되고 폐쇄된 공간이며, 더 이상 존재의 의미를 확보할 수 없는 공간으로 '어머니'에게 인식된다. 그러한 인식은 '아버지'가 부재하는 동안에 심화되어 온 것이지만, '아버지'의 귀환 이후에도 그것은 변화되지 않는다. '어머니'는 '아버지'의 귀환 소식을 듣고 집의 담장을 더욱 높게 고치는데, 그것은 '아버지'의 귀환이 집의 부정성을 더욱 강화시켜 줄 것이라는 복선으로 작용한다.

‘어머니’의 지순했던 자존심이 ‘아버지’의 가출로 인한 굴욕으로 보상되었으므로, ‘어머니’는 집안에서의 굴욕보다 더한 격정적인 세상으로의 가출을 감행하게 되는 것이다. 집으로 들어오는 것처럼 가장한 신발자국을 남김으로써 ‘어머니’는 두 번 다시 집으로 오지 않겠다는 결연한 의지를 보여준 채 가출을 가게 되는데, 그러한 ‘어머니’의 가출은 독립된 존재로서의 정체성을 확보하려는 ‘어머니’의 진정한 정체성 탐색의 몸부림으로 해석할 수 있다. 따라서 「홍어」는 성장기에 들어선 ‘나’의 정체성 탐색의 이야기이면서 동시에 여성으로서, 혹은 진정한 자기 삶의 주체로서 다시 서려는 ‘어머니’의 정체성 탐색의 이야기이기도 한 것이다.

3. 성적 향유의 반어적 긴장과 양면성

김주영의 성장소설 『고기잡이는 갈대를 꺾지 않는다』, 「아들의 겨울」 등에는 아직 성장을 경험하지 못한 어린 소년 주인공들이 등장한다. 그들은 부모로부터 방치된 존재들로, 교육, 제도 혹은 문화로부터 일체 소외된 악동들인 경우가 대부분이다. 그러므로 그들은 제도나 규범에서 벗어난 일탈 혹은 자연과 닮은 야생 상태의 삶을 살아 간다. 그러한 야생성 속에서 향유될 수 있는 것이 성적 유희이다. 아직 성장에 도달하지 못한 존재들의 성적 유희의 방식은 관음증의 형태로 나타나기도 한다. 「도둑견습」의 주인공 소년은 ‘어머니’와 ‘의붓 아버지’의 성행위를 잠자면서 몰래 지켜보기도 하고, 「아들의 겨울」에서 주인공 ‘박무도’는 ‘어머니’와 ‘칠성이 아버지’의 성행위를 목격하기도 한다. 이와 같이 야생상태의 성장주체에게 있어서 성에 대한 새로운 인식과 눈뜸이 바로 성장이 계기점이 되고 있음을 이러한 소설

들은 보여주고 있는데, 그것들은 다양한 성적 이미지로 구조화되어 있다고
할 수 있다.

『홍어』에서도 이러한 성적 이미지는 작품을 구조화하는 심층 원리로 작
용하고 있다. 날아오르는 환상 체험, 수꿩의 울음소리, '어머니'의 가오리연
이나 수탉에 대한 집착, '옆집 아저씨'와 '창범이네'의 정사 장면 등 많은
성적 이미지들이 서사구조를 다양하게 배치하고 있다. 그러한 성적 이미지
의 다양한 무늬들 가운데 가장 또렷한 음각을 가진 것이 '삼례'에 의해 창출
되는 이미지들이다. '삼례'는 '나' 앞에서 치마를 걷어올리고 하얀 엉덩이를
내놓은 채로 시원스런 방뇨를 일삼을 뿐만 아니라 "내 꺼 딱 한번 봤으면
좋겠지?, 그치?"란 말을 서슴지 않고 해댄다. 가장 강한 생명력으로 충일한
성적 향유의 대상이 바로 '삼례'인 것이다.

따라서 소설의 시작과 끝의 구조는 '삼례'의 나타남과 '삼례'의 삶을 추
적하는 '어머니'의 사라짐에 의해 열리고 닫힌다. '삼례'가 서사를 추동하는
중심인물로 기능하고 있는 셈이다. 밤새 한 길 넘는 폭설이 내리던 날 '삼
례'는 갑작스럽게 집안의 고요한 기류를 깨뜨리고 등장한다. '삼례'의 등장
이 바로 '나'의 성장의 계기가 된다. '나'는 '삼례'의 존재와 부재를 끊임없
이 탐색한다. 그러나 '삼례'를 향한 탐색의 결과는 항상 결핍의 상태이다.
실재의 삶에서 아직 성장을 겪지 못한 '나'는 결코 '삼례'를 향한 욕망을
충족할 수 없게 되고 깊은 절망감에 빠져들게 된다.

> 나는 아연하였다. 그녀가 풍기는 퇴폐의 냄새와 지척을 예견할 수 없
> 는 변덕이, 열넷인 나에겐 마치 미로와 같아서 현명하게 대처할 방법이
> 없었다. 성냥불에 떠오르는 그녀의 얼굴을 보고 있으면 산중턱에 자생한
> 노란 두메양귀비꽃의 만개를 연상하게 되면서도, 그녀의 입에서 풍기는
> 술 냄새와 종잡을 수 없이 토해내는 욕설들은 또한 나를 깊디깊은 절망

으로 빠뜨렸다. 그 절망감에는 그녀와 내가 가졌던 짧은 밀회의 끝이 희
미하게 모습을 드러내는 것 같아서 초조했다.

이 문면은 '삼례'가 어머니의 강권으로 선술집을 떠나기 전날 밤의 '삼
례'에 대한 '나'의 절망적인 인식이 드러나는 부분이다. '나'의 '삼례'에 대
한 향유의 끝이 보이는 것 같은 예감 속에서 '나'는 깊은 절망감을 느끼게
된다.

그로 인해 '나'는 나르시스적 향유를 즐긴다. 나르시즘적 존재는 바라봄
과 보여짐의 방식으로 성을 향유한다. '나'는 '어머니'와 '삼례', '아버지'와
'삼례의 사내' 등의 인물들과의 고착된 연관성 속에 있는 자아의 모습을
찾고 있으며, 그들과의 상상적 동일화를 통해 성적 인식에 도달한다.

'나'는 상징적 질서, 법, 그리고 언어로부터 소외되어 야생 상태에 놓여
있게 되는데 '삼례'의 출현을 계기로 성에 눈뜨게 된다. 그러나 '나'는 상상
적 질서 속에서 완전한 향유로서의 성에 눈뜨게 됨에도 불구하고 더 이상
성을 향유할 수 없게 된다. 성에 대한 인식에 도달하는 순간 '나'의 성적
향유에의 욕망은 포기되어야만 하는데, 그것은 상상적 질서에서 상징적 질
서로 편입됨을 의미하기 때문이다. 따라서 '나'는 자아가 추구하는 상상계
적 쾌락을 포기하고 쾌락의 일부를 타자, 즉 온전한 성인인 '삼례'나 '창범
이네', 그리고 '옆집 남자'에게 위탁해야 한다. 이러한 의미에서 향유는 타
자, 즉 '나'의 육체 외부에 존재하는 리비도이기에, '나'는 계속 지연될 수
밖에 없는 향유에의 욕망을 몽유병이나 환상체험으로 대체하게 된다. 특히
밤빛의 설원 위로 날아가고 있다는 몽환을 즐기거나 낯익은 설국 위를 '삼
례'와 같이 날아간다는 환상 체험은 바로 현실에서 충족할 수 없는 향유에
의 욕망을 대체하고 있는 것이다.

　이처럼 충족될 수 없는 향유의 주체인 '나'는 항상 죽음의 충동을 받는다. 성적 욕망은 죽음을 충동을 내포하고 있기 때문이다. 이러한 죽음의 충동은 인간들이 생명의 충동과 더불어 긴장을 완전히 제거하고 궁극적으로 비유기적 상태로 돌아가려는 속성을 말하는데, 고통을 부여하는 유아기적 체험이나 외상적 상황을 계속해서 짊어지고 살아가려는 모습에서 그것들은 반복적으로 발견된다. 『홍어』에서 반복되는 패턴들, 즉 '아버지'의 부재, '어머니'에 대한 강박, 날아오르는 환상 체험 등이 바로 주인공 '나'가 가지고 있는 죽음의 충동을 보여주는 요소들이다. 또한 그러한 죽음의 충동은 실재의 존재들과의 분리 욕망으로 표출되기도 한다. 그래서 '나'는 '어머니'를 이유없이 증오하면서 집을 나와 방천둑으로, '삼례'의 선술집으로, '옆집 남자'의 정미소 등으로 싸돌아 다니면서 "떠나야 돼, 이 집에서 떠나야 돼"라는 발화를 반복하게 된다. 그러므로 죽음의 충동, 즉 향유는 '나' 스스로의 성장과 자아 발견을 위한 매개변수로 존재한다.

　하지만 향유는 자아의 내부에 존재하며 이와 동시에 외부에 존재하는데, 외부와 내부는 서로 도달할 수 없는 영역이다. 그러므로 향유, 즉 죽음의 충동은 인간의 원초적 상실, 결핍, 궁극적으로 도달할 수 없는 차이, 주체의 분열을 지칭한다. 따라서 이러한 향유의 거듭됨은 아직 '내'가 상상계를 벗어나지 못했음을 의미하고, 그것은 바로 '내'가 아직 성숙의 단계에 도달하지 못했음을 의미한다. 그러나 '삼례'가 선술집에서 사라지면서 '나'의 향유는 끝을 맞게 되며, '나'는 금지의 권역을 수용할 수밖에 없게 됨으로써 성숙의 세계에 진입하게 되는 것이다. 즉 욕망의 포기야말로 성장의 가장 큰 징후이기 때문이다.

4. '아버지' 찾기로의 섬세한 전이와 성장의 징후

『홍어』는 '아버지' 찾기의 소설이며, 부재하는 '아버지'가 서사의 중심에 놓여 있는 작품이다. 이러한 '아버지' 부재의 서사는 한국 소설사의 주요한 서사문법의 원형이다. 아버지인 주몽을 찾아 나선 유리왕의 탐색과 실재의 아버지로부터 벗어나 새로운 아버지를 찾아 나선 홍길동의 탐색 모두 아버지 부재 때문에 촉발된 서사구조를 갖고 있다. 특히 김원일의『노을』, 오정희의 「유년의 뜰」, 박완서의『그 많던 싱아는 누가 다 먹었을까』, 임철우의『등대 아래서 휘파람을』, 그리고 김소진의 「아버지의 자리」, 「자전거 도둑」 등의 한국 성장소설에서 <아버지 부재>는 서사 전개의 핵으로 기능하고 있다.

『홍어』에 드러난 '아버지'의 부재는 실재적 '아버지'의 부재이다. '아버지'는 방천둑을 거니는 환상 속에서만 존재한다. '아버지'는 읍내 춘일옥 안주인과 바람을 피우고는 쫓겨나듯 가출을 했다.

이와 같은 '아버지'의 부재 때문에 '나'는 항상 다른 대상들을 '아버지'로 대체하거나 동일시하게 된다. '삼례의 사내'나 '옆집 남자'가 바로 그들이다. 이처럼 '아버지'의 부재를 다른 대상과의 동일시로 극복하려는 양상은 김주영의 다른 성장소설들에서도 동일하게 나타난다.『고기잡이는 갈대를 꺾지 않는다』에서의 '장석도', 「아들의 겨울」에서 '박술이', 「도둑견습」에서의 '의붓아버지'들이 바로 그들이다. 이들 작품에서의 성장의 주체인 주인공 소년은 그들에게서 '아버지'의 흔적들을 찾거나 '아버지'가 가져야 할 남성성의 자질들을 탐색하곤 한다.

또한 이러한 대체와 동일시로 '아버지'의 부재가 충족되지 않을 경우 '나'는 환상 속에서 '아버지'를 체험하게 된다. 방천둑 위에서 '나'는 헤어져 있는 거리와 상관없이 자유자재로 '아버지'를 만나는 환상 체험을 한다. '아버지'를 완벽하게 기억하지 못하는 '나'지만 '아버지'는 언제나 노을을 등지고 방천둑의 서쪽 끝으로 모습을 드러낸다.

이러한 아버지 찾기에의 모색이 작품의 중반 이후부터 '어머니'에 대한 '나'의 이유없는 반항과 적대감으로 표출된다. 그 근원에는 '어머니'가 아버지 찾기에 능동적이고 적극적이지 못하기 때문이다. 그리고 그것은 '어머니'에 대한 배신감과 증오심을 키우는 것으로 발전한다. 그런 이유로 '나'는 옆집 개인 '누룽지'가 '어머니'의 '아버지'에 대한 그리움의 또다른 표상인 수탉을 물어 죽이는 순간 '내'가 저지르고 말았어야 할 일을 '누룽지'가 해주었다는 깊은 동료애와 쾌감을 느끼게 된다. 그리고 방금 목간한 '옆집 남자'와 '어머니'가 정미소에서 밀회를 즐기고 있으리라는 스스로의 믿음을 조작히면서 '어머니'에 대한 증오심을 키워 나간다.

> 그 흙벽에 등을 밀착시키고 서 있노라면, 벽의 격렬한 흔들림에 따라 내 몸뚱이 전체, 그리고 창자 속까지도 뒤집히는 듯한 유장한 순환의 힘과 전율을 함께 맛볼 수 있었다. 관절들이 서로 딱딱 맞추는 듯한 그 전율의 무늬들은 내 살갗과 육질, 그리고 뼛속까지도 파고들어서 그속에 조각조각으로 흩어져 숨어 있던 에너지의 편린들을 긁어내어 양각시키며 나에게도 누굴 미워할 수 있고 그 미워하는 대상을 향해 총알처럼 돌진할 수 있는 사악한 힘도 있다는 것을 확인시켜 주었다.

위의 문면은 정미소에서 '어머니'와 '옆집 남자'의 밀회를 상상하면서 누군가를 미워할 수 있는 사악한 힘을 '나'의 내면에서 찾아내는 상황에 대한 서술이다. '나'는 기계들의 유장한 순환의 힘과 전율을 맛보면서 '나'에게 내재하는 사악한 힘을 인지하게 된다. '어머니'에 대한 배심감과 증오심이

<악>에 대한 '나'의 새로운 인식에 도달하게 한다. 이처럼 <악의 인식>이 세밀하게 형상화된 묘사는 그간 다른 한국 성장소설에서는 찾아보기 어려운 뛰어난 내면 묘사라고 할 수 있다. 그러므로 이러한 내면의 발견과 탁월한 묘사는 『홍어』를 한국 성장소설의 전범으로서의 반열에 올려놓을 수 있는 근거로 제시될 수 있을 것이다.

이러한 내면의 발견이 교양소설의 전범으로 삼는 독일 교양 소설의 필요충분 조건이라는 점에서 『홍어』는 그러한 조건을 충족시키고 있다. 이처럼 악의 인식을 통한 내면의 발견은 '눈'과 '겨울'에 대한 '나'의 인식에서 더욱 심화되고 있다.

눈에 대한 인식이 바로 '나'의 성장의 계기이면서 성장의 징후가 되기도 한다. 눈이 왔던 날 '삼례'가 출현하면서 서사가 시작되고 눈이 내리던 날 '어머니'가 가출하면서 서사가 종결된다. 이는 서사를 추동하는 시공소로서 '눈'이 중요한 서사의 핵으로 기능하고 있음을 추론해 볼 수 있는 대목이다. 이 작품에서 '눈'은 고립된 공간을 조성하는 공간소이면서 반어를 함의하는 겨울이라는 시간소로 기능한다. 그러므로 눈은 '나'의 성장의 계기가 된다는 점에서 눈은 '나'의 성장의 은유적 매개체라고 할 수 있다.

따라서 '나'의 성장에 대한 인식은 눈에 대한 인식과 일치할 수 있다. '나'의 눈에 대한 인식은 불가사의한 요술로 인식되면서 또한 차가움과 따뜻함, 공허함과 팽만함, 소멸과 풍요함이 오묘한 조화의 절정을 지향하는 것으로 인식된다. 그러나 그것들은 완벽한 조율에 힘입어 어느 것이 소멸이며, 어느 것이 풍요인지 판별하기 어렵게 만드는 것이기도 하다는 인식에 도달한다. 그러한 눈에 대한 이중적 인식은 바로 겨울에 대한 이중적 인식으로 귀결된다.

프라이는 겨울의 양식으로 아이러니의 양식을 제시하는데, 겨울은 고통스러운 불합리와 더불어서 새로운 봄에 대한 희망을 내포하고 있기 때문이다. 이것이 작가 김주영이 지향하는 성장에 대한 인식으로 전환되지는 않을까?

결핍과 충족, 존재와 부재, 인식과 실천에 대한 반어적 인식에 도달하는 순간, 대상들의 이중성에 대한 인식에 도달하는 순간이 바로 성장의 도달점일 것이다. 결국 김주영은 눈에 대한 사유를 통해『홍어』의 주인공의 성장, 혹은 자신의 성장의 아이러니를 이야기하려고 했던 것 같다. 성장의 이념이 부재하는 가운데 성장할 수 밖에 없었던 성장의 이야기, 부재하는 이념이 자신에게는 성장의 이념일 수 밖에 없었다는 이야기를 김주영은『홍어』라는 절편을 통해 토로하고 있는 듯하다. 하여『홍어』에서는 그전의 김주영의 다른 성장소설들,『고기잡이는 갈대를 꺾지 않는다』, 「아들의 겨울」에서는 찾아볼 수 없는 삶에 대한 딜관과 넉넉함의 여유를 찾아 볼 수 있는 것이다

그보다 우리가 주목해야 할 바는『홍어』에서 비로소 <아버지 찾기>의 서사가 이루어지고 있다는 점이다. 그간의 김주영 다른 성장소설들 속에서는 '아버지' 찾기보다는 '아버지'의 부재 가운데서 주인공과 '어머니'의 견딤의 서사가 중심에 놓여 있었다. 그 작품들에서는 '아버지'의 부재가 고정된 배경으로서만 기능할 뿐 찾아야 되거나 반드시 존재해야만 되는 것이 아니었다. 그래서 그런 작품 속의 '어머니'들도, 성장의 주체인 주인공도 '아버지'를 탐색하지 않았던 것이다. 다만 성장의 주체가 다른 '아버지'들을 자신의 '아버지'로 동일시하는 정도에서 '아버지'에 대한 탐색은 그쳐 있었다.

하지만『홍어』에서는 부재하는 '아버지'가 서사의 중심에 놓여 있다. '아버지'는 홍어로, 가오리연으로, 혹은 수탉으로 전이되면서 '어머니'의 간절한 그리움의 대상으로 설정된다. 작품 속에서 모든 '어머니'의 행위는 '아버

지' 찾기에 다름 아니다. 그리고 다른 작품들과는 변별적으로 작품의 마지
막에 실재하는 '아버지'가 등장하게 된다. 그런 점에서 『홍어』는 강력한 '아
버지' 찾기의 서사인 것이다. 여기서 우리는 그가 이야기한 바 있는 '아버
지'의 서사에의 가능성을 『홍어』가 제시하고 있는 점에 이제는 주목해야
할 것 같다. 즉 『홍어』가 기점이 되어 김주영은 '어머니'의 서사에서 '아버
지'의 서사로 섬세한 전이를 시도하고 있다고 추론해 볼 수 있겠다.

5. 이념 부재 속에서 이루어지는 성장의 이념

『홍어』에서 주인공 '나'의 성장은 반어적이다. 성장의 뚜렷한 계기, 혹은
성장의 이념이 보이지 않는데도 불구하고 '나'는 성장하게 된다. 그러한 성
장의 지표는 '내'가 성에 눈뜸과 동시에 악을 발견하고 눈에 대한 반어적
인식에 도달하게 되었다는 것에서 찾을 수 있다. 그러한 성숙에의 도달은
'나'의 '어머니'와 '아버지'에 대한 그리움으로부터 근원하는 자아 정체성
의 탐색으로부터 출발한다.

'나'는 부재하는 아버지를 대신하여 어머니에게서 자아 정체성의 징후를
탐색한다. 그 탐색은 아버지에 대한 막막한 그리움에 바탕하고 있으면서도
어머니에 대한 그리움의 다른 표현이기도 하다. 그러나 어머니에 대한 나의
그리움은 충족되지 않는다. 어머니의 그리움은 아버지에게로 향하고 있으
며, 어머니의 궁극적 그리움은 삼례의 자유로운 삶이었으며, 그것은 어머니
자신의 정체성에 대한 탐색이었다.

한편 '나'는 삼례를 통해 성적 향유를 욕망한다. 그러나 '나'는 성에 눈뜸
으로서 성적 향유를 충족할 수 없는 반어적 상황에 직면한다. 따라서 '나'는

절망적 상황에 직면하고 나르시스적 향유를 즐긴다. 하지만 그러한 향유는 죽음의 충동을 내포하면서 주체의 분열을 유발하게 되고 '나'는 스스로의 성장과 자아 발견을 시도하게 된다.

이러한 성장과 자아발견의 계기는 '나'의 내면의 발견으로 더욱 강화된다. 내면의 발견은 악에 대한 새로운 인식 때문에 가능하게 되고, 그것은 눈과 겨울에 대한 반어적 인식으로부터 도달한 결론이기도 하다. 이처럼 이 작품은 아버지의 부재로 인해 성장 이념이 부재하는 것으로 인식되기도 하지만 내면의 발견을 통해 새로운 성장의 가능성을 제시하고 있다. 이는 성장이념의 부재로 인해 한국 성장소설의 존재 가치를 정당하게 평가하지 않았던 그간의 일반적 논의를 극복할 수 있게 하는 논의의 초석을 마련하고 있다.

또한 『홍어』는 김주영 소설의 섬세한 변화를 예측하게 해 주는 단초를 제공하고 있다. 그간의 김주영의 성장소설은 아버지의 부재 가운데서 어머니의 한스러운 삶과 생명력을 제시하는 어머니의 견딤의 서사가 중심에 놓여 있었다. 아버지 부재는 배경으로만 존재할 뿐 서사를 추동하는 역할을 하지 못했다. 하지만 이 작품에 이르러서 실재적 아버지에 대한 그리움이 구체적인 탐색을 통해 드러나고 있는 것이다.

따라서 『홍어』는 내면의 발견을 통해 한국 성장소설의 새로운 가능성을 제시해 주는 전범이 되고 있으며, 김주영 소설의 작품 세계가 어머니의 견딤의 서사에서 아버지 중심의 서사로의 내밀한 변화를 예단하게 하는 분기점의 역할을 하고 있다는 추론을 가능하게 한다.

이제 하늘을 날아오르고 물속을 자유롭게 헤엄치는 소년의 모습을 현실에서 바라보는 일을 기약할 일이다. 그리고 그 곁에는 피와 살입음을 얻어낸 진정한 아버지가 함께 하기를.

깨달음의 바다, 혹은 평심의 궁극

박상륭의 「平心」론

1. 인간다움을 넘어선 우주, 길항과 생성의 반어

　20세기 문학의 궁극적 주제는 휴머니즘이었다. 휴머니즘의 전통은 이미 소크라테스로부터 비롯된 그리스 철학으로부터 근원하는 것인데, 그것은 인간다움을 지향하는 모든 철학적 사유와 의식의 뿌리로, 심지어는 사회주의의 이념적 원형으로, 그리고 마지막 남은 자본주의의 이데올로기로 기능해왔다.

　물질적 분배의 정의에 관한 문제제기와 저항으로부터 시작한 사회주의적 휴머니즘은 역설적이게도 물질의 생산력 약화로 인해 그 막을 내렸다. 그리고 자본주의의 휴머니즘은 철저히 관념화된 이념으로 우리들의 도덕과 윤리의 잣대가 되어 있다. 하지만 그것이 인종과 민족, 성(性), 그리고 분배방식의 문제를 배제한 관념일 때, 그것은 철저히 가진 자의 잣대가 될 수 있음을 간과해서는 안 될 것이다. 특히 인간적이라는 이름으로 자행된 환경파괴, 이성에 대한 맹종, 여성에 대한 억압, 제3세계 민족과 국가들의 식민지화로 인한 비인간적인 양상들을 우리는 이미 지난 20세기에 체험하였던 것이다.

이러한 휴머니즘의 허구성에 대한 통렬한 거부 혹은 부정, 휴머니즘보다는 반휴머니즘이나 탈휴머니즘으로 일관해온 작가가 바로 박상륭이다. 그는 이미 60년대부터 인간의 삶보다는 역설적이게도 인간의 죽음의 문제를 탐색했다. 그리고 인간으로 인해 오염된 자연과 우주에 대해 고민하고 인간 중심의 세계 인식과 운영에 대해 통렬히 비판했다. 그는 자연 혹은 우주의 주인공으로서의 인간이 아니라, 우주와 자연의 법칙에 적응해야만 하는 숙명의 인간을 구도적 자세로 탐구해왔다. 그러한 탐구의 방식은 지극히 부정과 역설의 방식이었던 바, 인간을, 인간의 삶과 인간이 만들어 놓은 문명과 문화를 부정하는 인간을 주인공으로 설정하였다. 그리하여 아이러니와 역설, 언어에 대한 부정과 모순화법의 활용은 그의 주요한 담론 방식이면서 수사학이었다.

그의 작품들은 대개 구도의 과정을 거치는 주인공을 통해 인간의 세속적 삶과 우주와의 엇갈림에 대한 비극적 부조리를 형상화하였다. 부인할 수도 그렇다고 긍정할 수도 없는 우리들의 삶을 끝내 지켜내고 규정하는 것이 우리의 세속적 일상이라면, 그것은 철저히 우주의 흐름의 지배를 받는다. 그러나 우주의 흐름은 인간의 운명과는 배리(背理)의 관계를 형성한다. 그것은 이미 우주의 흐름을 거역하려는 인간들의 교만함으로부터 파생하는 것이었기 때문이지만 강물처럼 흘러가는 우주의 흐름은 역설적이게도 우리의 세속적 삶을 질서화시키면서 동시에 억압의 기제로 작용한다.

그러한 우주의 흐름과 인간의 세속적 삶의 반어적 관계가 현실과 이상의 괴리라는 사생아를 낳았을 것임은 자명하다. 특히 현실과 이상의 불일치는 모든 문학적 긴장을 추동하는 힘으로 작용한다. 그런 점에서 모든 문학은 이율배반이며 반어적이다. 현실을 현실로 긍정하거나, 현실은 없고 이상만 존재하는 곳에 문학의 자장은 미치지 않는다. 현실과 이상이 서로 길항하면서 만들어낸 강한 자장들이 투쟁하면서 상생하는 공간, 그것이 바로 문학의 생성공간임 셈이다.

그의 대표작들인『열명길』,『아겔다마』,『죽음의 한 연구』,『칠조어론』이 바로 그러한 예증이 된다. 특히 그의 소설집『평심(平心)』은 그가 추구해왔던 의식의 총체적 결과물이라고 할 수 있다. 이 작품집에는 여러 편의 단편이 수록되어 있는데, 동일 제목의 단편「평심」이 작품의 핵을 이룬다. 이 작품에는 짧은 분량에도 불구하고 그의 초기소설에서부터 최근 작품에 이르는 그의 사유구조의 전모가 잘 드러나고 있다. 이에 이 글에서는 단편「평심 - 동화 한 자리」를 중심텍스트로 하여 그 서사 구조와 담론 체계를 세밀하게 분석해보고 그것들을 통하여 박상륭 소설의 원형과 아우라를 제시해보고자 한다.

2. 성장과정의 구도적 인물, 성장의 원형

「평심」의 부제는 동화 한 자리이다. 그의 소설을 동화라는 이름으로 명명하는 것은 낯설면서도 한편으로는 익숙하다. 그가 줄곧 추구해온 소설의 관념성과 난해성의 측면에서 보면 동화는 이질적인 것임에 틀림이 없다. 그리고 그 지난한 과정이 죽음과 그 초극을 넘나든다는 점에서 더욱 그렇다. 하지만 그러한 넘나듦의 과정이 구도의 과정이며, 구도의 주체가 아직 미숙한 존재라는 점에서 그것은 동화 속의 어린 주인공의 탐색의 이야기와 유사하다. 특히 주인공으로 어린 왕자가 등장한다는 점에서「평심」은 한 편의 동화로 읽혀질 법하다. 그리고 어린 왕자가 자아와 관련된 문제로 정체성 탐색의 여정(旅程)을 반복한다는 점에서「평심」은 성장소설의 상징적이고 원형적인 구조를 담보하고 있는 작품으로도 해석해 볼 수 있다.

성장소설은 아직 미숙한 소년 주인공 혹은 미숙한 존재가 여행이나 예술적 수련 등의 과정을 통해 겪는 내면적 갈등과 정신적 성장, 그리고 자아의 정체성 획득의 이야기를 심층구조로 하는 소설 유형이다. 이와 같은 성장소설의 유형은 이미 신화나 전설, 혹은 고대소설의 주인공의 성장 모티프에 원형적으로 존재해왔다. 그것이 서사문학의 역사적 전개 과정 속에서 어떤 때는 신화나 전설로, 어떤 때는 소설로 변형되었던 것이다. 따라서 성장 이야기의 심층 구조는 가출→고난→조력자의 도움→탐색의 성공→귀가의 과정을 거치게 된다.

이러한 성장 모티프가 「평심」에도 그대로 내재화되어 있다. 이처럼 성장 모티프의 원형적 이야기로서의 이 작품은 어린 왕자의 가출에 대한 서술로부터 서사가 시작된다.

> 허기야 그때쯤엔, 그도 살을 입었었은즉, 불두덩이며 코밑에도, 먼지털 좀 쇤 것들 몇 오라기가 삐죽 뱃죽 돋아오르고 있었으며, 목소리까지도 묘하게 변해가고 있었던 그런 나이였더니, 한번 떠나버렸더라고 했다. 아바마마나 어마마마께, 자기가 용 타고 돌아올 때까지 살아 계시라고 이르고, 표표히 왕궁을 떠나버린 것이었다. …중략… 어마마마 생각에도, 저 '별보기'가, 그런 어떤 모험, 열세, 고생 끝에, 허기지고 지쳐 돌아온다면, 별 수 없이 그때는 그도, 별들 사는 데서부터, 개미도, 개도, 사람도 사는 고장에로 돌아오지 않을 수 없을 것이라고 한 것이다.

위의 예문을 통해 「평심」이 바로 출생 - 성장 - 고난 - 입사의 과정을 지니는 성장의 모티프를 중심으로 서술되고 있음을 알 수 있다. 이처럼 이 작품의 주인공인 어린 왕자는 마음이 무엇인가를 탐색하기 위해 가출을 실행한

다. 그 마음이란 자아의 정체성이거나 새로운 세계를 살아가야 할 진리일
것이다. 어쨌든 그의 가출은 결국 정체성 탐색을 전제로 하고 있고, 이러한
탐색은 성장을 위해 부과되는 통과제의이기도 하다.

통과제의라는 단어의 라틴어 어원은 '시작'을 의미하면서, 한편으로 '완
벽의 추구'를 내포한다. 그것은 '도달'과 '완성'의 의미를 함의하고 있는데,
이는 '입문하다'와 '죽는다'를 결부시킨 의미이기도 하다. 즉 새로운 세계로
의 입문은 기존의 세계에서의 죽음을 전제로 하기 때문이다. 그래서 엘리아
데는 통과의례란 신참자의 죽음과 부활을 의미하며, 지옥으로의 하강과 하
늘로의 상승을 의미한다고 정의했던 것이다. 따라서 이 작품에서의 왕자의
가출은 새로운 세계로 나아가기 위한 기존의 세계에서의 죽음을 의미하며,
질서의 세계에서 혼돈의 세계로의 진입을 의미한다. 그리고 이러한 죽음과
혼돈의 과정을 통해 입사자는 새로운 생명을 얻게 되고 속(俗)의 세계에서
성(聖)의 세계로의 진입을 완성하게 되는 것이다.

하지만 이러한 통과제의의 과정은 죽음을 내포하므로 그만큼 혹독하고
고통스러운 과정을 수반한다. 그러므로 그런 과정을 구원해 줄 조력자가
필요하다. 「평심」에서의 왕자는 불머슴살이의 세월로 성장의 시련을 견디
면서 세 명의 조력자를 만난다. 첫 번째 조력자인 노인네는 마음을 찾아
떠난 왕자에게 불머슴살이를 시킨 보상으로 '마음에 닿는 길은 하나뿐만이
아니고 둘보다도 많은 것은 아니다'라는 가르침을 전하고 왕자를 두 번째
스승에게로 가는 방법을 알려준다. 두 번째 스승은 왕자가 일년치의 땔감을
마련해준 댓가로 마음의 '체(體)'가 동시에 그 '용(用)'이며, '용(用)'이 또한
'체(體)' 자체임을 가르친다. 그리고 세 번째 스승은 왕자에게 마음의 '체
(體)'를 찾으려 하기보다는 <평심(平心)>을 찾으라는 가르침을 전한다.

결국 세 번의 불머슴살이 끝에 왕자는 더 이상 스승을 필요로 하지 않게

되었으며, 스승의 가르침, 즉 말(言語)의 씨앗들로 사고(思考)하기 시작한다. 하지만 여기가 그의 성장의 귀결이 아니었으니, 이 지점으로부터 「평심」이 보편한 개념의 동화로부터 벗어나는 지점이다.

> 전형적인 한 동화童話의 기승전결起承轉結과, 전형적인 한 아동의 성장에 있어서의 갈림 길목이 저것이기 때문이다. 다시 말하면, 한 동화의 기승전결과, 그런 동화를 들으며 자란 한 아동의 실제적 삶은, 그 '기승'까지는 같되, 그 '전결'이라는 데서는 늘 어긋나곤 한다는 얘기다. 한 번 더 '다시 말하면', 그러니까, 동화속에서는, 그 동화의 주인공 되는 왕자가, 나쁜 용을 무찌르고, 어느 나라의 공주를 구해 개선을 하는 데 반해, 한 아동은 실제적 삶에서, 성장하기의 어려움과 당면한다는 것이다. 구상의 추상화(꿈꾸기), 그 추상의 구상화가 동화의 기승전결이라면, 추상의 구상화(꿈꾸기), 그 추상의 구상화에서 추상성만 사상捨象되기, 바로 그 일점이 '광휘에 찬 비극'이라는 것이다.

이 지점이 소설 「평심」이 동화로써의 「평심」이 아니라 성장소설로서의 「평심」임을 가늠하게 하는 수준점인 것이다. 불머슴살이의 고난 끝에 왕자가 도달한 지점은 바로 현실의 냉혹한 삶의 현장이었던 셈이다. 결국 세계 속의 단독자로서의 성장 주체는 철저하게 다시 한번 성장하기의 어려움에 당면하게 되는 것이다. 그리하여 그 지점을, 유년으로부터 성인으로의 경계, 추상의 구상화에서 추상성만 벗겨낸 그 지점을 '광휘에 찬 비극'으로 명명하고 있다.

왕자는 그후 '평심이란 무엇인가?'라는 화두를 가지고 일심으로 정진하지만 끝내 실패하고 부랑(浮浪)하게 된다. 그 끝없는 부랑의 끝에는 육지의 끝이 기다리고 있었고, 그곳에서 그는 '난폭한 물'인 바다를 발견한다. 그리고 그는 '바다에 대한 이해'에 도달하고 그 바다가 '프라브리티(흔들림)의 구조'라는 인식에 도달한다. 성장모티프의 원형들에서 '바다'는 신참자가 통과제의의 시련 속에서 꼭 도달하는 곳이기도 하다. 신참자는 바다 혹은 바다 괴물들을 통해서 통과제의의 사명을 완수하게 되는데, 이는 바다 혹은 바닷물이 모든 형태를 해체하고 소멸시키면서 동시에 모든 것을 새롭게 생성하는 원형적 상징을 내포하고 있기 때문일 것이다.

왕자는 바다의 흔들림(프리브리티)이 끊임없는 흐름을 좇아 처르륵 철썩 '니브리티(不動)'의 해변에 부딪히고 있는 것을 보고 듣는다. 그리고 풍랑이 있는 날의 바다가 평평해졌을 때의 양상이 소승적(小乘的) 평심, 바람이 잠들어 고요해진 바다의 집단적 양상이 대승적(大乘的) 평심이라는 인식에 도달함으로써, 그는 대승적 국면에서 '우주적 마음으로서의 평심(平心)이 도(道)'라고 깨닫게 된다. 이제야 그는 험난한 가출과 고난의 과정을 끝내고 진정한 정체성, 즉 도(道)를 깨닫는 경지에 도달하게 된 것이다.

그러므로 「평심」은 어린 왕자의 구도적 여정을 통해 가출 - 고난 - 깨달음 이라는 성장소설의 구조적 원형을 온전하게 재현함으로써 성장소설의 새로운 전망을 보여 주고 있다. 박상륭 소설의 이러한 성장소설적 양상은 『죽음의 한 연구』에서부터 그 원형을 찾을 수 있다. 이 작품에서 주인공의 죽음의식은 창녀를 어머니로 둔 아기의 성장 체험과 밀접하게 연관되어 있으며, 주인공의 구도적 탐색의 여정이 미성숙한 성장주체의 정체성 탐색의 여정과 상동(相同)한 구조를 가지고 있기 때문이다. 이러한 미성숙한 존재의 깨달음에 대한 여정이 구도의 과정이면서 동시에 성장의 과정임을 박상륭 소설은 보여주고 있다. 그러므로 박상륭 소설의 구도소설, 성장소설은 새로운 세기를 맞이하여 추구할 수 있는 성장의 방법이면서 성장의 또 다른 이념이 될 터이다.

3. 해체와 역설의 언어, 그 부정과 흔들림의 끝

「평심」의 시·공간은 박상륭의 다른 소설들처럼 상징적이면서 환상적이다. 그것은 구체적인 물상의 공간과 시간이 아닌 세속의 잣대로는 가늠할 수 없는 시·공간이다. 그저 마음의 개념으로만 측량이 가능한 시·공간인 셈이다. 즉 '마음을 척도로 삼는다면, 눈 한 번 깜짝할 사이에, 한 번쯤 갔다가 올 만한 그만쯤의 거리 저쪽'이 바로 「평심」의 시·공간이다. 이러한 추상화된 시·공간은 고소설이나 설화적 시·공간과 유사하지만 그것들과는 변별되는 신화적 시·공간으로 이해하여야 한다.

이와 같은 신화적 시·공간은 세속화된 우리 일상의 존재들이 살고 죽어가는 지속적이고 불가역적인 시·공간과는 질적으로 다른 원초적 무시간적 공간으로서의 신성한 시·공간이다. 그러한 신화직 시·공간 설정의 심층에는 현실의 속계(俗界), 속화된 시·공간에 대한 부정 의식이 자리하고 있다. 속계의 혼돈으로부터 신성공간의 질서로 옮겨가려는 작가의 의식이 이 작품의 시·공간을 지배하고 있다. 이러한 신성한 시·공간의 설정은 개인적이고, 연대기적이며, 역사적인 시간에의 부정이며, 과거의 세속화된 시·공간을 폐기시킴으로서 새로운 세계를 창조하려는 의지의 표출인 것이다.

이러한 시·공간의 부정은 「평심」에서 인과적 시간의 조합인 플롯의 해체로 드러난다. 시간적 순서와 인과율의 조합에 의해 짜여지는 일반적인 소설의 플롯을 그의 소설에서는 쉽게 찾을 수 없다. 이는 그의 소설에 플롯이 존재하지 않음을 의미하는 것은 아니다. 플롯은 존재함에도 그것들이 인과율에 의해 서사구조의 표층으로 드러나지 않으면서 의미의 바다에 단지 부유하고 있을 뿐이다. 이 점이 그의 소설의 독특한 서사시학의 근원인 셈이다.

이처럼 이 작품의 서사구조의 표층에서 플롯은 쉽게 읽히지 않는다. 왕자의 성장과 가출이 인과율로 설명되지 않을 뿐만 아니라 가출을 통해 계속되는 왕자의 방황 또한 인과율로 파악되지 않는다. 인과율의 파괴는 인간 중심의 이성과 문화, 역사에 대한 부정이며, 이는 기존의 지배적인 모든 사유와 물상들을 죽임 혹은 부정함으로써 새로운 창조, 깨달음이 얻어질 수 있다는 사유의 한 편린(片鱗)이다. 계속되는 사유와 물상들의 분화, 그 부정과 해체의 부유 속에서 투사되는 뜨거운 삶과 구도에의 열망만이 존재할 뿐이다. 그러므로 소설의 결을 따라 읽어가다 보면 마음의 실마리, 작은 깨달음이 밀려온다.

그가 이토록 인과율의 플롯을 지양함은 속계(俗界)가 철저히 인과율에 의해 운영되기 때문이며, 더욱 근원적으로는 윤회, 업, 진화에 대한 그의 부정의식의 소산이다. 『죽음의 한 연구』로부터 『칠조어론』에 이르는 그의 사유와 구도의 핵이 바로 인과율과 윤회에 대한 철저한 부정의식으로부터 발원하고 있는 것은 이 때문이다. 윤회의 고리로부터 영구히 벗어나는 일이 바로 소멸을 완전히 성취해내는 일이며, 그것이 박상륭 소설에서 죽음을 궁극으로 탐색하는 이유가 된다. 이러한 죽음의 탐색 방식이 살임음을 통해 현존하는 것들에 대해 부정하고 초극하는 의식의 소산이 될 터이다.

현실공간에 대한 부정 혹은 초월의식이 바로 그의 소설속에서 낯설은 언어의 사용으로 드러난다. 우리의 현실공간에서는 거의 사용되지 않을 듯싶은 언어, 특히 근원을 알 수 없는 사투리가 활용되고 있다. 또한 느낌표(!)와 물음표(?), 말줄임표(……)의 활용이 빈번한 것도 그만의 독특한 언어 사용이다.

'별보기님'이라고 불렀던개벴더라.

"저 '마음'이라는 것을 찾으러 나설 것잉만요"
"찍소로고!, 결코 돌이키려잖는다?"
"마음에 닿는 길은, 하나뿐만은 아니라더라, 그렇다고 둘보다도 많은
것도 아니라등만……"

이처럼 그는 새로운 언어, 화법의 창조를 통해 새로운 정서, 사유, 세계를 그려내고 있다. 그의 문체가 유려한 운문의 운율을 갖고 있다는 점도 또다른 언어의 새로움이다. 짧은 문장이 아닌 긴 호흡을 가진 장문(長文)을 구사하면서 부여되는 가락은 어쩌면 서사무가를 노래하는 무당의 유장한 숨결과 닮아 있다. 그의 낯설면서도 새로운 세계에 대한 지향과 구도에 대한 열망이 무당의 그것과 동일한 것이기에 그 숨결도 닮은 것이리라. 결국 언어는 <몸(體)>과 <화두(用)>를 구비해내어 그것 자체로써 해탈이로되 <몸>이 구획하는 한도내에서의 해탈이라는 그의 발언은 그가 사용하는 언어에 대한 그의 인식의 지평을 보여준다. 그가 이처럼 낯설은 언어를 사용하여 소설을 쓰는 것은 일반적 의미의 소설 쓰기가 아니라, 그에게서의 소설쓰기는 그의 사유적 삶의 지평을 확대해 나가는 것이며, 그의 깨달음을 밀고 나가는 방법이기 때문이다.

그래서 삶 혹은 세계, 우주에 대한 깨달음이 그의 소설에서는 반어 혹은 역설, 즉 모순어법으로 드러난다. 이는 바로 다층적 언어의 활용이라 할 수 있는데, 결국 한 대상의 표층과 심층에 대한 양면적 인식, 즉 세계에 대한 다층적 인식의 표출인 것이다.

"오기도 하지만, 가기도 하는 중이지요"
"그가 토해내려 했던 것은 음식이 아니라, 말(言語)이었던 것을."
"광휘에 찬 비극의 일점"

"눈은 눈 자체를 보지 못하는데, 그런 눈이 무엇을 본다는 것을"
"반지역연(反之亦然, vice versa)! 실實답잖도다, 시답잖도다!"
"수사학적(修辭學的, 이름의 또는 말의) 허무虛舞는 허무虛無할 터인
가!"

위와 같은 모순어법의 활용은 세계에 대한 이분법적 인식, 혹은 일원론과
절대주의 사고에 대한 경종의 의미로 수용될 수 있다. 이는 그동안 언어와
이성이 비언어적이고 비이성적으로 활용됨으로 인해 인간과 세계에 대한
인식과 운영이 파탄에 이르렀다는 그의 통찰의 반영이다. 그러한 이분법적
언어의 폭력적 구조를 깨뜨리는 방식이 바로 그의 소설에서 구사되는 모순
어법이다.

따라서 박상륭은 「평심」에서 신성스런 시·공간의 설정, 플롯과 인과율의
해체, 새롭고 낯설은 언어와 모순화법의 활용을 통해 세속의 세계와 인간의
질서에 대한 일상적 인식을 부정해내고 있다. 그러한 부정과 흔들림의 사유
의 끝에는 새로운 생명과 깨달음에 대한 열망이 역설적으로 자리하고 있다.
죽음과 욕망을 초극함으로써 우주적 마음인 평심에 도달하려는 의지, 우주
적 마음을 한 몸에 담아내려는 강한 의지가 플롯의 심층에 내밀하게 숨쉬고
있는 것이다.

4. 죽음과 욕망의 초극, 우주적 마음의 경지 - 평심

단편 「평심」은 먼길을 에둘러서 돌아 나온 구도자의 깨달음의 극점이다.
그렇다고 그것이 구도의 종착이나 완결을 의미하는 것은 아니다. 구도의
길 위에 선 자에게 길은 결코 멈출 수 없는 운명이며, 길의 끝은 있을 수도,

있어서도 안될 터이다. 다만 가시밭이나 사막의 길을 넘어서 잠시 오아시스나 시원한 그늘을 만나 길에 대한 새로운 인식, 혹은 길 위의 운명에 대한 깨달음에 도달할 수 있을 뿐이다. 「평심」은 박상륭 문학이 긴 죽음과 욕망의 가시밭을 지나 오아시스의 시원한 그늘에 도달한 증표이다. 하지만 이 작품을 무심이나 평안함의 경지로 해석해서는 안 된다. 그 무심이나 평안함의 심층에는 불안과 죽음의 초월, 지극한 깨달음에의 강한 열망이 또아리 틀고 있다.

이 작품은 『죽음의 한 연구』나 『칠조어론』에서 살펴볼 수 있는 박상륭의 사유의 종합이자 극대화이다. 그러므로 이 작품에는 이전의 작품들과 동일하게 마음의 탐색, 즉 구도적 사유가 드러난다. 그 사유의 과정으로 불교적 담화와 기독교적 담화, 그리고 연금술적 담화가 통합적으로 제시되고 있다. 그 구도의 참된 궁극은 '마음을 길들여 자기 뜻대로 어거함으로써 한 우주를 정복함'에 있다. 그런데 그 마음은 '거대한 용'일 수도 '싯누런 황소'일 수도 있다. 하지만 그 탐색은 어렵고도 어려워 '누구라도 귀안(鬼眼)을 갖든, 두 개보다 더 많은 눈을 가져야만' 될 것이다. 이러한 구도의 방법 중 임재록(臨齋錄)의 '안팎으로 만나는 자를 모두 죽여라'라는 명제를 첫 번째 스승은 왕자에게 가르친다.

> 그것(마음)에 닿는 길은, 하나뿐만은 아니라더라. 그렇다고 둘보다도 많은 것은 아니라등만…… 어느 길이나, 길들은 다 험난하여, 힘들 터이다. 그 한 길은, 이눔 사미여, 왔던 그 길을 되꾸리 감아, 돌아가는 그 길인데, 돌아가면서는, 아 이눔 사미여, 귀 막아라, 꽉 틀어막아라, 육두문자 나간다, 귀 막아라, '봉불살불逢佛殺佛, 봉조살조逢祖殺祖, 봉라한 살라한逢羅漢殺羅漢, 봉부모살부모逢父母殺父母'.

마음의 해탈을 위해 부처를 만나면 부처를 죽이고, 나한을 만나면 나한을 죽이고, 부모를 만나면 부모를 죽이라는 말일 터인데, 이는 『죽음의 한 연구』, 『칠조어론』 등에서 구도의 주인공들이 구도적 죽임과 죽음을 행하는 마음의 바탕인 셈이다. 즉 한번의 완전한 죽음과 죽임을 성취하는 것이 구도의 궁극임을 스승은 어린 왕자에게 제시하고 있다. 이러한 완전한 죽음의 성취를 통한 구도의 방법이 「평심」에서도 제시되고 있다는 것이다.

또한 다른 소설들에서 이미 제시된 사유의 양상이 바로 바다에 대한 이해이다. 박상륭에게 있어서 바다, 또는 자궁의 상징은 스스로의 상극적 질서로 우주를 구성한다. 그러므로 바다를 '고해(苦海)'로 인식하는 것이다. 끝없는 윤회의 근원으로 바다를 바라보는 것이다. 바다는 '뭍을 임신한 어미 당자'이며, 뭍은 '어미의 자궁에다 임신케 한 그 아비 당자'이며, 그 자식이 분만되어져 나오는데 그것이 붉은 용에 다름 아니라는 것이다. 그리고 그 '용이 바로 모태에다 뭍을 임신케 한 그 아비 당자'라는 점에서 바다는 윤회의 근원인 고해라는 것이 그만의 독특한 해석이다. 이처럼 박상륭이 가장 비극적으로 인식하는 영원한 윤회의 고리의 시작이 바로 바다라는 인식은 이 작품에서 반복적으로 드러난다.

하지만 「평심」에서는 이러한 '고해'로서의 바다가 사유의 궁극은 아니다. 그는 그러한 '고해'로서의 바다에서 '흔들림'으로부터 '열반'에 도달하는 경지를 발견한다. 가학과 피학, 남성과 여성, 죽음과 삶의 상극적 질서들이 맞물려 '프라브리티(흔들림)'의 질서를 이루는데, 그것은 횡적 질서로 태어남 - 죽음 - 태어남이 반복되는 영원한 윤회를 의미한다. 그러나 이러한 프라브리티의 우주적 질서는 '니브리티(열반)'의 질서를 궁극으로 지향하고, 이는 '자기 부정'을 통해 가능하게 된다. 이와 같은 '자기 부정'은 삶의 원리와 죽음의 원리가 모두 소멸한 자리에서 가능하게 되고, 드디어 평심에 도

달하게 되는 것이다. 삶과 죽음의 모든 욕망이 소멸된 자리에 흔들림이 없
는 마음인 평심이 얻어지게 된다.

　결국 「평심」에서 구현된 사유의 핵은 바로 성욕(창조력)과 죽음(파괴력),
에로스와 타나토스의 모든 욕망이 사라진 '평온한 또는 평탄한 마음'인 것
이다. 그래서 '평심(平心)'이 '도(道)'이면서 그것은 집단적 마음으로 반복
되어, 결국 우주적 마음으로 승화된다. 평심은 '우주적 마음'인 것이어서
종차 도와 구별할 수 없게 되는 것을 관(觀)하게 된다.

　　고요함 속에 있는, 맥동 아닌 맥동, 그렇다면, '평심'을 성취하기가 '우
　주적 마음'을 성취하기여서, 한 우주가 그 마음속에 휩싸여져 들어버린
　것을 알게 된다. 그런 이라면, 용龍을 불러 타고, 어딘들 주류치 못하랴.
　마음의 '체'에 걸터타고, 마음의 '용'을 어거한다면, 그가 그 한 우주의
　군주이지 뭣이겠느냐. '체가 동시에 그 용이며, 용이 또한 체 자체인 것
　을' - ?

　「평심」은 박상륭 소설이 보여왔던 사유의 낯설음, 그 추구방식의 불안과
어둠, 격렬한 부정과 죽음 등의 의식이 보이지 않는다. 특히 그가 스스로
만들어낸 악테옹 콤플렉스, 즉 자기 내면의 독, 독구, 황충, 독사와 같은
것들로부터 해방을 성취하지 못한 정신이 이 작품에는 드러나지 않는다.
그리고 이 세상은 소풍을 즐기는 곳이 아니라 아픔으로부터 벗어나기 위해
투쟁해야만 하는 곳이라는 인식 또한 이 작품에서는 소멸하고 있다. 세계와
의 불화와 혼돈, 갈등, 죽음, 희생양의 화소들이 「평심」에 이르러서는 사라
지고, 오히려 이 작품에서는 한번의 폭풍우가 지난 뒤의 맑고 청량함처럼
무심(無心)의 경지, 모든 죽음과 욕망이 사라진 평심(平心)의 경지가 보인
다. 이는 박상륭 소설의 섬세한 선회를 의미하는 것일 수도 있다. 그의 이전

의 작품에서 볼 수 있었던 죽음 혹은 욕망이 사라지고, 그의 마음이 이제 평심에 도달했음을 보여준 작품이 바로 그의 단편 「평심」인 것이다. 그러므로 이 작품은 계속되는 그의 작품 세계의 섬세한 선회의 기준점이 될 것이다.

5. 죽음과 세기말을 건너는 방법

박상륭은 1963년 단편 「아겔다마」로 등단한 이후 줄곧 우주, 생명, 죽음을 화두로 삼고 말·마음·몸의 연금술이라는 구도의 사유로써의 소설쓰기를 계속해왔다. 그러한 구도의 길은 혼돈에 이르는 길이었고, 경계를 파괴하는 죽음에 도달하는 길이기도 하였다. 또한 마음의 체(體)인 몸과 몸의 용(用)인 마음의 연금술적 사유를 통해 우주의 말, 언어에 도달하고, 그 언어는 몸(體)과 화두(用)을 구비해내어 그것 자체로서 해탈을 이루어냈다. 그 해탈의 경지가 바로 『죽음의 한 연구』로부터 『칠조어론』에 이르렀다.

해탈과 구도의 여정 가운데 박상륭 소설은 완전한 육체의 죽음과 영혼의 재생을 기투하였다. 여기에서 박상륭의 죽음에 대한 의지가 초극되는데, 그 의지는 치열한 삶에의 의지에 대한 역설적 추구이다. 즉 그의 구도적 죽음은 바로 진정한 삶을 향한 역설적 죽음이었다. 그리하여 그것은 세속적 인간의 한계와 부조리를 넘어 새로운 탄생을 기약하는 통과제의적 죽음의 의미를 갖는다. 끊임없는 번뇌와 인내를 넘어선 존재의 쇄신을 통하여 인간조건을 초월한 영생불멸에 도달하는 의례적 죽음을 그는 그의 소설 속에서 시도해왔던 것이다.

그의 역설적 의지가 빛나는 가운데 죽음, 욕망, 염세, 환멸에 빠진 세기말의 문학의 넋을 씻기고, 맑은 혼을 건져낼 수 있을 것이다. 그러므로 그는 세기말, 죽음 혹은 혼돈에 당면한 한국 문학의 씻김굿의 박수무당이자 사제였음이다. 모든 것을 온몸으로 부정하며 죽음으로 밀어내는 것, 그 치열한 열망의 소산이 『죽음의 한 연구』이고 『칠조어론』임은 자명하다. 그 죽음의 의식(儀式), 죽음으로서의 통과제의를 치뤄낸 그의 사유의 끝, 마음의 바다에 펼쳐진 반가사유의 후광, 즉 해탈의 무지개가 바로 「평심(平心)」이다. 상극과 혼돈과 불화의 제의적 죽음을 완전히 극복한 그의 마음의 바다에 이제 영원히 평안한 마음, 평심이 펼쳐진 것이다.

그러므로 그의 단편 「평심」은 그의 모든 구도적 문학의 사유의 귀결이자 궁극이고, 새로운 이정표이다. 그의 문학의 완성이자 새로운 시작이며, 그의 문학적 죽음이자 새로운 탄생이다. 이전의 작품들에서 보여지던 죽음과, 상극과, 혼돈과, 불화를 불태운 자리에 「평심」이 놓여있다. 그것도 죽음의 세기말을 보내고 새로운 세기를 맞이하는 경계에서. 그리하여 박상륭에게도, 한국문학에게도 「평심」의 의미는 더욱 심장하다. 특히 형이상학적이고 종교적인 것에 대한 무관심과 상상력의 빈곤, 그리고 비어있는 실재에 대한 끝없는 욕망의 추구 등으로 귀결되는 이 시기 한국소설의 메마른 지평에 「평심」이 던지는 화두(話頭)는 시원한 생명수이다.

누구나 담담하지만은 않게 새천년 첫날의 태양을 맞이하였다. 그 태양으로 세기말의 죽음과 염세, 절망과 환멸이 녹아 버릴 것을 기원하기도 했을 터이다. 하지만 그 태양이 지난 세기말의 어느 날 떠오른 태양과 별반 다르지 않은 것임을 짐작하는 순간, 희망과 불안, 절망과 낙관이 겹쳐진다. 문제는 인간들의 날렵한 마음가짐이 문제였을 뿐이다.

날렵한 마음을 묶어두기, 비상과 중력의 반작용 속에서 마음을 잡아 놓기란 죽음에 이르는 길보다 어려울 지도 모른다. 하지만 그러한 역설적 구도

(求道)의 열망을 끝없이 추구한 박상륭이 도달한 길은 항상 같은 마음으로써의 평심(平心)이다. 그가 세기말을 거쳐 새로운 세기를 맞이한 날렵한 마음의 우리들에게 내려준 화두가 바로 평심인 것이다. 혼돈과 죽음으로 들끓는 세기말을 건너는 방법으로서의 평심, 그 흔들림 없는 마음을 화두 삼아 우리는 새천년을 맞이하면서 새로움의 의미, 새로움의 새롭지 않음에 대하여 고뇌해야 할 일이다.

인간다움의 서사, 서사의 진정성 | 제 2 부

어린 연금술사의 창백한 초상

김주영 『멸치』, 은희경 『상속』
심윤경 『나의 아름다운 정원』

1. 창백한 소년과 연금술사와의 만남

중세 유럽을 휩쓸었던 연금술(鍊金術, Alchemy)은 신비로웠지만 실패한 과학이었다. 왜냐하면 어떤 연금술사도 불순한 금속을 순정한 금으로 변형시키거나 생명의 묘약을 찾아내지 못했고, 근대 화학이 정립되면서 철이나 납 등의 열등한 금속은 결코 금이 될 수 없다는 것이 밝혀졌기 때문이다. 하지만 중세 유럽 뿐만 아니라 페르시아와 시리아를 거친 이슬람 세계의 연금술, 그리고 위백양과 갈홍 등의 중국 연금술에 이르기까지 많은 사람들이 연금술에 매료된 까닭은 무엇일까?

그것은 어쩌면 많은 연금술사들이 도달할 수 없는 인간의 물질적 욕망의 극한을 추구했기 때문이었을 것이다. 하지만 또 한편으로는 융의 지적처럼 연금술사들의 목적은 실제로 완벽한 금을 만들어 내는 것보다 우리 개개인들이 도달해야 할 '철학적 금'이었을지도 모른다. 영원한 완전함에 도달할 수 없음, 그것을 알면서도 평생 추구해야 할 경외로운 변화의 끝, 그것이야말로 많은 연금술사들의 궁극적 목표였으리라.

하여 주인공 소년 '산티아고'가 자신의 신화를 찾아 떠나는 여정을 그린 파울로 코엘료의 소설 『연금술사』에서처럼 우리들의 삶은 종종 문학작품들 속에서 연금술사의 여정으로 치환되기도 한다. 특히 유년기에서 성년기로의 변화를 지향하는 성장기의 여정이야말로 연금술사의 그것이라고 할 수 있다. 그러므로 어린 연금술사의 꿈과 희망, 여정을 담아내고 있는 유형의 소설작품들을 우리는 성장소설이라 이름할 수 있을 것이다.

그런데 한국 성장소설에 등장하는 어린 연금술사들은 창백하기만 하다. 그것은 그들에게 제시되는 성장의 준거 혹은 이념이 부재하기 때문이다. 그로 인해 한국 성장소설의 갈래적 정체성에 대해 우려와 의혹의 시선은 사회구성체의 여러 가지 토대의 변화에도 불구하고 여전하다. 본래 성장소설은 독일의 교양이념으로부터 발생한 교양소설(Bildungsroman)을 전범으로 삼고 있는데, 한국 성장소설에서는 교양소설에서와 같은 성장이념을 찾아 볼 수 없다는 것이 바로 그러한 회의적 시선의 근원이다. 우리에게는 개인의 내면적 성장을 유도할 문화요소나 보편적 이념이 부재하거나 아직 정립되지 않았고, 그러한 성장이념의 부재가 분단과 냉전이념의 폭력성으로 더욱 강화됨으로써 진정한 의미의 성장소설이 희소할 수밖에 없었다는 것이 대부분 평자들의 견해이다.

그럼에도 90년대 이후 세계사적 패러다임의 변화는 전망 부재의 상황에 직면한 작가들에게 힘겨운 정체성 탐색을 요청하였고 그것이 다양한 성장 소설의 창작이라는 결과를 낳았다. 김주영의 『홍어』, 박완서『그 많던 싱아는 누가 다 먹었을까』, 현기영의 『지상의 숟가락 하나』, 이윤기의 『하늘의 문』, 송기원의 『너에게 가마 나에게 오라』, 임철우의 『등대 아래서 휘파람』, 은희경의 『새의 선물』, 박정요의 『어른도 길을 잃는다』, 김소진의 「자전거 도둑」, 「아버지의 자리」, 공선옥의 『시절들』 등이 바로 그러한 작품들이다.

한편 영화와 뮤직비디오 같은 영상 매체의 부상, 그리고 인터넷의 보급 등 사이버 세계의 매혹은 우리 문학계 침체의 원인으로 지적되기도 했다. 최근 몇 년 동안의 경제적 시련도 출판계를 불황의 늪에 던져 놓았음은 무시할 수 없지만…. 그러던 문학계와 출판계가 서서히 그 침체의 늪에서 벗어나고 있다. 이같은 추세는 신화나 판타지 소설 등의 인기에 힘입은 때문이기도 하지만, 역설적이게도 주요 일간지의 책 소개코너나 방송매체의 책 읽기 프로그램 등 다매체의 영향에서 비롯되었다고 진단된다.

이는 그동안 영상과 문자 매체의 차이로 인한 문자 매체의 피해의식을 나름대로 보상하는 의미를 내포함과 동시에 다매체 시대, 즉 여러 매체가 공존하면서 상생(相生)하게 되는 시대를 추론하게 하는 의미를 갖고 있기도 하다. 그런 점에서 최근 베스트셀러로 읽혀지는 『봉순이 언니』나 『괭이 부리말 아이들』, 『그 많던 싱아는 누가 다 먹었을까』와 같은 성장소설들은 이러한 시대적 흐름에 힘입은 바가 큰 작품들이라고 하겠다.

굳이 매체의 탓으로 돌리기 전에 이 시기 우리에게 이런 성장소설들이 많은 사람들에 의해 읽혀지고 있다는 것에 주목해야 할 것이며, 독자들이 그런 것들을 어떻게 수용하고 내면화할 것인가의 문제가 주의 깊게 살펴야 할 또다른 과제라고 할 수 있겠다. 그런 점에서 이 글은 김주영의 최근 성장소설 『멸치』와 은희경의 소설집 『상속』, 그리고 심윤경의 『나의 아름다운 정원』을 중심으로 성장소설의 가치와 문제점, 그리고 새로운 성장이념의 정립 가능성 등을 살펴보고자 한다.

2. 남성성의 서사와 내밀함의 시학
 - 김주영 『멸치』

한국 문학사가 아버지 부재의 문학사라는 표현은 한국 근대 문학과 문화의 지형을 함축적으로 보여주는 발화이다. 근대 문학의 출발점이 되었던 이광수에게서 우리는 쉽게 고아의식을 발견하곤 한다. 그러한 고아의식은 실제로 고아로서 성장해야 했던 이광수 개인의 실존적 삶으로부터 근원하는 것이면서, 근대화 초기 식민지 지식인들이 겪어야 했던 문화적, 정치적 상황의식으로부터 출발하는 것이기도 하다. 전시대에 대한 근본적 부정속에서 비로소 그들은 정치적·문학적으로 새로운 출발을 기약할 수 있었기 때문이다.

이같은 고아의식은 30년대 이상과 김남천의 소설, 50년대 하근찬, 손창섭의 소설에서 아버지 부재의 모티프로 반복되고, 60년대 이후 김승옥과 이청준, 박완서와 오정희, 그리고 90년대 김소진과 백민석의 소설에서 반복되는 패턴을 이루어냈다.

특히 김주영의 성장소설들 「아들의 겨울」, 『고기잡이는 갈대를 꺾지 않는다』, 『홍어』 등은 아비부재 속에서 성장하는 소년들을 주인공으로 하고 있다. 그래서 그들은 모두 어머니를 상징적 아버지로 수용하면서 성장하는 모습을 보여준다. 『홍어』에서 주인공 '나'는 공동체로부터 내침을 당한 아버지 대신 어머니에게서 상징계의 처음 흔적을 탐색해 낸다. 어른 세계로 입사하는 '나'에게 성장에로의 매개역할을 해주었던 존재가 바로 어머니였던 것이다. 그래서 김주영은 어느 글에선가 자신의 성장 소설의 핵심은 바로 어머니에 대한 탐구였다고 고백하기도 했다.

그러한 아비 부재의 성장소설과는 다른 새로운 모습을 보여주는 김주영의 소설이 『멸치』이다. 이 작품은 『홍어』의 연작소설이라고도 할 수 있는데, 이는 『홍어』에서 ‘나’를 중심으로 한 욕망의 삼각구도가 『멸치』에서 그대로 유지되고 있으며, 『홍어』의 결말에서 발생한 어머니의 부재가 『멸치』의 서사의 출발점이 되고 있기 때문이다. 하지만 여성인물들인 ‘삼례’와 ‘어머니’로 이루어져 있던 인물의 삼각구도가 ‘삼촌’과 ‘아버지’로 대체되면서 『멸치』에서는 주인공인 ‘나’의 새로운 성장 양상을 제시한다. 즉 『홍어』에서는 여성 인물들을 중심으로 ‘나’의 내밀한 성적 호기심과 내면의 탐색이 간접화된 욕망으로 제시된다. 반면에 『멸치』에서는 어머니 찾기를 모티프로 한 ‘삼촌’과 ‘아버지’의 갈등 과정과 ‘아버지’와 ‘삼촌’에 대한 주인공의 동일화에 대한 지향이 서사의 뼈대를 구축하게 된다.

그렇다고 이 작품이 굵은 선으로 이루어진 남성적인 서사구조와 문체를 보여주는 것은 아니다. 제목이 암시하고 있는 것처럼 이 소설은 내장까지 들여다보이는 투명한 몸체로 일생을 살면서도 알을 밴 흔적을 감추는 은둔자의 삶을 사는 멸치와 같은 내밀한 문체와 내면에 대한 탐색을 이루어내고 있다. 고래에게 포식당하는 순간에도 포식자를 향하여 매혹적인 군무를 보여주는 멸치의 모습에서 의연함과 담대함을 발견하는 작가의 시선이 역설적이게도 이 작품의 주제의식을 웅숭깊게 각인해낸다. 따라서 세상의 만물을 에돌아 나아가면서 작은 여울을 이루다가도 성나면 폭포수나 홍수로 변하여 모든 장애물들을 일시에 휩쓸어버리는 물의 역설처럼 이 작품은 남성성의 서사와 내밀함의 시학을 절묘하게 구현해냄으로써 김주영 성장소설의 새로운 장을 개척해냈다고 하겠다.

그러나 문제는 그러한 상징과 알레고리의 활용이 구체적인 현실 공간을 주인공 성장의 배경으로 설정하지 않는다는 점에 있다. 자아의 각성이 반드시 세계와의 구체적 관계 속에서 획득되는 것이라면 이 작품 속의 주인공 또한 세계와의 연결망을 획득해내었어야 한다. 그럼에도 이 작품에서는 우리의 근대화 과정 속에서 겪을 수밖에 없었던 계급적·민족적인 모순을 드러내는 사건이 하나의 시공소(chronotope)로 제시되지 못하고 있다. 때문에 구체적 세계가 거세된 채로의 성장은 창백한 것일 수밖에 없다.

3. 유년의 원형적 체험에 대한 기억들
　- 은희경 소설집 『상속』

　은희경은 박완서나 신경숙처럼 유년의 체험들을 독특한 기억의 방식으로 묘사해내는데 탁월한 능력을 가진 작가이다. 누구나 한번쯤 겪어냈을 추억들이지만 우리와는 상관없는 것으로 까맣게 잊고 있었던 것들을 작가는 교묘하게 드러내놓으면서 일상의 부조리와 정체성의 상실을 깨닫게 한다. 삶의 비밀을 다 알아버린 영악한 소녀의 성장에 관한 이야기였던 『새의 선물』에서도 작가는 어린 소녀의 눈을 통해 어른들의 삶의 이중성과 그로 인해 겪어야하는 성장의 어려움을 토로한 바 있다.

　최근 발간된 소설집 『상속』에 수록된 대부분의 작품에 등장하는 인물들의 고립되고 자폐적인 삶의 근원은 항상 유년의 아픈 체험 혹은 상처로부터이다. 선보다 착한 위악과 악보다 못된 위선을 통해 드러나는 인물들의 일그러진 삶의 원형질로 유년의 체험이 자리하고 있다. 「내 고향에는 이제 눈이 내리지 않는다」는 전형적인 성장소설의 양상을 보여준다. 아버지의 부도로 인해 낙원과 같은 고향으로부터 뿌리뽑힌 채 도시 외곽으로 쫓겨난 소년의 몰락과 방황, 타락, 그리고 절망 등의 과정이 이전의 성장소설 주인공들의 삶의 단면을 그대로 변주하는 것에 다름 아니다. 작품의 결말에서

"불현듯 이제는 학교에 다니지 못하리라는 생각이 들었다. 이제 나는 예전의 내가 아닌 것이다."라는 화자의 독백은 귄터 그라스의 <양철북>의 주인공 오스카처럼 성장을 거부하는 모습과 닮아 있으며, 변화된 자신의 정체성을 감지하는 주인공의 성숙을 예감하게 한다.

또한 「누가 꽃피는 봄날 리기다소나무 숲에 덫을 놓았을까」라는 작품에서도 성장 과정의 반복적 체험들이 한 인간의 운명을 얼마나 철저하게 지배하는가를 잘 보여준다. 주인공 '소라'는 유복한 환경에서 자란 소녀이면서도 전혀 소녀답지 않는 삶을 살아간다. 그녀는 선과 악의 경계에 대한 뚜렷한 인식 없이 위선과 위악을 반복적으로 행한다. 그러한 그녀의 행태는 유복한 성장과정으로 인해 타인에 대한 사랑이나 배려가 결핍된 삶을 살았던 데에서 그 근원을 찾을 수 있다. 자기 외부의 현상에 대한 완벽한 몰이해가 그녀의 삶을 철저히 일그러지게 만들었던 것이다. 결핍의 부재가 또다른 결핍을 불러온 셈이다.

이처럼 성장의 원형적 체험이 한 인간의 삶을 질곡으로 몰아넣은 양상을 보여주는 작품이 바로 「딸기도둑」이다. 살인 사건의 용의자로 몰리게 된 한 여인의 삶의 바탕에는 어린 시절 딸기도둑으로 몰리게 된 원형적 상처가 자리하고 있다. 선과 악에 대한 도식적인 분류가 갖는 사회적 규율의 폭력성으로 인해 주인공은 성장의 방향을 상실하게 되었던 것이다.

결국 은희경은 『상속』에 수록된 작품들 속에서 세계와 불화할 수밖에 없는 주인공들의 존재이유를 탐구하고 있다. 그리고 그 불화의 경계, 혹은 세계와 자아가 갈등하는 계기점을 작가는 항상 기억의 작용을 통해 유년의 샘으로부터 퍼올리기를 반복한다. 하지만 지나친 유년의 체험에 대한 탐색 행위가 자칫 유아기로의 퇴행이나 부정적인 현실로부터의 도피로 읽히지는 않을지 걱정이 앞서는 것도 사실이다. 진정한 성장은 자아와 세계의 균형감으로부터 파생하는 것이기에 과거와 현재, 자아의 외부와 내부에 대한 균형 잡힌 통찰이 선행될 때 진정한 의미의 성장 소설 혹은 탐색적 서사가 구현될 것이기 때문이다.

4. 힘겨운 성장의 진지한 껴안음
 ― 심윤경 『나의 아름다운 정원』

언제부터였던가? 아이들은 아무 것도 모르거나 몰라도 된다는 생각이 우리들에게 내면화된 것이. 아동학자들은 그것이 서구의 산업혁명 이후부터라고 지적한다. 모든 산업의 영역이 기계화되고 성인 남성들의 노동력만이 필요하게 되면서, 아이들은 사회의 중심에서 배제되고 균등한 분배의 기회로부터 소외되기 시작했다. 그 이후 어른이 되는 성년의 연령은 상향조정되기 시작했다.

그러나 소년들은 천진무구한 대상이거나, 아직 어리고 세상을 모르는 존재가 아니다. 그들도 나름의 사고와 성숙한 판단능력을 확보하고 있다. 이처럼 소년의 성숙한 인식능력을 전제로 한 소설이 바로 제7회 한겨레 문학상 수상작인 심윤경의 『나의 아름다운 정원』이다. 이 작품은 성숙한 소년의 시각으로 가족의 아픔과 사회적·정치적 혼란, 그리고 주인공의 성장 과정을 담담하게 묘사한 내면 탐구의 성장소설이다. 그러한 작가의 정치한 내면 탐구는 유년의 기억을 재조합해내는 아래와 같은 치밀한 묘사 능력으로부터 시작된다.

나는 입으로 앙앙 울고 귀로는 엄마가 내 엉덩이를 치는 철썩철썩 소리를 들으면서, 눈물이 그렁그렁한 눈으로는 미풍에 실려 긴 대각선으로 내 눈앞을 지나가던 벚꽃잎 하나를 가만히 좇고 있었다. 꽃잎은 매끄럽지 않는 사선을 그리며 한들한들 바닥까지 내려와 마당 모퉁이를 두르고 있던 버드나무의 흰 솜털과 노란 송홧가루의 품 속으로 파고들더니 오랜 동무라도 만난 듯 함께 구르고, 튀어오르고, 아장거리다가 마침내 내 시야를 벗어났다.(p.18)

하지만 이러한 묘사와 기억의 정치함에 비해 주인공이 처한 성장의 현실은 절망적이다. 봉건적 의식에 사로잡혀 며느리를 구박하는 이기적인 할머니와 그것에 대항하면서도 여리기만 한 어머니의 불화와 갈등, 그 불화에 방관하면서 어머니에게 가끔씩 폭력을 행사하는 무기력한 아버지, 그 반복된 가족의 불행과 질곡은 주인공의 성장의 어둡고도 힘겨운 그늘로 작용한다. 소설은 이러한 가족의 그늘로 인해 성장의 굴절을 겪게 되는 소년의 힘겨운 성장과정을 형상화하면서 더불어 그 성장을 둘러싼 시대적·정치적 혼돈을 드러낸다. 즉 박정희 대통령의 죽음과 12·12 사태, 그리고 80년 봄의 정치적 혼란 상황이 이야기 전개의 배경으로 제시되고 있다. 또한 주인공이 가장 좋아하는 인물인 박은영 선생님이 80년 5월 광주의 회오리에 휩쓸려 돌아가시는 설정을 통해 정당성을 상실한 권력의 폭력성을 전경화해내고 있다.

한편 소설의 결말에서 모든 가족의 사랑과 의사 소통의 통로였던 다섯 살 여동생 영주의 죽음으로 어머니는 정신병원에 입원하게 되고, 할머니는 집안을 망치고 자식을 잡아먹은 여자라며 어머니를 저주한다. 그럼에도 소년은 희망을 잃지 않는다. 어머니는 더 이상 한 집에서 할머니와 살 수 없음을 선언하게 되고 그로 인해 주인공은 할머니를 모시고 할머니의 고향 마을, '노루너미'로 내려가기로 한다. 희망을 잃지 않는 소년의 성장이 확인되는 부분이다. 그가 발견한 미움과 사랑, 갈등과 화해, 가난과 따뜻함에 대한 진지한 껴안음이 아름다울 뿐이다.

특히 여성작가이면서도 초점화자를 소녀가 아닌 소년으로 설정한 것은 유년의 자전적 원체험과 적절한 거리를 확보하려는 작가의 서사전략 때문일 것이다. 스스로의 자아에 매몰되지 않는 시선의 확보가 필수적인 성장소설에서 이 작품은 그러한 시학적 우월성을 선점하고 있다고 하겠다. 그럼에도 이 작품 또한 한국 성장소설들이 보여주었던 가족주의 혹은 온정주의로부터 자유롭지 못한 것이 사실이다. 가족이기 때문에 문제의 본질과는 상관없이 인간적으로 용서할 수밖에 없다는 문제 해결의 안이함이 이 작품에서도 발견된다. 그토록 자신을 미워했고, 온 가족을 불행의 질곡으로 밀어 넣었던 할머니와 주인공이 화해하게 되는 결말이 바로 그것이다. 가족주의와 온정주의를 뛰어넘어 부정적 요소에 대해 명확한 해결의지를 관철할 때 비로소 성장주체는 진정한 성장에 도달할 수 있을 것이다.

5. 새로운 성장이념의 정립을 위하여

시간이 흐를수록 소설다운 소설을 만나기가 진정 어려워진다. 서점 진열대 위의 소설들은 대부분 서양의 난해한 관념과 이국적 상상력에 기반한 작품들이거나, 사이버 매체에 힘입은 판타지 소설들, 작가 스스로도 가늠할 수 없는 감수성을 나열하거나 즉물화된 내면 풍경만이 생경하게 제시되는 소설들이다. 낯설고 어딘가 어색한 이야기를 견디며 애써 자신의 삶에 꿰어 맞추어 해석하려는 우리네의 독서 풍경은 마치 몸에 맞지 않는 옷을 잘 참아내는 아이의 몸짓만큼이나 우스꽝스럽다. 껍질뿐인 모방이 범람하는 요즘, 많은 성장 소설들은 우리들에게 스스로의 성장과 삶의 풍경에 대한 유익한 준거로 자리한다.

성장은 변화를 전제로 한다. 성장은 시작이며 동시에 끝을 함의한다. 즉 유년의 진정한 끝에 도달해야만 성년의 제대로 된 시작이 가능하게 되는 것이다. 그런 점에서 성장은 금속을 변화시키려 했던 연금술과 닮아 있다. 더불어 성장소설 속의 주인공들은 대부분 연금술사의 모습을 내면화하고 있다. 그런데 문제는 그런 성장을 보여주는 작품들이 온전한 존재론적 변화의 징후를 제시해주지 못한다는 점이다. 환언하면 그 변화의 양상이 하나의 서사 정신 혹은 이데올로기에 기초하고 있거나 그것들을 정립해내지 못한다는 말이다.

앞의 성장소설들 속에서도 아버지란 존재는 보이지 않거나 다른 주요인물이나 사건들에 가려져 있다. 아버지는 성장의 시표이자 이념이고 도달점일 것이다. 그러나 여기서 논의된 작품들 뿐만 아니라 대부분의 성장소설들에서 아버지란 존재는 떠도는 환영이거나 이미 사라져버린 풍문에 불과하다. 『멸치』에서 아버지는 남성다운 외삼촌이나 어머니의 가출이라는 사건에 가려져 있으며, 『나의 아름다운 정원』에서의 아버지 또한 어머니와 할머니의 갈등의 배경으로만 존재한다. 은희경에 『상속』에 수록된 대부분의 단편들에서 또한 아버지란 존재는 거의 없거나 중요한 비중을 차지하지 못한다. 이처럼 많은 성장소설들에서 아비 부재의 모티프는 성장주체들의 온전한 성장을 가로막는 요소로 표출된다. 이러한 아비 부재 문학의 전통은 한국 소설의 남성성 부재, 부조리한 사회적 문제에 대한 적극적 대응의 부재, 소설적 갈등의 온정주의적 해결 등의 문제와 더불어 궁극적으로 한국 문학의 허약성을 드러내는 징후로 읽혀지기도 한다.

또한 이 작품들 속의 주인공들은 어른들의 세계와 완벽한 의사소통에 도달하지 못하고 있다. 은희경의 「내 고향에는 이제 눈이 내리지 않는다」에서 주인공 소년은 '말더듬이'이고 심윤경의 『나의 아름다운 정원』에서 주인공은 '난독증(難讀症)'에 걸려 있다. 스스로 자신을 표현하지 못하거나 세계를 해독하지 못하는 어린 주인공들의 모습에서 성장의 토대가 부실할 수밖에 없는 우리의 현실을 돌아보게 한다. 이것이야말로 창백한 연금술사의 힘겨운 초상들일 것이다.

결국 한국 성장소설들은 작가의 자전적 요소를 극복하지 못한 채 작가의 자의식의 한계를 노출해 왔다. 작가와 작중인물, 초점화자와 대상 세계의 서사적 거리가 확보되지 못함으로써 성장에 대한 비판적 거리나 이데올로기를 획득하지 못했던 것이다. 이처럼 작가 자신의 성장의 풍경을 바라보거나 뒤돌아보기에 그쳤던 것이 한국 성장소설들에 내재하고 있는 중층적 모순인 셈이다. 따라서 작가에게 요청되는 것은 스스로의 자아에만 매몰된 자의식적 긴장이 아니라 자의식의 확장 혹은 세계와 자아의 황홀한 결합이라고 할 수 있다. 그러한 사회 구조와 개인간의 균형잡힌 비판적 시각이야말로 현시기 한국 성장소설에 부재하는 성장이념의 근간이 될 것이다. 때문에 진정한 성장소설은 지켜보는 시선이나 되돌아보는 기억의 작용이 아니라 온몸으로 쓰여진 것이어야 할 터이다. 그런 연후에야 창백한 얼굴을 걷어낸 해맑은 웃음의 어린 연금술사들을 우리는 만나게 되지 않을까.

현실·창작 방법, 총체성과 진정성

김종광 『71년생 다인이』
우광훈 『유쾌한 바나나씨의 하루』
성석제 『황만근은 이렇게 말했다』

1. 문학적 쇄신, 새로운 창작방법의 가능성

한국 영화의 성가(盛歌)가 어느 때보다 드높다. 많은 관객들이 우리 영화를 보기 위해 극장으로 몰려들고, 영화를 공부하려는 젊은이들이 기하급수적으로 늘어나고 있다. 가히 영화, 영상매체의 시대라고 할 수 있을 듯 하다. 특히 소설가였던 이창동 감독의 베를린 영화제 감독상 수상은 한국 문학의 옹색한 지형을 역설적으로 대변하고 있다. 「소지」, 「녹천에는 똥이 많다」 등의 작품들이 한국 사회의 구조적 모순을 깊이있게 재현해내고 천착했다는 점에서 그의 영화로의 방향 전환은 대단히 문제적임에 틀림없다. 어쩌면 그는 사회적 관계의 본질과 형식 사이의 모순이 더욱 다층화되고 있는 후기 자본주의 사회를 더 이상 소설이라는 도구 혹은 매체로는 재현해 낼 수 없다고 판단한 것은 아닐까. 논리의 비약이라는 비판에 직면하리라는 우려에도 굳이 그의 방향 전환을 우리 소설의 위기로 추론해 보는 이유가 바로 여기에 있다.

이와 같은 현실 변화와 모순의 심화에 대한 소설 장르의 응전력의 상실을 극복하기 위한 우리 문학계의 고민 중의 하나가 바로 최근 진행되고 있는 리얼리즘·모더니즘 논쟁일 터이다. 그런데 대부분의 리얼리즘·모더니즘 논쟁들이 그래왔듯이 최근의 논쟁들도 명확한 개념을 준거로 하지 않는다는 점에 문제가 있다. 또한 그 논의의 전개에 있어서도 그간 이루어졌던 개념이나 논지가 반복되거나 부박한 자기 변병으로 일관하고 있는 점 또한 문제로 지적할 수 있을 것이다. 때문에 계속되는 논쟁에도 불구하고 논의의 심화가 이루어지지 않을 뿐만 아니라 새로운 창작 방법의 대안 제시가 제대로 이루어지지 않고 있다. 특히 논의의 대상이 되는 작품들에 대한 치밀한 분석과 평가가 절대적 기준, 혹은 객관적 공유점을 근거로 하여야 함에도 불구하고 평론가들의 성향에 따라 자의적으로 취사선택 되고 있는 점 또한 문제인 것이다. 그것은 조세희의 『난쟁이가 쏘아올린 작은공』이나 신경숙의 『외딴 방』 등의 작품을 각 진영의 논자들이 공히 자신들의 논거로 선택하고 있다는 점이다. 더구나 그러한 작품들이 각각의 관점과 논지에 따라 아주 상반되게 논의될 수 있다는 모순을 대부분의 평자들이 동의하면서도 그것을 극복할 만한 구체적 개념이나 창작 방법을 제시하지 못한다는 점이 더 큰 문제일 것이다.

그럼에도 그러한 논쟁이 소모적인 것만은 아니어서 많은 작가들에게 스스로의 창작 방법에 대한 반성의 기회를 마련하는 계기로 작용하고 있으며, 동시에 새로운 창작 방법을 모색하려는 시도들을 강하게 추동해내고 있다. 즉 많은 작가들에 의해 시도되고 있는 문학적 재현에 대한 다양한 형식 실험들도 그런 잠재적 의도로부터 출발하는 것이리라. 그런 소설적 형식 탐구과 창작 방법의 새로운 모색에 적극적인 작가들로 김종광, 우광훈, 그리고 성석제 등을 들어 볼 수 있을 듯 싶다. 그들은 각기 자신만의 독특한 문체를 바탕으로 개성적인 작품 세계를 묵묵히 꾸려가고 있으며, 특히 현실의 총체성을 구현해내기 위한 방법의 모색에 있어 자신들만의 창작 기법을 꾸준히 개발·활용하고 있다. 이에 이 글에서는 이들의 최근 작품들을 중심으로 그들이 시도하고 있는 창작 방법과 현실 재현의 상관성과 의의를 탐색해보려고 한다.

2. 다중시점·냉소(冷笑), 총체성 구현의 새로운 방식
 - 김종광 『71년생 다인이』

깊은 안개의 심연에서 방황하던 우리 문단에 김종광의 등장은 한 줄기 밝은 빛과 같은 것이었다. 이데올로기의 와해로 인한 방향 상실, 삭막한 풍경과 내면에의 탐색만이 지배적이던 문단의 심층에 김종광의 소설들은 신선한 충격으로 다가섰다. 오래 묵혀둔 구수한 토장맛의 언어를 적절하게 구사하면서 드러내는 그의 토속적 상상력은 가히 독보적이다. 더구나 감쪽같은 시치미나 능청, 그리고 어눌한 듯한 달변은 그의 소설만이 가진 감칠맛이다.

> 녀석은 허 순경 앞에 서더니 좌악 말했다. "저는유 한민대학교 혼주 캠퍼스 사학과 1학년 박무현이라고 하는듀, 제가 오늘 서울로 데모허러 왔다가 잽혔거든유. 이사장이 비리가 많아 가지구유, 항의방문 데모였슈. 그런디 우덜을 버스에 태워가지고 돌아다니다가 암디다 뿌리고 가더라구유. 제가 뭘 알아유. 서울에 온 게 두 번짼가, 세 번짼디 뭘 알아유. 돈은 하나두 읎지. 잡아갔으면 책임을 져야 될 거 아녀유. 책임 지세유."

특히 그의 첫 작품집 『경찰서여, 안녕』에 실린 단편 「전당포를 찾아서」에서의 지방대학생 '박무현'의 발화는 독자를 포복절도하게 하기에 충분하다. 이처럼 그가 사용하는 충청도 사투리는 등장인물들과 사건의 사실성을 배가시키면서 가벼운 웃음을 촉발시킨다. 또한 그것은 공식언어인 표준어의 지배력에 대한 대항으로서의 의미를 내포한다.

김종광의 첫 장편소설 『71년생 다인이』는 그간 그가 추구해왔던 작품 세계의 연장에 위치하면서 다른 한편으로는 새로운 형식실험의 징후로 읽혀지기도 한다. 이 작품은 줄곧 그가 보여주었던 소외된 인물의 주변부적 삶을 제시하고 있다는 점에서 그의 다른 작품들과 근친성을 보여준다. 이 작품의 주인공 '양다인'은 90학번, 71년생이다. 그녀는 전교조, 강경대, 박승희, 한총련이라는 어휘들로 압축되는 90년대 초반 학생운동에 뛰어들어 시위를 주도하고 분신까지 시도한 운동권 여대생이다. 감옥행과 출옥, 그러면서도 '다인'은 운동에 대한 열정을 꺼뜨리지 않는다. 그러나 시대가 변하면서 그녀는 투쟁과 생업을 병행할 수 있는 벤처 기업을 차렸다가 6개월만에 거덜을 낸후 드디어는 "신념이고 뭐고를 다 잃어버리고 그냥 열심히 살아갈 뿐"인 평범한 일상의 여자로 변신한다.

그런데 주인공 '다인'은 386세대와 신세대의 경계에서 자신들의 정체성을 온전하게 가지지 못한 자의식의 상처만을 끌어안을 수밖에 없었던 '90학번'으로 지칭되는 이들중의 한 사람이다. '90학번'이라 불리는 이들은 386세대로부터는 학생운동을 흉내내는 후배 정도로, 90년대 신세대들에게는 세월이 좋아졌는데 괜히 데모나 하는 이해할 수 없는 선배들로 비난받곤 했다. 그래서 '다인'은 힘겨웠음에도 역사 변혁의 주체로서 유토피아적 전망을 확보해낼 수 있었던 386세대나 세기말적 징후를 보여주면서 자본주의 사회에 대한 환멸을 강하게 드러내었던 90년대 신세대에도 편입되지 못하는 주변부적 존재이다. 그런 주변부적 인물 군상이야말로 김종광 소설에 등장하는 주요 인물들의 공통된 표지이다.

  한편 이 작품에서 다양한 화자의 등장은 '다인'의 주변부적인 삶을 총체적으로 구현해내는 데 기여한다. '다인'은 초점 화자로 설정되지 않을 뿐만 아니라 그의 발화는 작품 어디에서도 쉽게 발견되지 않는다. 즉 주인공 '다인'이 자신의 삶을 스스로 이야기하지 않고, 그녀의 주변 인물들인 아버지, 어머니, 남동생, 남자친구, 여고 때 친구, 대학 동창생이었던 전경 등 6명의 시각과 목소리를 통해 힘겨웠던 '다인'의 삶을 관찰하고 표현해내고 있다. 더구나 주변인물들의 시각은 '다인'의 삶에 밀착되지 않고 '다인과의 심리적 거리를 형성한다. 피상적인 접근과 이해로서의 '다인'에 대한 관찰과 서술만이 존재할 뿐이다. 그들은 '다인'을 관찰하면서 그녀의 삶을 은근히 폄하할 뿐만 아니라 자신의 방식으로 재단하고 비판한다.

  왜 작가는 '다인'의 시각에서, 혹은 그녀의 삶과 밀착된 시각에서 이야기하지 않고 있을까? 어쩌면 작가는 '다인'의 삶보다도 그녀의 열정적인 삶에 대해 무관심하거나 냉소적인 주변인물들의 일그러진 삶을 비판하려는 듯하다. 이 작품에서는 주변 인물들의 '다인'에 대한 냉소적 발화가 발화자 스스로의 자기 풍자로 귀결되고 있다. 그러한 주변 인물들의 자기 풍자적 태도와 냉소적 시각이야말로 바로 우리들이 우리들 주변의 세계와 인물을 바라보는 방식 그 자체인지도 모른다. 민족, 통일, 평등한 분배라는 거대 이념이 위축된 가운데 그것들에 대해 잊어버리거나 무관심한 우리의 일상의 태도가 바로 '다인' 주변 인물들의 관찰자 혹은 냉소적 시각에 다름 아닌 것이다. 결국 작가는 지난 시대 많은 이들이 공유할 수 있었던 공동 감각의 부재, 혹은 공동체 문화가 상실되어가고 있는 우리의 현실을 다중시점과 냉소적 시각의 방식을 통해 총체성을 구현해내고 있는 것이다.

3. 가벼워진, 그러나 가벼워지지 않는 세계
 ― 우광훈 『유쾌한 바나나씨의 하루』

  유쾌한 일이 단 한번이라도 일어나기를…. 하지만 그 기대는 항상 유예되
거나 물거품이 되고 만다. 함박 웃음으로 하늘을 올려다볼 수 있기를 기대
하지만 오늘의 일상은 어제와 전혀 다를 것 없는 고단함과 나른함의 반복일
뿐이다. 지독한 상실 내지는 절망에 허우적대는 일상으로부터 벗어날 수
있는 방법이 있을까?

  그것은 어쩌면 가벼워지는 것으로부터 시작할지도 모른다. 장편소설『플
리머스에서의 즐거운 건맨 생활』의 작가 우광훈은 엄숙함에 반하는 의도적
인 경박함, 성에 대한 은밀한 호기심, 새로움에 대한 끝없는 탐색 등을 가벼
워지기의 방법론으로 제시한다. 이성이 만들어놓은 권위와 구속에 대한 가
벼운 반항, 억눌려왔던 성적 욕망으로부터의 자유와 일탈, 지긋지긋한 생존
경쟁으로부터의 탈주 등등이 지독한 일상을 해체하는 방법임을 작가는 강
조한다. 그러고 나면 혹시 유쾌한 일이 생겨날지도 모를 일이다. 그 때문일
까? 그의 새로운 소설집『유쾌한 바나나씨의 하루』에 수록된 작품들은 모두
가볍고도 당혹스러운 성담론의 향연을 이룬다.

  표제작이기도 한 단편「유쾌한 바나나씨의 하루」에서 주인공은 에이즈
(AIDS) 퇴치를 위한 콘돔광고를 본 후 극장에 들어가 바나나에 콘돔 씌우기
를 시도하는 코미디 아닌 코미디 같은 행동을 연출한다. 이처럼 가볍고 장
난스럽게 일상의 행위를 뒤집어 보이는 우스꽝스러운 행동은 소설가 지망
생인 주인공이 리얼리티가 생명이라는 문구에 이끌려 시도하게 된 것이다.
그리고 그러한 우스꽝스러움은 그간 진부한 소재들에 얽매인 소설들이나
철학 없는 리얼리티에만 집착하는 문학행위에 대한 작가의 비판의식 때문

에 발생한 것으로 추론된다. 그래서 작가는 현실을 현실로 재현해내지 않고 현실과 비현실, 현실 세계와 가상 세계의 넘나듦을 통해 현실에 대한 부정 의식을 표출한다.

> "맞아, 문제는 고도의 리얼리티야. 안정된 세계관의 상실과 그것을 대신하려는 그 무엇, 다시 말해 도시인들은 네온사인에서 내뿜는 신비와 관능과 환상을 자신의 일상 속으로 끌어들이고 이젠 다시 그 속에서 자멸하고 말 거야"
> 그러면서 녀석은 무언가를 결론 맺는 듯한 어조로 말을 끝맺었다.
> "교묘하게 숨어버린 고도의 리얼리티를 대중이 발견하리란 희망은 이젠 거의 불가능해"
>
> ―「베틀렛 키드의 사랑」

그는 과연 리얼리티를 포기한 것일까. 「결혼 행진곡」이나 「베틀렛 키드의 사랑」, 그리고 「한 송이 장미꽃이 낙타를 구원할 수 없다」에서도 성담론의 참을 수 없는 가벼움이 반복된다. 가족의 근원이 되거나 도덕의 근간이 되는 성이 일그러지고 가벼워진다. 결혼을 앞둔 주인공이 두 명의 여인과 육체적 사랑을 나누기도 하고, 편하다는 이유로 다른 사람에게 시집갔던 첫사랑과 여관행을 택하기도 하는 것이다. 이러한 '성에 대한 금기 깨뜨리기'는 장정일의 작품들에서 많이 찾아볼 수 있는 것이기도 하다.

그런 점에서 그는 리얼리티를 포기한 듯도 하지만 이 소설들을 가벼운 포르노그래피로 읽어서는 안 될 것 같다. 가벼워진 성담론의 바탕에는 인간의 절대화한 이성이 만들어놓은 세계에 대한 불신이 자리하고 있다. 현실을 넘어선 판타지와 알레고리를 통해 작가는 이성 중심의 현실의 모순을 고발해낸다. 그러한 세계에 대한 부정과 비판의 담론이 미국이나 5.18 광주 민중 항쟁의 폭력성에 대한 알레고리를 내포한다.

「즐거운 식물 나라」나 「광주 애마」가 그런 작품들이다. 「즐거운 식물 나라」는 미군에게 처참하게 살해된 윤금이 사건이 모티프가 되면서 미국이라는 제국주의에 대해 고발하고 있으며, 「광주 애마」에서는 1980년 광주 항쟁의 현장에서 겪어야 했던 정당성을 상실한 권력의 폭력성이 적나라하게 묘사된다. 그러므로 우광훈의 이 작품집은 우리에게 유쾌한 삶으로 이끄는 가벼움으로 읽혀지면서 결코 가벼워지지 않고 무거울 수밖에 없었던 이성 중심의 역사와 삶에 대한 비판과 고발을 담아내고 있다고 하겠다.

그렇다고 이 작품들을 리얼리즘 논쟁 과정에서 최원식이 제창한 리얼리즘과 모더니즘의 회통(會通)에 도달하고 있다고 평가하기는 어렵다. 왜냐하면 그가 제시하는 미국의 제국주의적 속성이나 5·18 광주 민중 항쟁 기간 중에 자행된 폭력의 문제를 작품의 근간으로 이루어내지 못하고 있기 때문이다. 더불어 이 작품집에서는 우리의 현실에 대한 작가의 이념적 판단이 개입되거나 제시되지 않는다. 오히려 우리 사회의 심각한 모순들이 가벼운 성담론이나 판타지, 알레고리라는 형식실험 등에 의해 가볍고도 가벼워진다. 이는 작가의 초점이 현실의 재현보다 새로운 기법 실험을 절대화하려는 모더니즘적 의도에 있기 때문일 것이다.

4. 현실 파괴의 웃음, 새로운 풍자의 경지
 － 성석제 『황만근은 이렇게 말했다』

최근 발간된 성석제의 소설집 『황만근은 이렇게 말했다』에서는 작가 특유의 주제와 문체를 통해서 웃음이 표출된다. 작가의 호흡과 이야기 구조에 스며들어 있는 웃음은 30년대 채만식이나 김유정이 보여주었던 웃음과 닮아 있다. 그가 유도해내는 웃음은 김유정보다 채만식에 가깝다. 특히 인물의 독특한 개성과 성격의 창조를 통해 구현된 웃음은 성석제가 아니고서는 누구도 창조해낼 수 없을 정도이다.

이러한 웃음은 최근의 문화적 담론과 지형을 가늠하는 주요한 인식소로 기능한다. 특히 대중 문화 속에서의 웃음은 가히 폭발적이다. 많은 영화나 드라마, 쇼프로그램들에서 적절하게 웃음이 배치되어 있어야만 대중들의 흥미를 이끌어낼 수 있다. 그것은 우리들의 일상에서도 마찬가지이다. 일상의 담론에 유머를 적절하게 배합해낼 줄 아는 사람들이 재치있는 사람으로, 여유있는 사람으로 인정받게 된다. 이처럼 웃음이 이 시대 담론의 주요한 지형을 선점하게 것은 무엇 때문일까?

웃음은 아주 사소한 불일치, 자은 일그러짐의 소산이다. 정상에서 비정상, 완전에서 불완전으로의 순간적 전이 과정, 혹은 그 경계에서 웃음이 발생한다. 그리고 웃음은 가치의 전도를 전제로 한다. 웃음은 기존의 가치를 파괴하고 새로운 가치를 생성해낸다. 지배적인 가치가 하락하고 억압되어 있던 가치가 상승하게 되는 것이 바로 웃음으로 인해서이다. 기존의 도덕율이나 절대적 규범이 와해되어가는 과정에서 해학이나 풍자의 문학이 발생하는 것이 그 때문이다. 조선 왕조를 지탱해 온 유교이념이 퇴조되어 가던 조선 후기 『춘향전』, 『별주부전』 등의 판소리계 소설이나 가면극, 그리고 봉건사회에서 서구적 근대 사회로의 과도기적 이행과정이었던 1930년대 『태평천하』나 「치숙」 등의 채만식 소설들이 그러한 예가 될 것이다.

그러므로 웃음을 유발하는 대부분의 문학은 질서보다는 혼돈을 지향한다. 웃음은 기존의 규범이나 상식, 혹은 통념을 거부하고 지배적 질서의 해체를 촉발시키면서 궁극적으로는 새로운 질서의 창출을 기도한다. 때문에 해학

적이거나 풍자적인 문학 작품들은 부정적인 현실의 단면을 제시하고 그것
을 긍정적으로 개선하고자 한다.

단편 「황만근은 이렇게 말했다」에서 주인공 '황만근'은 부지불식간에 웃
음을 유발시키는 성석제표 인물창조의 대표격이다. 그는 '백번'이라고 불리
기도 하는데 어려서부터 그가 워낙 잘 넘어지기 때문에 붙여진 별명이다.
그래서 사람들은 동네에서 툭 소리가 나면 홍시 떨어지는 소리가 아니라
황만근이 넘어지는 소리라고 여길 정도이다. 또 물어보나마나 명약관화한
일들을 두고도 동네 사람들은 '만근이도 알끼다' 하면서 그를 들먹인다. 그
로 인해 동네에는 아주 오래도록 내려오는, 굳이 이름을 붙인다면 '황만근
가'라는 노래가 있을 정도이다.

또한 「쾌활냇가의 명랑한 곗날」과 같은 작품에서도 웃음이 흘러 넘친다.
시골 중학교 동창생들의 계모임 회장이었던 '정만기'는 그 계모임으로 인해
범죄 단체 조직과 수괴(首魁) 혐의로 경찰에 잡혀들어 갔다가 풀려 나온
인물이다. 나머지 계원들도 대부분 오해나 실수로 인해 파생한 주거 침입죄,
간통죄, 강간죄, 폭행 등으로 소소한 전과를 소유한 자들이거나 주변에서
언제든 만나지만 결코 미워할 수 없는 그런 인물들이다. 이와 같은 인물들
의 설정과 대결, 그리고 작품 후반부의 진짜 조폭들과의 혈투가 쾌활한(?)
것으로 묘사되면서 웃음이 유발된다.

이 작품집에 등장하는 이러한 인물 창조와 기발한 사건의 전개는 성석제
가 이 시대의 진정한 이야기꾼임을 다시 한번 증명하는 것이기도 하다. 그
는 얼핏 보면 주제보다는 웃음을 통한 재미에 더 치중하는 것처럼 보인다.
그것은 선이 굵은 서사성을 전제로 하는 것이고 그러한 서사성은 전(傳)이
나 행장(行狀)과 같은 우리의 전통적 서사 형식이나 구전 설화적 요소들의
수용으로 인해 더욱 강화되고 있다. 거기에 더불어 환상성이나 무협지적

요소를 첨가함으로써 성석제의 소설의 재미는 더욱 배가된다.

그럼에도 그가 추구하는 웃음과 재미는 이 시대가 규범이나 세계관이 해체된 과도기적 사회임을 드러내는 징표로 기능한다. 또한 흥청거리는 웃음과 재미의 배후에 자리잡은 시대에 대한 비판의식이 그의 작품 도처에 내재하고 있다. '황만근'이나 '남가이', 혹은 '정만기' 등과 같은 바보스럽거나 비천한, 한편으로는 사회악으로 기생하는 듯한 인물들의 일탈과 떠돎이 사실은 이 사회의 기득권자들의 타협과 합의에 의해 강요된 것이거나 의도된 것임을 작가는 궁극적으로 이야기하고 싶어하는 것이다. 그런 점에서 웃음은 소외되거나 주변부에 자리하는 사람들의 날카로운 칼날이 가끔은 될 수 있을 듯도 하다.

한국문학사에서 질서보다는 혼돈의 시기에 촉발되는 풍자야말로 시대에 대한 용전력을 상실해가는 문학에 새로운 기운을 불어넣는 기능을 수행하곤 했다. 조선 후기의 판소리 소설이나 30년대 채만식의 작품들이 그러한 대표적 예가 된다. 따라서 30년대 중반 카프 이념이 위축되면서 전망을 상실한 문학적 지형 속에서 날카로운 풍자를 통하여 나름의 문학적 성과를 담보해내었던 채만식과 성석제는 닮아 있다. 하여 그는 리얼리즘이냐 모더니즘이냐라는 두 진영의 가파른 진자운동의 주변부에서 그 둘을 극복하고 그 대립과 갈등을 아우르는 새로운 창작 방법의 모색에 매진하고 있는 셈이다.

5. 문학적 총체성과 진정성의 구현을 위하여

후기 자본주의 사회의 물신화에 대한 욕망의 파고가 더 높아져만 간다.

이제 인간의 정신과 영혼까지도 하나의 상품으로 가격이 매겨져 진열되고 매매되는 그런 시대가 되고 말았다. 숭고한 지성과 혁명에의 열정은 지난 시대의 아스라한 기억과 함께 사라져 버리고 계몽의 허구성에 대한 냉소주의만이 부유하고 있다. 어떤 실천적 귀결도 이끌어내지 못한 채 추상과 관념만이 허공에 가득하다.

우리 문단도 사정은 다르지 않다. 그럼에도 현존하는 여러 문제들, 평론가와 작가들의 문학권력에 대한 열망과 타협, 출판사와 잡지사들의 상업주의, 문학상의 범람과 문학입문 제도의 불합리성 등 또한 여의치 못하다. 그런 가운데 리얼리즘 모더니즘 논쟁은 우리 문단의 마지막 남은 희망이 될지도 모른다. 어느 중견 평론가의 지적처럼 그것이 아무리 지독한 것이 될지라도 그것은 빛이 되어 줄 수 있을 것이기에.

그런 논쟁으로 인한 파생 효과라고 단언하기는 어렵지만 젊은 작가들의 자기 갱신의 노력, 특히 새로운 창작 방법에 대한 열정은 남다르다. 그중에서도 김종광, 우광훈, 성석제가 더욱 그렇다. 그들은 각각 자신의 독특한 문학 세계를 구축하고 있으며 또 남다른 창작 의욕을 불태우는 작가들이다. 어쩌면 이들의 열정에 찬 창작이 새로운 문예이론을 선도하게 될지도 모른다.

김종광은 『71년생 다인이』에서 공동 감각과 공동체 문화를 상실한 90년 이후 우리 문화와 삶의 지형을 다중적 시선을 통해 그러내면서 후기 자본주의 사회에 팽배한 냉소주의를 드러내놓고 있다. 또한 우광훈은 작품집 『유쾌한 바나나씨의 하루』에서 현실과 비현실의 경계를 무너뜨리면서 판타지와 알레고리의 형식실험을 병행함으로써 가벼워져 가는 이 시대에 대한 환멸을 구현해내고 있다. 그리고 성석제는 『황만근은 이렇게 말했다』에서 이념의 붕괴와 대안의 부재에 당면한 우리 사회의 모습을 풍자적 방식으로 드러내면서 우리 문학의 전통을 계승함과 동시에 혼돈의 시대에 적합한 새로운 창작 방법의 가능성을 보여주고 있다.

리얼리즘·모더니즘 논쟁의 궁극적 동질성은 바로 현실 재현의 총체성에 있다. 어떤 하나의 기법을 절대화하면서 다른 여러 기법들을 무시하는 모더니즘의 창작 방법에 있어서도 그 궁극은 적확한 현실 재현이었던 것이다. 그런데 문제는 최근의 여러 작품들에서 현실, 특히 현실을 구성하는 계급, 민족, 성에 내재되어 있는 이념적 양면성은 도외시한채 기법 실험에만 매몰되는 경향이 발견되고 있다는 점이다.

어떤 가치나 도구로 측정하고 분별할 수 없을 만큼 무한히 확장되어 버린 현실로 인해 그 재현가능성이 희박해진 것은 사실이지만 그렇다고 오늘의 문학이 현실의 제반 문제에 대한 비판의식을 포기할 수는 없다. 단절되고 불연속적인 세계이지만 그 심층에는 그것들을 통제하고 관리하는 핵심구조라는 것들이 존재하며, 그것은 바로 현실의 이데올로기에 의해 중층결정된다. 따라서 어떠한 전위적인 형식실험도 현실에 근거해야만 한다. 그런 점에서 형식실험은 반드시 현실과 회통(會通)하여야 한다. 다만 그러한 회통이 내용과 형식의 절충이라는 안일한 것으로 변질되어서는 안될 것이다.

그러므로 진정한 회통의 문학은 다양한 형식 실험을 추구하면서도 그 무게 중심을 현실에 두어야 한다. 작가와 독자의 진리에 대한 열망이든, 유희에 대한 욕망이든 그것의 진정성은 바로 현실로부터 출발하는 것이어야 한다는 점이다. 그러므로 이 시기 우리 문학의 당면 과제는 현실과 창작 방법의 절묘한 교섭을 통한 문학적 총체성과 진정성의 구현에 있다고 할 것이다.

폭력적 서사와 서사의 폭력성

최인호『영혼의 새벽』
정 찬『광야』
이외수『괴물』

1. 폭력의 시대를 넘어

지난 20세기는 전쟁과 혁명의 세기였다. 그리고 그것의 공통분모를 이루는 것이 바로 폭력이었다. 인류 역사 이래 최대의 총력전이자 소모전이었던 1차·2차 세계 대전, 국지전의 형태를 띠었던 한국 전쟁과 베트남 전쟁, 이스라엘과 중동 국가들의 4차에 걸친 중동전, 미국과 이라크·아프가니스탄 전쟁 등 수많은 전쟁들이 계속되면서 무차별한 폭력이 자행되고 수천만명에 달하는 군인과 민간인 사상자가 발생하였다. 이러한 가공할만한 살육과 폭력의 전쟁이 가능하게 된 것은 아이러니컬하게도 이성과 과학의 발달 때문이었다. 즉 그것들의 발달로 인하여 폭력이 확산되고, 그 수단들이라고 할 수 있는 무기체계나 폭력의 집행 도구 혹은 구사 방식이 더불어 발전하게 되었던 것이다.

이와 같은 세계사적인 폭력의 반복과 확산은 우리의 현대사 전개 과정에서도 여전하였다. 특히 정통성을 획득하지 못한 권력에 의해 자행된 폭력은 세계 역사상 찾아보기 힘들만큼 가혹한 것이었다. 4·3 제주 항쟁, 4·19 혁

명과 5·18 광주민중항쟁 과정에서 가해진 학살과 살육들이 그렇고, 군부정
권들에 의해 행해진 무차별한 고문들과 알 수 없는 의문사들이 또한 그렇다.
하지만 그들에 의해 감행된 폭력들은 항상 권력 스스로의 자멸로 귀결되었
으며, 어떠한 권력도 총구로부터 나올 수 없는 것임을 역설적으로 증명하는
것이기도 하였다.

한편 권력의 이면에 존재하는 것으로 여겨졌던 외적 형태의 정치·사회적
폭력은 1990년대 이후 우리의 일상 도처에 부유하는 내면화된 형태의 개인
적 폭력으로 확산되고 있다. 아니 어쩌면 그것은 인류의 기원 이래 우리의
주변에 산재해 있었다고 할 수 있다. 다만 권력을 매개로 한 공적 폭력의
힘이 지나치게 전경화되어서 일상의 사적 폭력은 배경으로만 존재하고 있
었을 뿐이었는지도 모른다. 그러다가 1990년대 이후 권력과 이념의 지배력
이 쇠퇴하기 시작하면서 사적 폭력이 조금씩 표면화되고 있는 셈이다. 이제
일상에 존재하는 폭력들은 가학증적인 양상을 넘어서 엽기적 폭력의 양태
로 변화해가고 있다. 더구나 영상과 사이버 매체의 발달로 인하여 폭력은
현실 공간 뿐만 아니라 상상 공간이나 사이버 공간에까지 확산되어 가고
있으며, 일부에서는 폭력적인 것에 대한 신비화의 문제까지 노정하고 있다.

그런데 문제는 그러한 폭력이 어떻게 문학적으로 형상화되느냐는 점이다.
즉 폭력을 매개로 한 문학적 상상력이 폭력의 원리로 구조화되어 온 역사적
·사회적 모순을 적절하게 재현하고 그 해결의 대안을 제대로 제시하고 있느
냐는 문제인 것이다. 또한 최근 여러 문화매체들에서 폭력이 대중에게 쉽게
접근하기 위한 방법으로 활용되고 있는데, 폭력의 서사를 추구하는 문학들
이 그러한 폭력을 신비화하고 그것을 사회적 필요악으로 합리화하려고 하
는 점이 더욱 문제일 것이다.

그래서 이 글은 그간 자행되어온 폭력의 문제를 주요한 소재로 다루고

있는 최인호의 『영혼의 새벽』, 이외수의 『괴물』, 정찬의 『광야』를 중심으로
이 시기 우리 소설 속에서 구현되는 야수적인 폭력성과 폭력의 존재 방식을
비판적으로 논의해보고자 한다.

2. 죽임과 자멸의 변증법, 정치적 폭력
- 최인호 『영혼의 새벽』

1972년 박정희의 유신 정권 성립 이후로부터 1987년 6월 항쟁까지의 기
간은 학생 운동이 가장 최고조에 올랐던 시기였으며, 그만큼 사회 변혁 운
동에 전념하는 학생들에게 엄청난 폭력이 가해지던 때였다. 불신 검문과
불법 연행, 강제 징집이 자행되고, 붉은 등이 켜진 고문실에서 인간이기를
포기하게 만드는 폭행과 고문 등이 반복되었다. 정당성을 상실한 권력집단
들은 권력이 총구로부터 나온다는 잘못된 신념체계로 인하여 폭력적인 방
식으로 권력을 유지하려고 했던 것이다. 그러나 그러한 폭력은 반복되어
가는 과정 속에서 가학성의 강도을 높여가면서 피해자들의 영혼을 무력화
시킴과 동시에 권력 스스로 자멸의 길에 다다르게 하였다.

그런 불법 연행과 비인간적인 고문으로 인해 굴절될 수밖에 없었던 한
젊은이의 삶과 그를 밀고자의 부끄러운 삶으로 떨어뜨렸던 고문 기술자에
대한 이해와 용서의 과정을 다루고 있는 소설이 최인호의 『영혼의 새벽』이
다. 여기서는 비인간적인 권력에 의해 자행되는 폭력의 야수성이 드러난다.

폭력에 대해 인간으로서의 품위를 지키려면 생명이 위태로워지는 반
면 기본적인 인격이 모두 뒤집혀 배신이 충성으로, 거짓이 참말로, 비겁
이 명예로 인정받는 마당에서는 개개인의 인격적 탄압과 변질이 실로

엄청나게 이루어지는 것이다. 무뢰한 자의 죽음은 틀림없이 인간성의 모독이지만 아마 생존자의 부패보다는 훨씬 덜한 모독인지도 모른다. 폭력이 잉태하는 이런 인간 모독이 철저하게 성공하면 할수록 권력은 명예와 명성을 떨치게 되는 것이다.

오스트리아의 심리학자 마네스 슈페르버의 폭력에 대한 정의를 위와 같이 인용하면서 작가는 우리 현대사 가운데의 독재자들과 그들의 비호 세력들에 의해 자행되었던 폭력의 본질을 파헤친다. 이 작품에서 주인공은 그러한 폭력과 고문으로 인해 치명적인 영혼의 상처를 입게 된다. 그는 자의식마저 상실한 채로 항상 누군가의 눈을 의식하는 공포에 사로 잡혀 있었으며 누군가가 자신을 조종하고 있다는 환상을 지워버릴 수 없었음을 고백한다. 부조리한 권력들에 의해 자행된 고문이라는 비인간적인 폭력 행위는 한 인간의 사존심과 징체성을 원벽히게 피괴시커 버리고 만 것이다. 그리고 그러한 폭력의 반생명성과 비인간성으로 인한 정체성의 상실이 고문의 상처보다 더 무서운 고통이었음을 이 작품은 보여준다. 이처럼 한 인간의 품위를 변질시키고 모독하면서 잉태된 폭력에 의지한 채 지난 독재정권들은 부조리한 명예와 명성을 떨치게 되었다는 비극적 아이러니를 작가는 포착해내고 있는 것이다.

한편 이 작품은 1988년 이상문학상 수상작인 임철우의 중편 「붉은 방」과 상당 부분 유사한 인물들과 서사 구조를 가지고 있다. 전혀 운동권과 상관없이 살아가던 일상 속의 주인공이 어느 날 갑자기 연행되어 인간 이하의 고문을 받게 되고, 고문을 즐기던 고문 기술자가 신앙심 깊은 종교인이면서 성실한 생활인이라는 점에서 두 작품은 닮아 있다. 하지만 임철우의 작품이 비인간적인 고문을 자행하는 정권의 부도덕성과 고문 기술자의 이중적 삶의 아이러니를 제시하는 데 집중한 반면, 최인호의 이 작품은 주인공의 깊은 신앙심으로부터 우러나온 고문기술자에 대한 용서가 초점화되어 있다.

그런데 이 작품에서는 부패한 정권에 의한 폭력의 문제 뿐만 아니라 6·25 기간 중에 북한에서 외국인 신부와 수녀들에게 가해졌던 처참한 폭력의 문제를 동시에 다룬다. 그러한 성직자들의 고난에 대한 자료를 읽고 난 후 주인공은 자신에게 가해진 폭력의 문제를 다시금 되돌아보게 되고, 그것이 계기가 되어 고문기술자였던 가해자를 용서하게 된다. 이처럼 작가가 6·25 당시 북한에서 이루어졌던 폭력의 문제를 소설에서 다루고 있는 것은 이데올로기의 우월성과 차별성을 넘어서 자행되었던 폭력의 반휴머니즘적인 양상을 드러내려고 했던 때문일 것이다. 절대 다수를 위해 복무하는 것으로 추론되는 이념과 법과 제도가 그것들의 불합리한 유지를 위해 무차별한 폭력의 광기에 의존한다는 작가의 고발의식을 우리는 여기서 찾아 볼 수 있는 것이다.

하지만 이 작품이 쉬운 용서와 화해로 귀결된다는 점은 다분히 문제적이다. 이는 자신을 파멸로 이끌었던 고문기술자를 용서하게 되는 주인공의 의식 변화 과정이 대단히 관념적이면서 소아적 자아에만 매몰되어 있기 때문이다. 주인공이 당했던 고문은 일상의 개인적인 범죄와는 다른 속성의 것이다. 그것은 철저하게 이념적 속성을 가지면서 국가와 민족 전체의 문제이기도 하다. 따라서 그 행위 주체의 철저한 반성, 비인간적 폭력을 사주했던 세력과 권력자의 사죄가 마땅히 이루어져야 한다. 처벌은 없지만 사실규명과 사죄가 사회적으로 반드시 전제되어야만 비로소 개인적 용서가 가능할 것이다.

3. 역사적 진정성의 현현, 대항폭력

  - 정찬 『광야』

  역사는 사실의 기록이다. 그럼에도 역사는 그것을 기록하는 사람의 관점과 의식에 따라 다르게 기록되기도 한다. 기록자의 정치적이고 계급적인 위치가 그만의 역사의식을 산출하기 때문이다. 그런 점에서 한 시대의 중요한 분수령이 되었던 역사적 사건은 수많은 역사가들에 의해 여러 가지 다른 방식으로 해석되고 기록된다.

  특히 한국 현대사에 있어서 5·18 광주 민중 항쟁 같은 사건이 그런 예가 될 것이다. 80년대 이후 계속된 집회와 학술행사, 문화 행사, 문학과 연극, 그리고 영화작품 등에서 5·18은 다른 모습으로 새롭게 해석되고 기록되면서 우리들의 내면에 깊이 삭인되어 왔다. <반제·반봉건 의식>으로 요약되는 민족사적 모순의 집적이라는 역사적 평가로부터 시작하여 '반미의식의 기폭제'가 되었던 사건으로, 또 한편으로는 '사회변혁 운동에서 민중의 능동적 역할의 의의'를 확인시켰던 사건 등으로 평가되어 왔던 것이다. 그렇다고 5·18 광주 민중항쟁의 온전한 역사적 실체가 밝혀진 것은 아니다. 최종적인 피해자 집계, 최종 발포권자의 규명, 미국의 역할, 그리고 책임자의 민족사적 처벌 등이 아직도 해결해야 할 문제인 셈이다.

  그런 과정에서 많은 작가들에 의해 5·18 항쟁의 문학적 형상화는 계속해서 이루어져 왔다. 1985년 황석영의 항쟁 자료집『죽음을 넘어 시대의 어둠을 넘어』이후 윤정모의 「밤길」, 홍희담의 「깃발」, 정찬의 「완전한 영혼」, 최윤의 「저기 소리 없이 한 점 꽃잎이 지고」 등이 창작되었다. 또한 임철우의 지속적인 문학적 형상화 노력은 마침내 장편『봄날』로 집대성되었고, 송기숙의『오월의 미소』와 문순태의『그들의 새벽』또한 광주항쟁의 피해

자와 가해자의 화해에 초점을 두면서도 끝내 역사적 정의는 승리해야 한다는 당위를 지향하였다.

그러나 아직도 '5월 광주'의 역사적 전율과 충돌을 제대로 드러내지 못하고 있다는 문제의식이 유포되어 있는 것 또한 사실이다. 광주 항쟁이 반제·반봉건의 지향이라는 역사적 외현으로서만 인식되고 평가되는 것이 아니라 운동의 내면적 요인과 과정, 구성원들의 자발적 공동체 의식과 깊은 내면의 상흔 등에 대한 진지하면서도 섬세한 조망이 필요한 것이다.

그런 가운데 정찬의 『광야』는 그동안 임철우와 송기숙, 그리고 문순태가 이루어놓은 5·18의 문학적 형상화의 노고를 그대로 계승하면서 한편으로는 5·18이라는 폭력적 사건에 내재해있는 역사적 함의를 심도깊게 재해석해내고 있다. 작가는 광주 항쟁을 주도했던 폭력적 정권과 미국의 역할을 그들의 시각과 관점, 즉 가해자의 입장에서 사건의 전개 과정을 깊이있게 분석한다. 당시 권력의 핵심에 있었던 전두환 보안사령관, 미국 대사였던 글라이스틴, 미국 CIA 한국 책임자 브루스터 등이 작중인물로 등장하면서 광주항쟁을 바라보는 다양한 시각을 보여준다. 특히 초점 화자를 외국 신문의 특파원인 테리 머턴으로 설정하여 제3자의 객관적 시각을 통하여 광주항쟁과정을 사실적으로 제시하고 있다.

또한 광주항쟁기간 중 학살의 전위에 섰던 공수부대원, 도청 내의 시민군들 중 수습파와 항쟁파 인물들의 심도깊은 내면묘사를 통해 삶과 죽음의 경계에 선 자들의 불안과 절망, 그리고 역사를 위한 결단을 드러내고 있다. 이러한 다양한 인물들의 시각과 층위에서의 내면적 접근이 역사적 사실 재현에 치중했던 다른 광주 항쟁 소재 작품들과 다른 점으로 부각되기도 한다.

작가는 당시 시민들의 죽음이 이념을 위한 것이 아닌 인간의 존엄성을 지키기 위한 것이었으며, 진실을 빼앗기지 않기 위한 죽음이었다고 규정한다. 그는 광주 항쟁의 가해자들이 가지는 폭력성의 문제와 더불어 그러한 폭력으로부터 자신을 방어하기 위한 대항폭력의 함의를 새롭게 규명하고자 한다. 이는 곧 광주 시민들이 왜 총을 들 수 밖에 없었는가, 혹은 왜 폭력을 사용하지 않으면 안되었는가에 대한 해명의 의도를 담보해내는 것이기도 하다. 즉 추락해가는 인간의 존엄성을 지키기 위한, 역사적 진실을 빼앗기지 않기 위해 죽음을 무릅쓴 대항폭력이 바로 광주 항쟁의 숨겨진 진정성의 정체였음을 작가는 추론해내고 있는 것이다.

4. 충동과 광기의 신비화, 일상적 폭력
 - 이외수 『괴물』

전생이 존재하는 것일까? 그것이 과연 현생의 삶에까지 강한 영향을 발휘하게 될 수 있을까? 그리고 전생의 업보를 둘러싼 애욕과 충동을 현생에서 해결하거나 응보해내는 것이 가능한 일일까? 이외수의 『괴물』은 이러한 의문 부호들을 계속해서 생산해낸다. 특히 요즘처럼 가시적인 세계에 대한 회의와 절망이 극에 다다르고 그로부터의 출구가 보이게 되지 않을 때 비가시적 세계 혹은 영적인 세계에 대한 집착은 더욱 강렬해지기 마련이다. 최근 자신의 전생을 알고 싶어하고 그것으로부터 자신의 현생의 삶을 새롭게 해석하고 그로 인한 현실적 고뇌를 해결하고자 하는 사람들이 늘어나는 것도 같은 맥락에서일 것이다.

이외수의 이 작품은 이 시대 많은 사람들의 전생에 대한 여러 의문들, 혹은 호기심의 한 극단으로부터 이야기의 단초를 삼는다. 살인 누명을 쓴 한 사내가 살구꽃이 잔인하게 아름다운 봄날, 마을 공터 나무기둥에 묶여

한쪽 눈에 화살이 꽂힌 채로 죽임을 당하게 된다. 그는 눈앞에 진범을 두고도 자신을 죽이던 사람들에게 다음 생에는 자신에게 목숨을 바칠 각오를 하라는 유언을 남긴채 죽어 간다. 그리고 그는 왼쪽 눈이 함몰된 채로 현생에 태어나게 되고, 극심한 대인기피증과 도박·고속·섹스 충동 등으로 뒤틀린 성장을 체험하게 된다. 성인이 된 그는 강렬한 살인충동에 사로잡혀 지상의 네크로필리아(Necrophilia, 시체·살해 애호자)들을 자극시켜 엽기적인 연쇄살인사건을 일으키고 자신 또한 전생에 자신을 죽음으로 몰아넣었던 사람들을 한 사람, 한 사람 살해하게 된다.

그래서 이 작품은 전생과 현생의 넘나듦에 대한 환상적 기록이면서 동시에 소멸과 죽음으로 치닫는 후기 자본주의 사회에 대한 절망적 묵시록이다. 수많은 네크로필리아들이 상상할 수 없는 엽기적인 살인과 폭력을 일삼고 있으며 복종의 원리에 매몰된 많은 이들이 그러한 폭력들을 신비화하거나 신화화하고 있는 오늘의 현실에 대한 경고의 메시지를 이 작품은 담아내고 있는 셈이다.

따라서 이 작품은 최근의 우려할만한 엽기적 충동과 가학적 폭력의 문제를 깊이있게 성찰해낸 역작이라고 평가할 수 있다. 특히 작가가 전지적 시점을 활용하여 다양한 등장인물의 욕망과 충동적 의식의 흐름을 세밀하게 드러낸 점 또한 이 작품이 아우르고 있는 미학적 성과이기도 하다. 즉 죽음과 폭력의 시대를 살아가고 있는 다양한 인물들의 광기와 충동의 실체를 다층적으로 확보해내고 있다고 하겠다.

그러나 이 작품의 문제는 전생이나 비가시적 세계에 대한 집착으로 인해 작가가 제시하고자 했던 폭력의 심각성이 희석되고 있다는 점이다. 엽기적 연쇄 살인 사건이나 가학적 폭력성의 문제가 전경화되어야 함에도 그것들이 구체화되거나 실체화되어서 플롯을 추동해내지 못하고 있는 듯한 느낌이 들기 때문이다. 예를 들자면 윤나연을 중심으로 고전적 술집을 재현해낸 진랑호에 대한 이야기가 소설의 긴장을 떨어뜨리면서 폭력의 문제가 전경화되지 못하고 있는 것이다. 빼어난 미모를 갖춘 기생들이 모여 있는 기생박물관이라고 할 수 있는 진랑호와 그 주인인 윤나연에 대한 이야기가 과연 작가가 제시하고자 하는 주제와 어떤 연관이 있는지 발견해내기가 쉽지 않은 것이다.

또한 이 작품이 가지고 있는 또다른 문제는 작가의 세계관의 부재라고 할 수 있다. 세계관이라 하면 작가의 역사적 전망이라고도 할 수 있는데 이 작품에서는 어떤 전망도 발견해 내기가 어렵다. 폭력과 광기에 노출된 절망과 좌절의 시대에 대한 작가의 어떤 대안 제시나 전망도 찾아보기 힘든 것이다. 이러한 전망의 부재는 작품에 내재하는 무시간성 때문이다. 즉 주인공 전진철의 삶을 둘러싸고 있는 폭력적 질서와 구조가 전생과 현생의 변별적 차이로 전혀 제시되지 못하고 있다. 여전히 주인공을 둘러싼 폭력성이 과거와 현재에 반복되고 있으며, 그것은 여전히 미래에도 마찬가지일 것이다. 이러한 미래에 대한 전망의 상실이 이 작품의 역사 의식의 부재를 표출하게 된다. 특히 독재권력의 정당성을 상실한 공적 폭력이 횡행하는 시대에 서정시인으로 자처하는 한길서의 현실 도피, 그후 진랑호의 주인 윤나연과 한길서의 감정의 공유는 이 작품의 역사인식의 깊이와 폭을 의심하게 하는 부분이기도 하다.

더구나 전진철이 벌인 연쇄 살인이나 그가 배후 조종한 엽기적 살인 행각의 결과가 기껏 그의 검거로 소설이 종결된다는 점은 더욱 문제적이다. 그래서 이 작품은 자칫 독자들로 하여금 폭력을 신비화하거나 절망적인 현실을 몰각한 채 비가시적 세계로의 도피를 유도해내고 있는 듯한 오해를 불러 일으키게 된다. 아니면 작가가 줄곧 추구해온 비일상적인 것에 대한 호기심,

혹은 낯선 것에 대한 매혹 정도로 이 작품을 폄하하게 될 가능성도 배제할
수 없는 것이다.

5. 폭력의 역사와 일상의 폭력성

　이성적 가치들이 회의되거나 부정되는 포스트모던한 사회를 맞이하면서
이성 중심적인 지배 이데올로기에 의해 억압되거나 주변부로 밀려나 있었
던 폭력이나 광기와 같은 가치들이 지나치게 전경화되고 있는 것이 요즘
우리의 현실이다. 최근 청소년들이나 인터넷 이용자들이 즐기고 있는 많은
인터넷 게임이나 롤플레잉 게임들의 주요한 모티프가 살인이나 폭력을 매
개로 하고 있으며, 심지어는 흥행에 성공하는 많은 영화들이 조직 폭력을
신드롬화하는 것 등이 우려할 위험 수위를 넘어섰다고 할 수 있을 것이다.
　요즘의 문학들 또한 그러한 상황으로부터 자유로운 것은 아니다. 문학성
보다 대중성을 담보해내려 하는 많은 작가들이 부득불 현실의 재현이라는
명분 아래 이러한 폭력성을 제시하거나 노출시키고 있다. 하지만 그러한
폭력성의 노출이 현실 사회의 폭력성이나 폭력의 구조를 비판하고 그러한
폭력의 재생산을 방지하는데 기여하는 것이 아니라 오히려 일상의 폭력성
을 정당화하거나 강화하는데 기여한다는 점에서 문제의 심각성이 존재한다.
　지난 현대사의 격동 가운데 민중들에게 가해진 정당성을 상실한 폭력은
결국 많은 순결한 영혼들의 죽임을 통해 스스로의 자멸의 길로 귀결되었다.
그리고 그러한 무분별한 폭력들은 마침내 깨어있는 민중들의 대항 폭력에
의해 종결되기도 하였다. 하지만 새천년을 맞이한 이래 우리의 일상에서
전경화되는 폭력적 양상들은 좀처럼 막아낼 수 없는 지경으로 확산되고 있

는 듯 하다. 가정에서, 학교에서, 직장에서, 도심의 한 가운데에서 벌어지는 폭력의 모습들은 그 누구라도 그 폭력의 희생양을 삼을 태세이다.

그러므로 폭력의 서사를 추구하는 많은 문학들은 그 폭력성의 모티프가 현실 세계의 폭력성을 합리화하거나 확산시켜 나가는 논리적 근거로 이용되어서는 안 될 것이다. 그리고 세계와 일상의 폭력성을 고발하는 데 그쳐서도 안될 것이다. 우리들의 일상 곳곳에 내재해있는 폭력성의 구조와 본질을 철저히 파헤치고 폭력의 재생산을 막는데 기여하는 것이 폭력의 서사를 추구하는 문학들이 견인해 내어야 할 소중한 가치일 것이다.

새로운 여성적 글쓰기의 비의(秘意)

이혜경『꽃그늘 아래』
공선옥『멋진 한세상』
은미희『소수의 사랑』

1. 여성들의 새로운 언어를 찾아

멕시코의 페미니즘 화가 프리다 칼로(Frida Kahlo)의 그림 중에 <다친 사슴>이란 그림이 있다. 그 그림에는 여성의 얼굴을 한 사슴이 온 몸에 수없이 화살을 맞고 피를 흘리면서도 숲속을 계속해서 달려가는 모습이 그려져 있다. 이러한 사슴의 형상은 고통스러운 삶을 살아가야만 하는 여성의 현실을 상징한다. 따라서 <다친 사슴>이란 그림은 '가부장제'와 자본주의 사회의 제1의 사냥감이 되어 온 여성의 궁핍한 삶을 제대로 형상화해내고 있는 것이다.

여성이 주체적 인격으로 인간(man)답게 사는 것이 과연 가능할까? 인류의 역사 이래 남성 중심으로 유지되어 온 우리의 현실 속에서 그 답을 찾기란 쉽지 않은 일임에 틀림없다. 그럼에도 많은 이들은 여성들의 고단한 삶에 대해 무관심하거나 일부러 외면해 왔던 것이 사실이다. 여성들 스스로도 그 부당한 현실을 운명 혹은 숙명으로 치부하곤 했다. 더구나 여성이 자신의 힘겨운 현실을 극복할 수 있는 방법을 찾아내기는 거의 불가능했으며 그 고통을 토로하기 또한 힘겨웠다. 왜냐하면 여성들의 삶의 외현적 구조는 철저히 남성들에 의해서 기획되고 구조화되었으며, 여성들이 사용하는 언어 또한 이미 남성들에 의해 만들어지고 영위되어 왔기 때문이다.

그러한 여성들의 문제가 근대를 넘어 후기 근대 사회에 들어서면서 새로운 관점에서 해석되고 표현되기 시작했다. 그리고 여성들 스스로 자신들의 불합리한 삶을 변화시켜가려고 노력하게 되었다. 여성이 남성들에게 종속된 타자로서의 존재가 아니라 독립된 주체로 홀로서기를 시작하게 되었던 것이다. 특히 후기 자본주의 사회에 들어서면서 생산보다 소비가 미덕으로 간주되는 새로운 이데올로기의 등장은 소비의 주체들인 여성들의 권익을 신장시키는 계기가 되었으며 그로 인해 소비의 주체인 여성들은 남성들과 동등한 수준의 삶을 살아갈 수 있게 되었다고 할 수 있다.

이와 같은 여성들의 삶의 변화로 인해 우리 문단에서도 여성들의 주체적 삶을 정립하고 영위하려는 여성 작가들의 목소리가 90년대 이후 급격하게 쏟아져 나오고 있다. 70·80년대 박완서와 오정희 등의 여성적 목소리가 있었지만 90년대 이후 등장한 공지영, 은희경, 조경란, 이혜경, 공선옥, 신경숙 등은 문단의 새로운 재편을 가늠하게 할 정도이다. 가히 90년대 이후 우리 소설계에서 여성작가들의 전성시대가 구가되고 있는 듯 하다. 가부장적인 남성 중심 사회를 여성 스스로 비판하고 부정하면서 새로운 남녀평등의 사회를 지향하는 여성 작가들의 목소리가 높아가고 있는 것이다. 따라서 이 글은 최근 새로운 여성 소설의 가능성을 보여주고 있는 이혜경의 『꽃그늘 아래』, 공선옥의 『멋진 한세상』, 은미희의 『소수의 사랑』을 중심으로 여성적 글쓰기의 비의(秘意)를 조망해보고자 한다.

2. 따뜻한 상실의 깊은 심연 - 이혜경 『꽃그늘 아래』

  '보이는 것'과 '보이지 않는 것', 우리가 살아가는 데 지배적인 영향을
미치는 것은 어떤 것일까? 아마 소설가 이혜경이라면 '보이지 않는 것'이라
고 말할 듯 싶다. 그녀는 우리의 일상 가운데 사라져 가거나 상실해 가는
것들에 깊은 애착을 갖고 그것들을 보이는 것으로 다시 복원하려고 시도한
다. 깊은 침묵이나 여백을 언어화시켜 드러내 보이려는 것이 소설가 이혜경
의 궁극의 창작 방법이다. 하지만 내면 깊숙이 감추어진 마음들을 어떻게
불완전한 언어로 표현할 수 있을까. 특히 남성들에 의해 이루어지고 유지되
어온 남성들의 언어로 피해자인 여성들의 일그러진 삶과 상처 가득한 내면
을 드러내기란 더욱 힘겨운 일이 될 터이다. 그럼에도 그 힘겨운 작업을
마다하지 않는 이혜경의 문학은 그래서 더욱 독특한 색과 빛을 발한다.
  이혜경의 소설집 『꽃그늘 아래』에서도 보이지 않는 것들에 대한 매혹은
도처에서 발견된다. 작품 곳곳에 드리워진 그늘이 서늘하기만 하다. 잃어버
린 사랑이나 연인, 헤어져 살아갈 수밖에 없는 가족들, 떠나올 수밖에 없었
던 고향의 풍경들에 대한 아쉬움과 안타까움이 소설집에 수록된 10편의 작
품들의 이야기를 구조화하는 지배적인 모티프로 작용하고 있다. 그리고 그
이야기 속의 주인공들은 동시에 그 아픔과 상처를 서로서로 공유하고 치유
해주려고 노력한다. 같이 상처받고 같이 아파하는 그들의 삶의 공유가 따스
하면서도 편안한 꽃그늘을 드리운다.
  표제작 「꽃그늘 아래」는 연인이었던 '영모'의 갑작스런 죽음으로 인한
'서연'의 방황을 다룬 이야기이다. '산수유 꽃망울이 늦추위로 팽팽히 응축
한 치악산'에서 '영모'의 갑작스런 죽음과 맞닥뜨렸던 '서연'은 '영모'가 살
았던 인도네시아의 족자카르타라는 곳까지 가게 되고, 그곳에서 '물을 빨아

들이는 강한 흡인력'으로 '영모'를 홀로 사랑했다던 '윤지'를 만나게 된다. '서연'은 '윤지'를 통해 보이지 않는 세계에 느닷없이 골똘해졌던 '영모'를 그제서야 이해하게 되고 그후 두 사람은 '영모'의 죽음으로 인한 상처와 고통을 동시에 공유하게 된다. 사랑하는 사람을 잃게 된 두 여인의 자매애적인 껴안음과 속깊은 화해가 이혜경의 소설의 중요한 화소임을 다시 한번 증명해주고 있는 작품이다.

한편 제47회 현대문학상 수상작품인 「고갯마루」는 가족간의 갈등과 화해의 가능성을 이야기하고 있다. 부모님의 유산을 한꺼번에 잃어버린 큰오빠에 대한 주인공 '나'의 비판적 시각과 그럼에도 그런 오빠에 대한 연민과 용서의 과정이 5년 만의 고향방문이라는 모티프와 내밀한 문체로 서술되고 있다. 상실과 고통의 삶에 대한 커다란 포용과 세밀한 내면의 묘사가 작품의 묘미를 더해준다.

또다른 작품인 「봄날은 간다」는 가부장 중심의 가족 구조 속에서 가해지는 폭력의 피해자인 '종애'와 '지원'의 상처, 그리고 그것을 치유하려는 두 여인의 진지한 대화가 소설의 뼈대를 이루면서 여성적 자매애(sisterhood)를 구현해 낸다. 가부장제로 상처받은 여성들의 힘겨운 치유의 방식이 바로 그들간의 위로와 연대를 근간으로 한 자매애인 셈이다.

더불어 「대낮에」라는 작품은 평안하던 가정에 갑작스럽게 출현한 시아버지라는 존재를 놓고 벌어지는 가족 갈등의 이야기를 다루고 있으며, 「멀어지는 집」은 영화 『마요네즈』에서처럼 전통적인 어머니로서의 정체성을 상실한 어머니와 그러한 어머니로부터 거리를 두려는 딸의 갈등관계가 탁월한 내면 묘사의 방식으로 서술되고 있다.

이처럼 이혜경의 소설들은 문학 평론가 진정석의 지적처럼 "따뜻하지만 감상적이지 않고, 다감하면서 또한 치밀하며, 충만하되 결코 넘치는 법이 없"는 특징들을 보여준다. 더불어 그 작품들에는 그간 다른 여성 소설가들이 보여왔던 지나친 감상 혹은 주관적 내면에 몰입되는 경향들이 거의 드러나지 않는다. 개인적 자아를 넘어선 사회적 존재로서의 인물들의 삶의 공유와 상처의 치유에 대한 노력들이 과거 여성 소설가들의 작품들과는 변별되는 점이 될 것이다. 때문에 이혜경의 소설에서는 앞으로 지향해야 할 한국 여성소설의 미래가 보인다.

3. 지금 또다른 길 위에 서다
　─ 공선옥 『멋진 한 세상』

　소설가 공선옥, 그녀는 지금 길 위에 서 있다. 어쩌면 우리네 인생을 끝없는 여행의 연속이라고 본다면 우리 모두는 길 위에서 태어나고 결국은 어느 길 위에서 사라져 갈 터인데… 그럼에도 공선옥의 여로는 남다르다. 아기를 업은 채로 글을 쓰기 시작하던 10여년 전부터 그는 혹독한 시련의 삶을 견뎌내고 있다. 최근 4년동안에만도 그는 전남 곡성에서 여수로, 그리고 이제는 강원도 춘천으로 거처를 옮겼다. 그 힘겨운 여로의 선택, 그것이야말로 삶의 척박함을 견뎌내기 위한 몸부림에 다름 아니다. 그래서 그의 글쓰기 또한 그 몸부림의 자장으로부터 자유롭지 못하다. 그것은 오직 생존을 위한 여로이자 글쓰기인 셈이다.

　공선옥은 1991년 『창작과 비평』을 통해 등단한 이래 6권의 소설과 한 권의 산문집을 내놓았다. 최근 발간된 그의 세 번째 소설집 『멋진 한 세상』은 그동안 작가가 보여주었던 소설의 특장을 그대로 확보해내고 있으면서 한단계 성숙한 세계를 보여주고 있기도 하다.

「홀로어멈」, 「고적」, 「아무도 기다리지 않았다」, 「이유는 없다」 등의 작품에서는 작가의 소설에 자주 등장하는 억척 어멈의 인물 유형이 그대로 형상화되고 있다. 남편 없이 애들을 키우면서 감내해야만 하는 억척 여성의 삶의 분투가 눈물겨울 뿐이다. 특히 1990년대 이후 서구의 페미니즘(여성주의) 이론이 급격히 수용되면서 여성들의 현실적 삶의 억압과 질곡들을 개선하려는 사회적 시도들이 이루어지고 있음에도 공선옥 소설에 등장하는 여성 인물들의 삶의 모습은 과거 힘겨웠던 여성들의 삶의 모습과 전혀 다름이 없다. 그 소설 속에 등장하는 오직 생존만이 남겨진 문제인 저소득 계층, 소외 계층 여성들의 가려진 삶의 질곡들은 최근의 페미니즘 이론이란 것이 얼마나 무력하고 피상적인 것인가를 보여준다. 이 점이 바로 최근 부상하고 있는 많은 여성 소설가들의 작품과 공선옥 소설이 변별되는 지점이다. 그런 점에서 또래의 여성 작가들이 세련된 도회적 삶의 세목을 동원해 가며 여성 주인공의 성적·사회적 각성을 그리는 데 주력하는 반면, 공선옥 소설의 여성 주인공들이 맞닥뜨린 '적'은 생존이라는 절박한 과제이기 십상이라는 문학평론가 최재봉의 지적은 적확한 데가 있다.

또한 공선옥 소설의 또다른 특장은 건강함에 있다. 힘겨운 삶의 고단함과 막막함에도 불구하고 작중 인물들은 삶에 대한 낙천성과 굳은 결단의 의지를 보여준다. 「홀로어멈」과 「멋진 한 세상」, 「관가행차」와 같은 작품들에서 두드러지는 해학적인 요소가 바로 그러한 예가 될 것이다. 「관가행차」에서 바보 취급 받는 '부칠'을 돕는 인물로 등장하는 '이장'이 통찰한 것과 같은 "역설적으로다가 없이 살면 편해부러요"라는 말은 복잡다단한 일상에 침잠한 우리들에게 깊은 공감을 준다. 그리고 「정처없는 이 발길」에서는 댐 건설 때문에 살던 집에서 쫓겨나야 하는 막막함 속에서도 주인공 '갑생'은 결코 좌절하지 않고 굳굳하게 문제를 헤쳐 나간다. 이러한 인물들의 건강함

이야말로 작가가 자신의 힘겨운 실존적 생을 포기하지 않았던 결기로부터 근원하는 것이 될 터이다.

한편 이 작품집에서는 작가의 섬세한 방향 전환의 단초를 읽어낼 수 있을 듯 하다. 「그것은 인생」과 「정처없는 이 발길」에서와 같은 실화(實話)를 소재로 작품들이 그런 변화의 단초를 보여준다. 이러한 변화는 5·18의 역사적 현현이나 모성적 여성성의 구현을 넘어서 후기 자본주의 사회의 가려진 병리 현상을 작가가 새로운 시선으로 바라보게 되었음을 확인해 주는 부분이다. 그리고 「멋진 한 세상」에서는 그간 작가에게서 찾아보기 어려웠던 섬세한 내면의 묘사가 이뤄지고 있다. 한편의 모노드라마를 떠올리게 하는 이 작품은 주인공의 내적 독백을 통한 세밀한 내면의 토로가 절창을 이룬다. 이는 어쩌면 작가가 자신의 고달픈 삶을 이제는 거리를 두고 볼 여유 혹은 거리를 얻었기 때문일 것이다. 결국 이 작품집으로 하여 작가 공선옥은 새로운 길을 또다시 개척하였음을 보여주고 있으며, 앞으로 어느 길로 나아갈 것인가에 나름의 방향을 전망해내고 있다.

4. 매혹적인 사랑, 혹은 고혹적인
　- 은미희 『소수의 사랑』

아름다운 사랑일수록 그 상처는 깊다. 매혹을 넘어 고혹이 되는 사랑일수록 가슴속의 커다란 구멍을 뚫어 놓기 마련이다. 그 텅빈 공간으로 마른 바람만이 휩쓸고 지나가고 아픈 상처는 쉽게 덧나곤 한다. 혹은 그 상처로 인하여 존재론적 절망의 극단을 경험하기도 하고…. 하여 그 사랑은 누구나 쉽게 할 수 없는 것이 된다. 그럼에도 누구나 그런 사랑을 한번쯤 경험했거나 동경하곤 한다. 이루어질 수 없는 그런 사랑을······.

은미희의 장편소설 『소수의 사랑』은 그런 이루어질 수 없는 절실한 사랑을 담고 있다. 작가는 그 사랑을 소수의 사랑이라 명명한다. 소수의 사랑은 많은 사람들의 흔한 사랑 외곽에 위치한 소외된 자들의 사랑을 의미한다. 이를테면 동성애나 혹은 영화 『오아시스』에서와 같은 그런 사랑이 소수의 사랑에 해당될 듯 하다. 그러면서 그것은 소수(素數), 즉 나를 완벽하게 나누어 가질 그런 소수 같은 타인과의 사랑을 함의하기도 한다. 그런 사랑이 모래바람만 휩쓸리는 이 사막과 같은 후기 자본주의 시대에 가능하기는 한 것일까? 그리고 그런 사랑은 어떤 방식으로 존재하고 공유되는 것일까?

소설은 50년만의 폭설이 내리던 어느 날 가출했던 '경수'가 온몸에 큰 화상을 입으면서 시작된다. 잊혀진 것으로 생각했던 이란성 쌍둥이 오빠 '경수'의 삶이 다시 '경미'에게로 다가서게 되면서 두 사람의 소수의 사랑은 다시 힘겨운 굴레로 얽혀들게 된다.

한 어미의 자궁에서 10개월을 같이 보낸 '경미'와 '경수', 그곳을 벗어나서도 여전히 한 뱃속에 들어앉은 듯 서로에게서 벗어나지 못했던 두 사람의 슬픔과 절망, 1과 자기 자신의 수로만 나누어지는 소수(素數)와 같이 스스로를 완벽하게 나누어 가질 소수 같은 사랑을, 저주받은 운명에 목숨을 내거는 사랑을 감내해야 했던 두 사람의 슬픈 사랑이야기가 작품 내내 변주된다.

특히 여자로 태어난 '경미'에게 가해지는 가족의 억압과 사회적 시각은 냉혹한 것이었다. 상피(相避) 붙는다는 이란성 쌍둥이로 태어나 늘 누군가 옆에 있는 듯한 존재감에 시달리면서 오줌을 누고, 잠을 자고, 밥을 먹던 그녀는 그 존재감으로부터 도망치기 위해 어둠처럼 골방으로 스며들곤 한다. 그녀는 이 세상에 살아있으면 안 되는 불길한 존재였고, 집안 망쳐 먹는 재수 없는 아이였고, 사내아이인 '경수'의 기를 빨아 먹는 귀신 같은 계집애로 치부되곤 하였다. 상피 붙는다는 이유로 낳자마자 엎어 놓았어야 될, 아니 언제라도 엎어 놓여져야 될 그런 존재로 저주받으면서 그녀는 성장해야만 했다. 동일한 조건으로의 탄생이면서도 저주받을 수 밖에 없는 여성들의 삶의 질곡이 주인공 '경미'에게는 더욱 가혹한 것으로 다가선 것이다.

한편 이 작품에서는 '경미'와 '경수'의 사랑 이외에도 잡지사 기자인 '경미'가 취재하게 되는 동성애자 '송진우'의 삶과 사랑이 배경으로 제시된다. 이성애의 주변부에서 어떤 가치도 인정받지 못하는 동성애자들의 소수의 사랑이 핍진하게 형상화되고 있는 것이다. 그리고 초점인물인 경미는 소외된 슬픈 사랑을 하는 동성애자들과 자신을 동일시하기도 한다.

하여 작가는 소수의 사랑 때문에 여전히 고민하는 많은 이들에게 내일만은 말간 얼굴로 해가 떠오를 것이고, 그들의 힘겨운 폐부 깊숙이 햇살의 말간 기운이 스며들 것임을 이야기해주고 싶었던 것 같다.

이처럼 은미희는 이 사회의 소외자로서의 여성의 시각으로 이루어질 수 없는 사랑을 해야만 하는 사람들의 고뇌의 몸짓, 그런 소수의 사랑을 내밀한 문체와 치밀한 구성을 통해 형상화해내는 데 성공하고 있다. 특히 그의 섬세한 내면 묘사와 더불어 그것을 압도하는 충일한 서사성의 확보야말로 앞으로 은미희의 문학적 지평을 더욱 확장하는 노둣돌이 되어 줄 것이다.

5. 새로운 여성 소설의 미래는

여성이 여성 자신의 언어로 자신의 이야기를 써냈어야 했다. 하지만 그것은 만만치 않은 작업임에 틀림없다. 오래 유지되어온 가부장제 사회의 이데올로기가 모두 언어에 숨쉬고 있었으니, 그리고 그 언어를 통해 여인으로 성장해 왔으니, 여성이 자신의 언어를 찾아 자신의 삶의 드러내는 것은 거의 불가능한 일이었을 터이다. 하지만 이제 섬세한 전환의 경계 위에 서 있는 듯하다. 자신의 언어로 자신의 목소리를 제대로 낼 수 있는 여성 작가들이 하나 둘 씩 나타나고 있는 것이다. 이혜경, 공선옥, 은미희가 바로 그들이다.

그동안의 여성소설들은 가부장제 사회에서 피해자로 살아갈 수 밖에 없는 여성 자신들의 상처받은 내면에 침잠해왔던 것이 사실이다. 그것은 어쩌면 자신들의 고통스런 절망과 삶의 질곡으로부터 벗어나는 것이 우선적 과제였기 때문이었을 것이다.

그러나 이혜경, 공선옥, 은미희는 그동안 많은 여성작가들이 보여주었던 여성들 특유의 섬세한 내면묘사 중심의 시사 전략에서 벗어나 있다고 할 수 있다. 그들의 많은 작품들은 서사성의 약화로 지적되었던 여성소설을 뛰어넘는 치밀하게 잘 조직화된 서사성을 확보해내고 있다. 건장한 남성작가도 발휘하기 어려운 튼튼하고도 활기찬 서사 전략을 구사하면서 반드시 다음 페이지를 꼭 읽어야만 될 것 같은 독자들의 흥미를 잘 유발시켜내고 있다. 또한 그동안 여성 소설들이 보여준 여성의 억압된 삶의 징후, 남성 중심 사회의 폭력성에 노출된 채 고통스러운 삶을 살 수 밖에 없는 여성의 삶의 모습을 그들의 소설에서는 찾아보기 어렵다. 그들은 이 작품들에서 오히려 우리 사회의 현실적 모순과 문제점을 밝혀 내는데 주력한다.

따라서 그들의 소설은 사건 중심의 서사 전개를 통한 서사성의 강화, 다성적인 시점의 확보, 스스로의 삶과 내면으로부터의 거리 두기의 서술 방식 구현 등 새로운 여성 소설의 가능성을 담보해내고 있다. 즉 여성인물들의 존재론적 절망을 극복한 건강한 삶의 양상을 구현해내고 모순으로 가득찬 외부 세계로의 시야를 확대해내면서 향후 여성소설들이 나아가야 할 방향을 그들의 최근 소설은 오롯하게 제시해주고 있는 것이다.

인간다운, 인간다움의 서사

최인석 『서커스 서커스』
한창훈 『섬』
박청호 『질병과 사랑』

1. 인간다움의 머나먼 길

인간이 가장 인간답게 살아가는 데 전제가 되는 것에는 어떤 것들이 있을까? 이성, 물질, 사랑, 가족, 종교, 철학, 모성애 등등 많은 것들이 많은 사람들에 의해 이야기될 수 있을 것이다. 하지만 지금 이 시간 미국의 이라크 침공으로 인해 수많은 죽임과 죽음이 반복되고 있으며, 아시아 아프리카의 여러 빈민국들은 기아와 질병에 여전히 시달리고 있다. 그러므로 문제는 인간답다라는 말, 즉 휴머니즘이 내포하고 있는 허위성일 터이다. 인간다움을 내포하는 사랑, 희생, 봉사, 모성애라는 개념들이 인간다운 세상을 만드는데 오히려 장애가 되기도 하기 때문이다. 이러한 비인간적인 너무나도 비인간적인(?) 덕목들이 하위체 혹은 소수자들의 발목을 잡고 개혁이나 혁명의 대열로 나아가지 못하게 함으로써 더욱 기득권층의 지배 이데올로기를 강고하게 만들고 있는 것이다.

마르크스는 「독일 이데올로기」라는 글에서 모든 인간의 실존 및 모든 역사의 첫 번째 전제, 즉 역사를 만들기 위해서는 인간이 살수 있어야만 한다는 전제를 확립하는 것으로부터 출발해야 한다고 언명한 바 있다. 생산물의 분배로부터 대부분의 우리들을 교묘하게 소외시키는 자본주의 체제 속에서의 삶은 인간이 살 수 있어야만 한다는 1차적 전제로부터 철저히 괴리되어 있다. 특히 후기 자본주의 사회의 근본적인 문제는 부유하는 욕망과 그것을 추구하는 인간군상들의 부조리함이 아니고 인간의 욕망을 배치하고 통제하면서 이윤을 획득하고 관리하는 지배이데올로기의 보이지 않는 힘이라고 할 수 있다. 결핍과 충족이라는 욕망의 변증법이 삶의 전부인 것으로 호도하면서 생산력과 생산수단의 토대를 확대 재생산해가는 이들의 음험한 기획과 의도, 즉 후기 자본주의 지배이데올기가 문제인 것이다.

실제로 우리를 지배해온 권력과 이데올로기는 휴머니즘이라는 가면을 쓰고 철저히 가진 자들에 의해 그들의 이익을 대변하고 그것을 확대 재생산하는 것에 다름 아닐 터인데…. 21세를 맞이한 지금 과연 역사의 발전, 인간의 삶의 진보를 상찬할 수 있을까?

이 시대의 많은 소설들은 그러한 상찬보다는 회의와 절망의 편에 가까이 다가서 있다.

2. 물신화된 풍경들에 대한 회의와 부정
  - 최인석 『서커스 서커스』

최인석 소설에는 이 시대 후기 자본주의적 삶의 양태에 대한 환멸이 가득하다. 물신화된 자본이 지배하는 세계 속에서의 인간과 인간, 인간과 제도의 부조리한 일그러짐이 그의 소설에서는 쉽게 포착된다. 그리고 그의 소설 세계의 풍경에는 자본에 의해 형성되고 조작된 비인간·반인권적인 권력과 이데올로기에 대한 부정과 회의로 가득 채워져 있다.

최인석은 그의 장편소설『서커스 서커스』에서 이러한 자본주의 시대의 부조리와 모순을 극명하게 형상화해낸다. 특히 소설의 초반부에서 '승호'의 시나리오 속에 제시되는 '우렁 각시'이야기, 즉 패러디라는 소설적 장치를 통해 무수한 환영들로 가려져 있는 현실의 실체를 그는 새로운 방식으로 보여주려고 시도한다. '슬픈 우렁 각시' 이야기는 농사짓는 노총각 대신 '장사꾼 노총각'이 등장한다. 자신의 힘겨운 신세를 한탄하던 장사꾼 노총각은 우연히 '우렁각시'를 발견하게 되고, 우렁에서 사람으로 변하는 신기한 모습을 사람들에게 한판의 서커스로 보여주기 시작하면서 엄청난 돈을 벌게 된다. '그'는 우렁각시를 잔인하게 이용하여 돈을 벌고 다른 여자와 결혼하여 잘 먹고 잘 살게 되지만 우렁각시는 늘 철망에 갇혀 살게 되고 결국은 모두의 무관심 속에 죽고 만다.

작가는 사람들이 장사꾼과 우렁이로 구분되어 장꾼들이 우렁이들을 철저하게 이용하고 착취하는 세상이 바로 이 시대 물신화된 후기 자본주의 사회임을 드러내고자 한다. 그리고 그는 우리들 자신이 다른 우렁각시들을 죽이는 좀더 큰 우렁각시에 불과할지도 모른다는 것, 그 다음에는 우렁각시의 서열을 만들어내는 이 체제의 수레바퀴 밑에 깔려 죽는 또 하나의 우렁각시에 불과할지도 모른다는 것을 깨닫게 하고자 이 작품을 창작했음을 고백한 바 있다.

이같은 우렁각시의 패러디는 작품 전체의 서사를 지배하게 되는데, 서사는 금은방을 경영하는 '상준'의 아들 '승호'가 교통사고로 죽게 되면서 시작된다. 타고난 성실과 근면으로 나름의 자수성가를 이룩한 '상준'에게 있어 아들인 '승호'는 자기 삶에 철저하지 못한 채 영화판만을 기웃거리는 것으로 인식된다. 때문에 '상준'으로서는 아들의 삶을 결코 이해해내지 못한다.

그런데 그런 아들이 죽고 말자 ‘상준’은 아들 ‘승호’의 부재를 절실하게 깨닫고 ‘승호’가 쓰던 컴퓨터와 인터넷 메일, 아이디를 통해 ‘승호’가 살았던 때의 존재 영역을 하나 하나 확인해 나간다. 거기서 그는 ‘승호’의 채팅 친구였던 ‘다슬기’라는 소녀를 통해 자본주의 체제의 굴레에 깔려 버거운 삶을 살아가는 이들을 이해하게 된다. 하지만 동생 ‘상욱’의 아들인 ‘승태’가 엄청난 카드빚을 갚기 위해 벌이는 강도행각의 희생물로 ‘상준’은 살해당하고 만다.

장사꾼의 삶에 충실했던 ‘상준’이 아들의 죽음을 통해 자신의 부조리한 삶에 대해 각성하게 되지만 결국은 물신화된 체제의 발굽 아래 희생된다는 점에서 그는 우렁각시의 또 다른 모습일 따름이다. ‘상준’은 장꾼이면서 한편으로는 또 하나의 우렁각시임을 깨닫지 못했던 셈이다.

최인석의 『서커스 서커스』는 자본주의 시대를 우렁각시처럼 살아가는 우리들의 소외된 삶을 극명하게 보여주고 있다. 누군가의 이익을 최대화하기 위해 그저 서커스와 같은 삶을 살아야 하는 우리들의 모습을 우리는 이 소설 속에서 쉽게 찾아 볼 수 있게 되는 것이다. 그러므로 분명 우리는 지금 이 순간 한 사람의 장꾼이거나 한 마리의 우렁처럼 살아가고 있음에 틀림없다.

3. 자본주의 사회에서의 고립된 자아
- 한창훈 『섬』

섬, 육지와 멀리 떨어져 바다 한 가운데 외로이 떠있는 그곳은 사회 현실과 단절되고 폐쇄된 비일상적이고 탈사회적인 공간으로 인식되곤 한다. 음

모와 증오와 욕망으로 가득한 후기 자본주의 사회의 세속적 일상으로부터
의 탈주를 꿈꾸는 모든 이들에게 섬은 도피하고 싶은 무의미의 공간 그 자
체이다. 물신화된 세상의 삶으로부터 상처받고 버림받은 외로운 영혼이 소
리 없이 흘러드는 유폐된 공간이라는 점에서 섬은 세상의 끝이다.

이처럼 세상의 끝에 선 외로운 영혼의 감각과 사유, 의식과 존재가 서로
변증법적으로 교섭되는 소설이 바로 한창훈의 『섬 나는 세상 끝을 산다』이
다. 그는 소설집 『바다가 아름다운 이유』, 『가던 새 본다』, 『세상의 끝으로
간 사람』 등을 펴낸 바 있으며, 장편소설 『홍합』으로 제3회 한겨레 문학상
을 수상한 바 있다. 그는 문학평론가 손종업의 지적대로 90년대의 서사 지
도 속에 외딴섬으로 존재해왔으며, 이 시대의 지배적인 흐름을 거스르고자
하는 반항아이자, 경계를 넘어서는 방랑인이었다. 그는 마치 유목민처럼 그
어느 것에도 안주하지 않으며, 대체로 소수적인 것, 비천하고 힘없는 것,
소멸되어가는 것들과 함께 해 왔던 것이다.

『섬 나는 세상 끝을 산다』에서도 그의 작품 세계는 여일하다. 제목이 암
시하는 바와 같이 그는 외로운 섬으로 세상의 끝을 지향하면서 그 나름의
소설적 아우라를 구축해내고 있다. 적막과 무적(霧笛), 그리고 가득한 무의
미, 그래서 더욱 의미 깊은 여백… 인물과 인물, 혹은 인물과 세상과의 갈등
을 유발해내지 않으면서 1인칭 주인공의 기억과 정서의 흐름에만 내맡겨진
서사가 나름의 긴장을 추동해내는 것은 웅숭깊은 작가의 내면의 힘 때문이
리라. 이는 섬세한 내면을 묘사해내는 작가의 탁월한 능력으로부터 발원하
는 것이기도 하다.

이 작품의 서사적 줄거리는 간단하다. 한 사내가 섬에 나타난다. 그는 여
기서 초등학교까지 다니다 전학을 갔다. 육지로 나가는 그 순간으로부터
유전하는 인생이 되고 만다. 그가 여기, 이 섬에 도달하기까지는 가혹한 고

통의 시간이었다. 그는 청년 헤겔주의자였던 부르노 바우어가 말한 대로 자본주의 사회에서의 '고립된 자아(isolates Atom)'였던 셈이다. 그 고통을 이겨내는 방법으로 그가 마지막 택한 것이 바로 한 시절 한하고 적막과 마주하여 끝내 견뎌내 보고자 마음먹은 것이었고, 그래서 섬으로의 귀환을 시도했던 것이다. 그것은 자신의 원초적 근원으로의 귀환이면서 부조리한 현실에 둘러쌓인 자신의 죽음을 내포한다. 그리고 그는 여기서 어린 시절의 추억을 회상하거나 도둑고양이와 친구가 되기도 하고 섬마을 사람들의 삶에 스치듯 끼어들면서 그들의 삶의 풍경을 관찰한다. 그러면서 그의 무의식 속에는 새로운 삶, 끝이어서 시작인 그런 삶을 꿈꾸게 된다.

그것이 바로 작품 속에서 하나의 패턴을 이루며 서사적 활력을 끌어올리는 물활론적 사유이다. 자연과 인간, 바다로부터 근원하는 자연의 순환과 생명의 용솟음이 적막에 도달한 주인공의 내면과 합일하게 된다. 서구의 도구적인 자연이 아니라 인간과 공생하는 동양적 자연으로서의 물아일체의 경지가 이 작품에 숨쉬고 있는 것이다.

그런 점에서 이 곳 섬은 끝이면서 시작인 공간이다. 죽음으로부터 새로운 생명을 일구어내는 공간으로서의 섬은 바다로 둘러싸인 낙원, 혹은 자유와 낭만으로 가득한 생명의 공간이 되기도 한다. 세속의 시간과 공간으로부터 분리된 이상적인 공간, 그에게서는 자궁 속의 태아와 같은 안온한 공간이 또한 섬이기도 하다. 모든 생명창조의 근원인 물과 바다로 둘러싸인 섬은 그래서 죽음의 장소이면서 한편으로는 또 다른 생명 탄생의 성스러운 공간이 된다.

그래서 세상으로부터 상처입은 주인공은 새로운 삶의 시작을 위하여 자신의 태초의 고향인 섬으로 귀환한 것이다. 그리고 그 곳 섬에서 자신의 시작이었던 어린 시절을 환기하게 되는 것인데, 그것은 끝에서 시작을 만나는 것이고, 시작에서 다시 끝을 끝내려는 역설적인 의미를 내포하고 있는 셈이다. 이러한 역설적 진실이야말로 이 작품에서, 혹은 우리가 일상에서 건져내야 할 삶의 진실이 아닐까. 그런 점에서 한창훈은 세상의 끝을 살지 만 이미 세상의 시작, 즉 새로운 길 위에 서 있는 셈이다

　이처럼 한창훈이 지금까지의 작품 세계와는 사뭇 다른 내면과 사변의 세 계를 펼쳐 보인 것은 나름의 긍정적 의미를 갖는 것이 사실이다. 하지만 한편으로 우려의 마음이 앞서는 것은 그가 현실의 구조적 모순에 대한 환멸, 혹은 그것들의 사실적 재현 방법에 대한 회의 때문에 작품 세계의 변화를 추구하고 있는 것으로 비쳐지기 때문이다. 「섬」에서와 같은 심도깊은 내면 의 확보와 치밀한 시학적 형상화의 능력도 그에게는 필요하지만 그가 무엇 보다 경계해야 할 점은 부조리한 사회를 추상 혹은 관념으로서 개인과 대립 시켜 고정시킴으로써 궁극적으로 자신만의 도피 혹은 안식처를 삼는 일을 꺼려야 한다는 점이다. 그것은 그가 대면한 세상을 그의 물질적·계급적 토 대와는 별개의 풍경으로 거리를 둔 채 인식하지 않았으면 하는 개인적 조바 심 때문이기도 하다.

4. 질병같은 사랑의 과잉 담론
　- 박청호 『질병과 사랑』

　실존의 문제에 침윤되어 있는 사람이라면 인간의 현재 살아가는 삶 그 자체의 실존, '지금 이곳에 살아있음'에 모든 의미를 부여할 것이다. 그리고 실존에의 확인은 종종 열정적인 사랑의 모색으로 귀결되기도 한다. 하지만 순수한 사랑마저 교환가치로만 평가되는 물신화의 지경에 도달하고 말았으

니…. 그래서 이 시대의 많은 실존주의자, 혹은 낭만주의자들은 절망하고 있다. 왜냐하면 진실한 사랑은 사라져버렸고 기껏 남아 있는 사랑마저 타락해 버렸기 때문이다. 위대한 정신적 가치마저도 상품화되는 이 물신화된 사회속에서 서로의 본질을 인정하고 교섭하는 영혼의 흐름이라고 할 수 있는 진정한 의미의 사랑은 실종해버린 셈이다. 오직 교환가치로만 측량되고 평가되는 사랑만이 도처에 부유할 뿐이다. 노동이나 생산과 결합된 사랑이 아니라 소비와 유희로 전락해버린 사랑만이 인터넷의 운영 체제를 마비시키는 웹바이러스처럼 감염되고 유포되고 있다.

소설가 박청호는 그런 사랑을 질병으로 간주한다. 그의 세 번째 소설집 『질병과 사랑』에는 부패한 사랑들의 악취가 흘러넘치고 그런 사랑으로 상처 입은 영혼들의 절규가 가득하다. 자동화된 일상의 권태와 환멸을 초극할 수 있는 간절한 사랑에의 염원들은 끝없이 미끄러지고 일그러질 뿐이다.

표제작인 단편 「질병과 사랑」은 이러한 일그러지고 오염된 사랑의 징후들만이 전경화되어 드러난다. 산부인과 의사인 남편 몰래 첫 번째 남자이자 세 번째 남자인 첫사랑과 여관에서의 밀회를 즐기는 대학의 여자 강사인 주인공은 오직 애인의 몸에만 집착한다. 그녀는 영혼의 본질이나 내면과 교섭하고 공유하기 보다는 욕망과 쾌락의 대상으로서의 남자의 몸에만 탐닉한다. 그러면서도 그녀는 강단에 서서 남성들의 식민지로서만 기능해 온 여성의 몸의 소외, 혹은 억압의 역사를 강의한다. 그러던 그녀는 아비가 누구인지를 알 수 없는 아이를 임신하게 되면서 "연애는 치료약을 준비하기도 전에 인간의 몸을 감염시키는 치명적인 질병이라고. 그리고 난 연애를 한 것이 아니라 몸이 원하는 대로 행위하도록 그냥 좀 놔뒀을 뿐이라고" 절규한다.

「사랑의 아픔」, 「조금 춥고 쓸쓸한」, 「여자가 등장하지 않는 세 가지 푸른 배경」, 「몸의 사랑」 등의 작품들 또한 타락한 사랑, 육체적 흔적들로만 유지되고 기억되는 질병 같은 사랑들이 변주될 뿐이다. 서로 만나서는 안되는 수많은 만남들과 관계들이 육체적 사랑이라는 공통분모로 겹치고 어긋난다. 때문에 "현실에서 만날 수 없는 지독하고 간절한 사랑을 원하면서도 섣불리 연애의 종착점에 도달하지 않으려는" 이들의 사랑이야기라는 어느 평론가의 평가는 일부는 동의하지만 전부를 동의하기는 어렵다.

한편 여성주의적 시각에서 보면 이 작품집은 치명적인 문제점을 안고 있다. 지나친 남성 중심의 사랑과 몸에 대한 시각과 담론화가 문제인 것이다. 이 작품 속의 여성들은 스스로의 몸과 감성에 눈뜬, 여성적 자각을 이룬 주체적 여성 인물들로 제시되는 것처럼 보이지만 반면에 그들은 대부분 남성 중심의 시각에 의해서 묘사되고 평가되고 있다. 여성 주인공들은 남성의 욕망만을 충족시켜주는, 남성의 감정적 욕구에만 길들여진, 남성의 관점을 기준으로 형성된 여성적 정체성을 가진 여성들로 보여질 뿐이다. 새로운 21세기가 열리면서 여권이 신장되어가고 있는 과정에서 이 작품의 남성중심적 시각은 많은 이들에 의해 다시 읽혀지고 문제제기 되어야 할 것 같다.

따라서 이 작품에서 작가는 후기 자본주의 사회의 부유하는 욕망과 그 현상적 지형의 부조리함에만 매몰된채 정작 그것들의 핵심적 본질에는 다가서지 못하고 만 것 같다. 추악한 현실, 부조리한 인간들과 적절한 거리를 유지하면서 그것들을 철저히 해부하고 비판하려 드는 서술자의 목소리에 순간 순간 스치는 망설임의 징후는 무엇 때문일까? 이는 부정적인 현실에 엄격해 보이는 서술자의 가면 뒤에는 부유하는 욕망을 추동하지도 그렇다고 저어하지도 못하는 그림자가 엿보이기 때문이다. 그래서 이 소설들 속에는 일탈과 반성의 반복이라는 일상의 지루함만이 적당히 얼버무려 있는 듯한 느낌을 유발시킨다. 이는 이 시기 질병과 같은 사랑의 배후에 자리하고

있는 보이지 않은 힘들 즉 우리가 당면한 문제의식들, 권력·물질·성의 문제
들을 작가가 철저하게 인식해내지 못한 때문일지도 모른다.

5. 인간다움, 그 숭고함을 찾아서

후기 자본주의 시대 우리의 부조리한 현실의 대안이 부재하다는 막연하
고 모호한 인식이 대부분의 철학이나 문학에 관한 논의들에서 지배적인 영
향력을 발휘하고 있다. 그러나 꼭 그럴까? 이러한 전망 부재나 역사 의식의
부재가 유포되고 보편화되면서 무엇인가를 얻어내는 사람들은 과연 누구일
까? 정치적 허무주의와 무관심, 현실의 민족·성·물질적 분배에 대한 무관심
으로 인해 궁극적으로 이득을 얻는 이들은 바로 이 시대를 기획하고 운영하
는 기득권자들에 다름 아닐 것이며, 바로 그들이 시대적 허무 의지, 질병같
은 사랑의 과잉담론을 컴퓨터 바이러스처럼 유포시키고 작동하고 있는 것
은 아닐까.

그렇다면 우리가 해야 할 일은 너무나도 범박하지만 현실을 직시하는 것
이 될 터이다. 생산력과 생산관계를 추상화하거나 관념화하는 것으로부터
벗어나 구체적 정황과 연관관계를 적확하게 살피고 분석하는 일이 필요하
다. 그리고 이 시대의 제도와 문화와 교육과 종교가 어떻게 연관되고 교섭
되면서 지배적인 이데올로기를 형성하고 유지해나가는가를 추적하고 파헤
쳐야 할 일이다. 지금 이곳에서의 존재적 연관 의미를 찾는 헤겔의 현상학
적 접근이 지금 우리에게 필요한 당위인 셈이다. 그리고 그의 비판적 상속
자인 마르크스의 시각, 즉 일상적 삶과 과학과 예술에 있어서의 객관적 현
실에 대한 철저한 분석과 반영의 미학적 실천이 지금 필요한 것이다.

80년대 후반 소련 연방의 해체 이후 동구 공산권 국가체제가 몰락하면서 이 땅의 사회주의가 소멸되었다는 성급한 판단에 동의하는 사람들이 많다. 그래서 대부분의 사람들이 마르크스의 저작, 혹은 정신까지도 폄하하고 부정하려고 한다. 하지만 문제는 프로레타리아 독재를 시도한 독선적 정치권력, 개인의 사적 소유를 무시하고 공급과 수용의 원리를 포기한 국가 독점 경제 체제가 무너진 것일 뿐, 사회주의의 근본 정신이 소멸된 것은 아닐 터이다. 일찍이 인간이 인간답게 살 수 있는 사회를 만들고자 하였던 마르크스의 근본 정신과 의지는 아직도 우리가 배워야할 소중한 가치일지도 모른다.

특히 물신화된 자본의 망령과 비인간주의적인 기득권의 지배이데올로기가 더욱 기승하는 지금, 마르크스의 인간에 대한 사랑과 그 정신은 숭고한 것이리라. 그런 점에서 우리의 현실에 대한 과학적 접근과 구체적 상황 인식, 그리고 그것에 대한 실재적 반영은 더욱 필요한 덕목이 된다. 현실적으로는 완벽한 대안이 되지 못한다 하더라도 궁극적으로 인간다운 삶에 대한 희망과 신뢰를 발견해내는, 그리고 그러한 실천적 노력에 의해서 비로소 역사가 발전한다는 믿음이 모든 이들에게 공유되는 사회가 우리에게는 필요하다. 그런 가운데 우리 문학판을 잠식해나가는 허무주의와 세기말적 사고는 깨트려질 것이고 문학의 위기, 작가의 죽음을 논하는 허위의 굿판은 사라질 것이다.

기억과 서사의 변증법적 교섭과 소통

송기원『사람의 향기』
김영현『폭설』
신경숙『종소리』

1. 기억과 서사, 그리고 시간

소설은 다른 예술이나 문학 장르들보다도 시간의 지배를 많이 받는 대표적인 시간 예술이다. 바흐친에 의하면 소설은 애초부터 시간을 개념화하는 새로운 방식을 그 핵심에 두는 장르로서 발전해왔다. 특히 근대소설에 이르러 플롯의 개념이 부가되면서 시간의 역전을 통한 서서구조의 전개가 보편화되기 시작하였다. 소설에서 유토피아를 지향하는 주인공의 행위가 시간 속의 행위라면 소설에서의 시간은 어쩔 수 없는 과거 시제로의 지향만이 가능할 수 있을 것이다. 그러한 과거를 현재화시키는 사고의 작용이 바로 기억이다. 김윤식은 패배할 수밖에 없는 주인공의 삶에 억지로 통일성을 부여하려는 작가의 고집스런 주관성의 다른 이름이 곧 창조적 기억이라고 명명한 바 있다.

따라서 기억이야말로 이야기 갈래만이 갖고 있는 예술적 형상화의 근원적인 요소이다. 벤야민은 이러한 기억을 회상이라 부르고, 이것이 서사시의 몰락과 더불어 새로이 나타난 소설에서 본질적으로 작용하는 소설의 예술적 요소라고 주장한다. 그에 따르면 아무런 편견없는 청자에게 가장 중요한 점은 들은 이야기를 다시 재현할 수 있다는 가능성에 대한 자기 자신의 확신이다.

기억과 회상의 방식을 주요한 서술 전략으로 체택하는 소설들은 반성적 사유에 근거하여 서술되고 있다. 반성적 사유란 소설을 구조화하는 시간의 이중성으로부터 발생한다. 즉 거울을 들여다보며 내가 나의 정체성을 확인하려는 것과 같이 현재의 자아가 과거의 자아를 되돌아보는 행위 자체가 바로 반성적인 심리 작용의 소산인 셈이다. 그러므로 반성적 사유는 소설 내적 시간과 소설 창작 시간의 불일치로부터 생성되는 것인데, 이는 현실 혹은 상상 속의 사건이 소설 창작 과정에서 허구화되면서 사후적인 인식의 논리로 소설화되는 것을 말한다.

따라서 반성적 사유에 바탕한 대부분의 소설들은 고백의 담론 방식을 택한다. 고백이라는 형식 또는 고백이라는 제도가 고백해야 할 내면 또는 <진정한 자기>라는 것을 만들어 낸 것이다. 문제는 무엇을 어떻게 고백할 것인가가 아니라 이 고백이라는 제도 자체에 있다. 『일본 근대문학의 기원』을 저술한 가라타니 고진에 의하면 감추어야 할 것이 있어서 고백하는 것이 아니라 고백이라는 의무가 감추어야 할 것, 또는 <내면>을 만들어 내는 것이다.

이러한 고백의 담론 방식을 지배적인 서술 전략으로 체택하고 있는 소설들이 90년대 이후 많이 창작되고 있다. 소련의 해체 이후 우리 소설계의 흐름 가운데 큰 변화 중의 하나는 바로 소설가의 기억에 의존하는 소설들의 부상이었다. 잃어버린 전망, 혹은 보이지 않는 대안의 부재를 모색하려는 작가들의 시도가 바로 자신의 기억을 재구해내는 소설 기법의 활용이었다. 그것은 자신의 어린 시절의 원체험이나 고통스러웠던 과거의 상처를 하나 하나 기억해내면서 자신의 정체성을 새롭게 탐색해내려는 의도의 소산이었다. 박완서, 공지영, 공선옥, 윤후명, 임철우, 김소진의 많은 소설들이 그런 유형의 작품들이었다. 이는 거대 담론의 해체로 인한 정체성 상실의 위기를 극복해내려는 작가들의 힘겨운 노력의 산물이라 할 수 있다.

이처럼 기억과 고백이 서사의 창작 원리로 공유되는 최근의 작품들이 송기원의 『사람의 향기』, 김영현의 『폭설』, 신경숙 작품집 『종소리』이다. 이 작품들에는 기억과 시간, 고백과 서사가 변증적으로 교섭하면서 자아의 정체성 탐색과 세계에 대한 이해의 방식이 서로 변별적으로 드러난다.

2. 결핍의 기억을 넘어서
　- 송기원 『사람의 향기』

끝순이, 유생이, 성관이, 막둥이, 폰개, 양순이……. 궁핍과 배고픔으로 상징되는 결핍의 지난 시절을 기억하는 이들이라면 누구나 어디에서든 쉽게 듣고 불러 왔던 이름들일 것이다. 그리고 그 이름들 속에는 아직도 고향의 냄새와 향기가 깃들어 있어서 그 이름이 불려지는 순간 살아있는 의식과 감각으로 고향을 떠올리게 될 것이다. 그 촌스럽고 익숙한 이름들이야말로 고향에 대한 기억의 저장소인 셈이다.

당골네의 딸로 당달봉사였던 '끝순이 누님', 항상 겁에 질린 눈으로 걸핏하면 울던 외사촌형 '유생이', 집안이 유독 가난하여 초등학교 4학년을 채 마치지 못하고 서울로 올라가 중국집에 취직했던 물총새 '성관이', 장돌뱅이 악동들 사이에서 으레 이름 앞에 바보를 넣어 불리던 '바보 막둥이', 섣달 그믐날 술에 취해 방죽 아래서 얼어 죽은 큰아버지의 아들 '폰개 성',

어머니의 모진 인생을 닮지 않게 하려고 지옥과 같은 섬으로 시집보내졌던 이복누나 '양순이'….

이들은 모두 송기원의 연작소설 『사람의 향기』의 주인공들이다. 그리고 그들은 하나같이 평범하지가 않다. 아니 무엇인가가 부족하거나 결핍되어 있는 존재들이다. 그렇다고 그들은 진정으로 부족하고 열등한 존재들인가? 분명 아니다. 문제는 그들을 부족하고 열등하다고 분류하고 규정하는 정상이라고 자부하는 이들에게 있다. 그들 가진 자들이 상식과 정상이라고 강요하는 불합리한 잣대와 기준이 문제일 것이다. 그러므로 이 작품은 정상과 비정상, 우등과 열등, 충족과 결핍의 이분법적 분별에 대한 우리들의 고정관념을 통렬하게 해부하고 해체해낸다. 그런 점에서 『사람의 향기』에 수록되어 있는 연작소설들은 타락한 사회를 타락한 방식으로 드러냄으로써 진정한 가치를 추구한다고 하는 소설의 개념 징의에 가장 가까운 소설이다.

한편 이 소설은 송기원의 그동안 소설들과는 사뭇 다르다. 그가 책 뒤의 <작가의 말>에서 밝히고 있는 것과 같이 이 작품들은 작가 자신 주변의 인물들을 주인공으로 내세우고 있다. 30년 가까이 소설을 써 오는 동안 그의 소설 속의 주인공은 언제 어디서나 작가 자신이었으며, 주변의 인물들은 작가 자신의 이야기를 전개하기 위해 필요한 조연 내지는 엑스트라에 불과했다. 때문에 작가는 "자신의 이야기에서 이웃으로, 시대나 역사로 소설의 이야기들이 발전해야 함에도 그렇지 못한 자신은 발전은커녕 제자리에서 답보만 거듭하였노라"고 고백한다. 그러므로 힘겨운 과정을 거쳐 자의식에서 자유로워진 작가가 비로소 사물들 본래의 빛깔을 되찾으려는 몹시 조심스러운 시도의 소산일지 모른다는 스스로의 고백은 이 작품을 읽어내는데 주요한 거멀못이 되어 준다. 그런 점에서 이 작품집은 송기원 문학이 궁극적으로 지향해야 할 새로운 문학의 가능성과 지형을 전망하게 한다.

한편 이 작품이 우리에게 보여주는 또 하나의 미덕은 그가 일구어내는 전라도 사투리의 맛과 멋이다. 그것은 어린 시절을 보성의 조성 저자거리에서 장돌뱅이처럼 살았노라고 고백하는 작가 송기원만이 구사할 수 있는 완벽하게 농익은 전라도 토속어 때문이다. 그리고 그 토속어 속에는 민중의 독특한 생명력과 역사의식이 내재해있기도 하다. 특히 서울 중심의 중앙화와 문학권력화가 지배적인 우리 문학판을 돌아볼 때 이처럼 완벽한 전라도 사투리로 작품 전편을 갈무리해놓은 작품이 거의 없다는 점에서 그의 문학은 순연하고 찬란하다.

3. 폭력에 대한 기억의 역설
- 김영현 『폭설』

오늘 우리를 고통의 나락으로 밀어붙이는 삶의 조건들도 세월의 힘 앞에선 무력할 수밖에 없다. 시간의 흐름 속에서 우리의 지나온 삶들은 서서히 잊혀져 가거나 추억이란 이름으로 각인되기 때문이다. 하지만 그 망각과 기억의 작용은 혼돈스러운 것이어서 종래는 고통이 추억으로, 추억이 슬픔으로 변화되곤 한다. 때문에 과거 자신의 지나온 삶을 반추하는 작업은 탄식과 한숨을 불러오는 것이면서, 한편으로는 돌이킬 수 없는 것들에 대한 그리움에 젖어들게 하기도 한다.

김영현의 장편소설 『폭설』은 지나온 삶에 대한 아쉬움과 그리움을 동시에 환기시켜 준다. 특히 격동의 80년대를 청년으로 지내온 이들에게 이 책은 가슴 저 밑바닥 깊은 우물에 숨겨둔 부끄러움과 안타까움을 들여다보게 만든다. 더구나 그 시기 역사의 전면에 나서지 못한 채 뒷걸음만 치는 자신을 발견하곤 했던 이들에게는 더더욱 뼈아픈 후회를 꺼내보게 한다. 그 뼈아픈 후회란 죽음과 폭력으로 얼룩졌던 그 시기에 주저하고 망설이면서 자학하고 있었던 스스로의 무기력함에 대한 반성을 이르는 것이리라.

이 작품은 엄청난 눈이 쏟아지는 날 주인공 '형섭'이 힘겨운 군생활을 마치면서 시작된다. 그는 학생운동의 중심에 섰다가 감옥을 다녀온 후 강제 징집되어 군생활을 하게 되었는데, 전역으로 인해 부조리한 권력의 희생양으로서 삶을 종결짓게 된 셈이다. 하지만 눈앞을 분간하기 어려울 정도로 쏟아져 내리는 폭설이 상징하는 것처럼 '그'의 전역은 절대 권력과의 고통스러운 싸움의 끝이 될 수 없었다. 새로운 삶을 희망하고 기대하는 '그'의 의지와는 상관없이 세계는 여전히 폭력적인 권력의 수레바퀴에 의해 굴러가고 있을 뿐이었다.

한 학기 남은 학업을 위해 복학한 '형섭'에게 부과된 고통스런 삶의 조건은 바로 '연희'라는 첫사랑이었다. 감옥에 가기 전 공단지역에서 현장투쟁을 같이하던 '연희'를 '그'는 전역 후에도 잊지 못한다. 하지만 '연희'는 이미 체제전복을 꿈꾸는 전위적 조직체 '열심당'의 핵심당원이자 그 조직의 핵심인물인 '성유다'의 연인이 되어 있었다.

그러나 많은 시간들이 흘렀음에도 '연희' 또한 '형섭'을 진정으로 잊지 못하게 되는데, 중앙정보부의 '박부장'은 이러한 상황을 간파하고 열심당 검거를 위해 '형섭'을 이용하게 된다. 그 결과 열심당원 모두가 검거된다. '연희' 또한 검거도중 커다란 부상을 입어 병원에 입원하게 되고 결국은 자신의 진정한 사랑이 '형섭'이었음을 고백하면서 죽는다.

따라서 이 소설은 폭력적인 악의 마수에 걸려들어 자신의 사랑뿐만 아니라 삶의 온전한 의미를 잃어 버리게 된 지난 시대 불행했던 한 지식인 청년의 굴곡진 삶을 보여준다. 부조리한 절대 권력의 폭력성이 한 인간의 실존과 순수한 사랑마저 철저하게 훼손시켜 버린다는 사실을 이 작품은 군더더기 없는 묘사와 치밀한 플롯의 설정을 통해 사실적으로 형상화해내고 있는 것이다.

'작가의 말'에 씌어진 다음의 말은 작가 스스로의 다짐이면서 동시에 무의미한 삶을 살아가며 속화되어 가는 우리에게도 뼈아픈 교훈으로 다가선다.

> "누구에게나 자신이 살아온 사랑했던 시절이 있을 것이다. 그것은 자신의 남은 생을 밀어가는 힘이 된다. 변화하는 시대 속에서 현실과 눈맞추느라 남루하게 변해가는 벗들을 보면 가슴이 아프다. 자신이 살아온 시대의 신화를 잃어버린 존재는 날개를 잃어버린 닭의 족속처럼 초라할 뿐이다. 우리가 두려워하는 것은 더 이상 변화시킬 세상이 없다는 사실이 아니라 세월 속에서 변해가는 우리 자신이다."

4. 기억의 해체 혹은 상실
- 신경숙 소설 『종소리』

기억에 의존하는 소설의 묘미를 가장 잘 살려낸 작가가 바로 신경숙이다. 따뜻한 감성과 세밀한 내면으로 자신의 기억을 끄집어내 아름다운 문체로 형상화해낸 그의 소설은 90년대 새로운 충격이었다. 63세대 소설가, 혹은 90년대 새로운 소설가의 대표 주자로 지칭되는 그의 작품 세계는 민중과 민족이라는 거대담론과는 변별되는 낮고 작은 속삭임으로 우리의 내면을 파고 들었다. 『풍금이 있던 자리』, 『외딴 방』, 『깊은 슬픔』, 『오래전 집을 나설 때』, 『기차는 7시에 떠나네』, 『바이올렛』 등 그의 소설들은 발표되자마자 베스트셀러의 반열에 올랐고, 많은 평론가와 독자들로부터 엄청난 상찬의 대상이 되곤 했으며, 이상문학상·현대문학상·만해문학상·오늘의 젊은 예술가상 등 대부분의 문학상을 휩쓸다시피 하였다.

최근 그의 소설집 『종소리』가 출간되었다. 「종소리」, 「우물을 들여다보다」, 「물속의 사원」, 「달의 물」, 「혼자간 사람」, 「부석사 - 국도에서」 등 6편의 중·단편이 실린 이 작품집은 그가 추구했던 섬세한 내면을 더욱 깊이 있게 마름질해내고 있다. 인물들끼리의 갈등은 거의 무화되어 있으며 느릿느릿한 문체와 호흡으로 포착되는 풍경과 내면만이 묘사된다. 즉 사람의 사는 것과 죽는 것, 먹는 것과 자는 것, 희노애락의 문제가 소실된 채 등장인물들의 잔잔한 내면 묘사가 반복될 뿐이다. 그 느림과 반복의 사이 사이에 녹아들어 있는 여백이 우리들의 삶과 내면을 비쳐내는 거울이 되어준다는 점에서 그의 작품들은 독특한 미학적 지형을 일구어내고 있는 셈이다.

특히 이 작품집에 공통되는 화소는 모성적 여성성의 징후이다. 「우물을 들여다 보며」, 「물 속의 사원」, 「달의 물」 등의 작품들에 공통된 화소로 등장하는 물의 이미지와 그것을 매개로 한 모성성의 새로운 추구는 현대 사회의 주변부로 유폐된 여성들의 비극적인 삶을 형상화해내는 데 기여한다. 그러면서도 그런 여성성은 대결과 갈등을 강조하는 극단적 페미니스트들과는 다른 방식으로 대립된 세계와 존재를 끌어안는다. 모든 인간과 생명의 근원인 물의 이미지가 대립하고 갈등하는 것들마저 감싸고 포용하면서 여성들의 존재론적 신성성을 구현해내고 있는 것이다.

그러나 그의 깊은 내면의 추구와 여백의 미학적 형상화가 우리에게 새로운 감동을 불러 일으키기에 충분하지만 이제 그에게도 변화가 필요할 것 같다. 지난 시기 기억에 의존하는 서술 방식의 새로움이 이젠 그에게 진부한 것이 되고 만 듯한 느낌이다. 어쩌면 최근 그의 대부분의 작품들이 나름의 개성과 변별력, 그리고 그만의 독특한 생명력을 상실해가고 있는 듯 하다.

지난 90년대 신경숙은 내면의 고백과 기억의 섬세한 묘사로 당대의 개별적 현상과 구체적 현실들을 새롭게 형상화해냈다. 그런데 이제 세월은 흘렀고 우리가 당면한 현상과 현실은 분명 지난 시대의 것과 달라졌다. 그럼에도 그의 세계 인식과 표현 방식은 여전하다. 아니 그에게 뿐만 아니라 우리 소설의 장에서 그러한 방식은 이제 새로운 것이 될 수 없다.

세기말의 징후에 대한 혼돈과 방황은 이제 과거의 환영이 되고 말았으며, 소련의 패망으로 인한 사회주의에 대한 절망 또한 어제의 것이 되고 말았다. 문제는 21세기를 새롭게 맞이한 우리에게는 새로운 사회에 대한 조망과 지향이 필요하다는 점이다. 우리 현실에 여전히 상존하고 있는 분단과 탈식민의 문제, 물질 분배와 성적 불균등의 문제에 대한 철저한 천착이 필요한 때인 것이다. 그리고 그것들의 맨 앞에 문학, 혹은 소설이 위치하고 있다. 기억을 통한 과거에만 연연함으로써 현실의 제모순에 대해 외면하는 그런 작품들이 이제는 새로운 것이 될 수 없다는 것이 현실을 직시하는 이들의 공통된 의견이다. 이제 신경숙 스스로가 새롭게 지향해야 할 변화의 당위로 우리 문학의 장에서는 요청되고 있는 것 같다.

5. 아련한 기억에의 그리움으로

기억이나 회상의 형식은 작가의 세계 경험에 충실한 사실주의 계열의 소설과 깊은 연관을 갖고 있다. 이는 기억에 의존한 소설쓰기가 리얼리즘을 담보해내는 창작방법으로 활용되기도 하기 때문이다. 특히 비판적 리얼리즘 양식들의 기억에 의존하는 서술 방식과 최근 기억을 창작 방법으로 체택하는 소설들의 서술 방식은 그런 점에서 일치한다. 따라서 미숙한 주인공이

성숙해가는 과정을 서사화하는 소설 양식들에서 우리는 과거를 회상하거나 기억하는 방식으로 과거를 현재화하는 서술의 시간적 양상을 쉽게 찾아 볼 수 있는 것이다.

그런 점에서 최근 기억의 작용을 통해 작가 자신의 원체험을 새롭게 재구성해내면서 자신의 과거와 현재의 동일적 정체성을 재구성해내려는 노력은 남다른 의미를 갖는다. 그것은 새롭게 전개되는 세계 속에서 세계와 자신의 정체성을 재구성해내려는 노력에 다름 아니다.

그런데 과거의 사건 시간과 현재의 서술 시간의 불일치는 작품의 문제의식을 약화시키는 쪽으로 기능한다. 장년의 위치에서 성장기의 자기 체험 세계를 기억해 내거나 회상한다는 것은 상상력의 긴장을 약화시키는 것이며, 또 한편 사회의 구조적 모순에 둔감한 과거 시간으로의 상상력의 확장은 낭만주의적 현실 도피로 일탈히기 쉽기 때문이다.

또한 고백하는 '나'와 고백된 '나'를 동일시하는 경우 그런 유형의 소설들은 사소설화의 경향을 보여주기도 한다. 그러므로 신경숙의 『종소리』에 수록된 작품들은 자칫 사소설의 한 유형으로 해석될 수도 있는데, 그것은 그 작품들 속에서 작가의 '나'와 작품의 '나'가 동일화되어 자립적인 작품 공간을 형성할 수 없게 되기 때문이다.

이는 90년대 이후의 소설들이 글쓰기 주체와 소설 속의 인물과의 거리를 무화시킴으로써 작가 자신의 신변잡기적 체험에서 발생하는 사소설적 내용이나 자신의 글쓰기 행위 자체를 작품의 대상으로 삼는 자기반영성의 세계를 구축하고 있기 때문으로 유추할 수 있다. 이러한 소설에서는 메타픽션의 방식이 작가 자신의 경험을 되씹는 글쓰기에 대한 글쓰기로 나타난다.

이처럼 과거의 원체험을 통해 자신의 정체성을 탐색하려는 것은 거울 속의 자신의 눈빛을 찾는 반성적 행위와 동일하다. 즉 거울 속의 자신의 눈빛을 좇는 행위는 무한한 반복만을 불러일으키게 되는데, 그러한 반성적 정체성 탐색 행위 속에서 분명한 것은 거울을 지향하는 현존재로서의 내가 실재한다는 점이다. 이는 과거의 기억 속에 존재하는 수많은 '나'보다도 지금 여기에 있는 '나'에 대한 실체적 확인 작업이 더 우선해야 한다는 의미일 것이다.

새로운 세기를 맞이한 지금 많은 작가들은 새로운 정체성의 모색을 위해 더욱 기억에 의존하는 소설들을 양산하게 될 가능성이 크다. 그렇다면 그 창작과정에서 자신의 원체험과의 적절한 거리를 설정함과 동시에 현재적 관점에서 과거의 문제를 환기시켜내야 할 것이다. 그래야만 기억의 방식에 의존하는 소설들이 더 이상 사회의 구조적 모순에 둔감하다거나 낭만주의적 현실일탈에 침잠에 있다는 비판으로부터 자유롭게 될 수 있을 터이다.

경계에 선 서정시학의 새로운 지형 제 3 부

죽음의 벼랑에서 피어난 생명의 변주

1. 죽음에 관한 변주(變奏)들의 풍경

근대적 기획의 파산으로 여겨지던 지난 세기와 새롭게 맞이하는 천년이 변별되는 단층으로 각인되기를 희망하면서 우리들은 2000년 12월 31일, 제야의 밤을 보냈다. 그럼에도 죽음이라는 화두는 여전히 이 시대의 구조적 무의식, 혹은 지배담론의 인식소(Episteme)로 기능하며 피폐해진 일상을 통찰하게 한다. 그것은 신의 죽음으로부터 촉발된 영적 존재로서의 죽음이나, 신성(神性)을 부인하고 감정을 억압하던 도구적 이성의 죽음으로, 자아의 분열로부터 파생된 동일적 존재로서의 주체의 죽음으로 변주되어 왔다. 하지만 작금의 죽음의 의미는 근대적 기획의 실패로부터 파생한 죽음의 변주를 뛰어넘어 인간 존재, 혹은 생명의 시원으로부터 솔솔 풍겨오는 징후로 감지되고 있다.

그리하여 우리들 삶을 섬세한 촉수로 가늠하는 시인들은 그 불길한 징후들을 누구보다도 먼저 포착하고 인지한다. 그리고 그들은 '바람보다 빨리 눕고, 바람보다 빨리 일어서는 풀'처럼 온몸으로 죽음의 지형을 조망하면서,

그 불길한 지형을 비껴선 삶의 흔연한 풍경을 노래한다. 그런 시인들의 '절창(絶唱)'을 새롭게 변주하는 시들이 이승하와 김용재 시인의 신작시들이다. 여기서 이승하 시인은 근대적 기획의 실패로 맞이한 죽음의 지형을 적나라하게 그려냄과 동시에 그 지형들 속에서 진정한 생명 활동의 가치를 재해석해내고 있다. 또한 김용재 시인은 세속의 번뇌와 절망을 초극하는 자연의 정밀한 풍경을 시각적으로 형상화하면서 후기 자본주의의 지배 이념과 타협하지 않으려는 강한 의지를 토로하고 있다. 따라서 우리는 두 시인의 신작시들의 지형과 풍경으로 들어가서 죽음과 절망, 그리고 그것을 극복하는 생명의 비의(秘意)를 구경(究竟)할 일이다.

2. 근대의 끝에서 건져올린 생명, 불안한 징후
  – 이승하

세기가 뒤바뀌는 제야에
사람들의 발에 짓밟혀
다섯 살배기 아이는 숨을 거두었다.
서른 세 살 예수는 숨을 거두었다.

"다 이루었다"

수많은 간판과 전광판이 지켜보는 가운데
그것은 다 이루어졌다.

<서기 2000년 12월 31일…> 일부

시인은 세기의 마지막 날, 제야(除夜)에 예수의 죽음을 떠올린다. 인간 예수의 최후 진술은 '다 이루었다'였다. 다 이루어진 그것이란 신의 권능이었을까? 하지만 시인은 다 이루어진 것의 실체를 인간의 죽음으로 생각한다. 신의 대리인으로서의 예수의 죽음이 아니라, 생물학적으로 현존했던 인간 예수의 죽음의 의미를 그는 탐색하고 있다. 그것은 누구에게나 죽음, 혹은 생명이 하나 뿐이며, 그래서 그 자체만으로 더욱 고귀한 때문이다. 따라서 제야에 도달한 죽음은 예수만의 것도, 사람들의 발에 짓밟혀 죽은 다섯 살 배기 아이의 죽음도 아닌, 우리 모두의 잠재적 죽임과 죽음이다.

그러한 죽임과 죽음의 근저에 인간의 근대가 놓여 있다. 인간의 근대가 이루어 놓은 것은 인류 이래 찬란하게 꽃피운 과학 문명이나 물질의 풍요로움이 아니다. 신성을 극복해낸, 신성에 비견되는 이성이 지배하는 근대에 인간이 일구어 놓은 것은 다름 아닌 가장 처참한 죽임과 죽음의 향연(?)이었다.

후기 자본주의 시대, 죽임과 죽음의 향연으로 초대하는 매개물이 바로 '밤을 손가락질하며 홍소를 터뜨리는' 간판이나 전광판이다. 그것들의 광고에 따라 부유하는 기표들처럼 범람하는 욕망을 욕망하고, 욕망의 지형을 배회하면서 예수나 아이처럼 우리도 죽어갈 것이다. 그래서 이승하 시인의 <서기 2000년 12월 31일 밤부터 2001년 1월 1일 새벽까지 가는 길 위에서 이루어지다>에서 많은 거리의 간판들은 "돈이 있으면 어서 들어오십시오"하고 외치고 있고, 거대한 전광판들은 "욕망이 있으면 어서 사시지요"라고 유혹한다.

이처럼 우리의 욕망을 소비하고 생산하고 끝없이 부유하게 하는 것은 간판이나 전광판으로 투사되는 광고의 힘이다. 광고는 인간들에게 타락한 사회에서 타락한 방식으로 살아가기를 유혹할 뿐만 아니라 심지어는 타락한 방식으로 살아가도록 교육하기도 한다. F.R.리비스는 대량 문명으로부터 촉발되는 대량 문화, 상업 문화에 물들어 있는 현대 자본주의 사회를 철저하게 비판하면서 그러한 후기 자본주의 사회의 대량 문화 이데올로기를 확대 재생산하는 주범으로 광고를 지목한다. 광고야말로 현대 문화 질병의 가장 중요한 징후이다. 그것은 공동체의 언어를 저질화시켜 공동 사회의 문화를 병들게 할 뿐만 아니라 군중심리를 이용하여 대중의 심리를 교묘하게 왜곡시킨다. 따라서 한 세기의 마지막 밤에 광고로 표상되는 자본주의 사회의 병리화된 욕망과 왜곡된 집단 심리로 인해 '수많은 간판과 전광판이 지켜보는 가운데' 다섯 살 배기 아이와 인간 예수가 다 이루고 죽어가고 있는 것인지도 모른다.

한편 <황지에 와서 토하다>에서 시인은 죽임과 죽음, 속임과 속음의 논리로 인해 피폐화된 '황지'가 남한 사회의 욕망과 슬픔과 눈물의 발원지임을 발견한다. '석포리 아연 공장과 폐기물 처리장 / 굴뚝의 검은 연기가 하늘에 금그을 때 / 폐광의 갱출수가 강바닥을 하얗게 그릴 때 / 철 성분이 강바닥을 붉게 물들일 때 / 미 공군 전투기가 폭격 연습을 할 때' 황지의 낮달은 파르르 떨고, '붉은머리오목눈이, 노란텁뫼새, 매비둘기' 등의 텃새들과 '흑부리오리, 고방오리, 흰쭉지 저어새' 등의 겨울 철새들은 황지에서 머물 곳을 잃는다. 낙동강의 발원인 황지못이 시름시름 앓게 된 것은 카지노로 상징되는 자본주의 사회의 지병 때문이다. 그러므로 이 시는 자본주의 문명의 폐해로 '황지'라는 낙동강의 발원지가, 자연과 생명이 죽어가고 있는 모습을 그려내고 있는 생명시이다.

근대적 기획의 실패로 모든 생명이 죽음의 위기에 처한 상황을 시인은 불안하게 통찰하면서 생명 활동의 현장을 충실하게 묘사한다. <완전히 사라지는 목숨은 없다>가 대표적인 시라고 할 수 있다.

　　목이 잘린 채 푸드득거리던 닭
　　목이 비틀린 채 뺑뺑이 돌던 풍뎅이
　　쥐약 먹고 죽은 쥐를 먹고 슬피 울던 고양이
　　다 이 우주의 어느 귀퉁이에
　　어떤 형태로든 남아 있을 것이라는
　　그것만을 나는 안다

　　살아생전 내 누구를 위해 보시하고
　　사후에는 내 무엇으로 다시 태어나랴
　　아, 이 작은 초록 행성에
　　많은 살생이 있었구나
　　많은 살생 덕에 내가 있구나.

<완전히 사라지는 목숨은 없다> 3연·4연.

　시인은 자신의 생명을 유지하기 위한 살생이 생명의 본질에 충실한 행위임을 형상화하고 있다 이에 대해서 신덕룡은 자기 생명을 유지하기 위한 본질적 활동이 상호 섭생의 과정임을 <생명시에 나타난 생명활동의 양상과 의미 - 생명들 사이의 섭식관계를 중심으로(『시와 사람』, 2001년 봄호)>에서 제시한 바 있다. 여기서 그는 생명을 유지하기 위한 섭식이 다른 생명체의 희생으로 이루어진다는 사실에 대한 고마움을 느끼는 인식이 필요함을 설파하고 있다.

　'푸드덕 거리던 닭', '뺑뺑이 돌던 풍뎅이', '슬피울던 고양이'들이 '다 이 우주의 어느 귀퉁이에 / 어떤 형태로든 남아 있을 것이라는' 3연에서 우리는 그 생명체들의 죽음이 결코 헛된 것만은 아니라는 안도의 한숨을 쉬게 된다. 그리고 마지막 4연의 '많은 살생 덕에 내가 있구나'라는 시인의 깨달음에서 우리는 죽음의 의미 없음이 결코 의미 없음이 아닌, 새로운 생명의 숨길을 길어올리는 희생이었음을, 그리고 그 생명체들의 희생에 고마워해야 한다는 인식에 도달한다.

그러한 인식은 '6대조 할머니의 삶과 죽음'이란 부제가 붙여진 <거름>이란 시에서 어미의 어미들의 죽음과 희생으로 지금의 '내'가 존재하고 있다는 인식으로 연결된다. 시인은 '무덤으로 가는 길'이 결국 새로운 사람의 길을 위한 길이며, 생성과 성장과 소멸과 죽음의 반복, 순환이야말로 진정한 우주적 생명의 활동이라는 깨달음을 우리에게 역설한다.

그래서 어미와 어미들이 '거름'이 된 무덤으로 가는 길, 사람이 가는 길, 생명의 그 길 위에 '시인'이 서 있다.

3. 한(恨)과 절망을 초극하는 자연의 정밀한 풍경
  - 김용재

요사채 비구니승들의 남겨진 세상이
법고치는 손 끝에서 후두둑 떨어지면

<운문사 > 일부

갈참나무 그림자 끌어당겨 자리깔고
계곡 물소리 꺾어 담장 쌓아올린 그 곳

<부도> 일부

김용재 시인의 신작시들은 모두 고적하고 정밀한 자연 풍경 혹은 선(禪)적인 풍경을 그려내고 있다. 그것들은 고풍스러면서도 작가의 내밀한 호흡

과 훈기가 실려있는 동양화의 풍경으로 읽혀진다. 그의 시들을 읽어 가다보면 투명한 여백의 미속에서 '느슨해진 햇살을 가득 채우고 가을 속을 지나는 길'을 만나기도 하고, '물소리를 닮은 떼죽나무 초록'을 보기도 한다. <3월>에서 그는 3월이 오는 섬진강 유곡나루의 모습을 손에 잡힐 듯한 실경(實景)으로 묘사하고 있다. '잔설 꽂힌 산 그림자 / 물밑에 묻어두고', '차꽃향기 비리게 강을 건너'오면서 '순하디 순한 날개짓'으로 3월이 오고 있다고 시인은 노래한다. 그래서 이 시들에서는 삶에 대한 달관의 경지를 추구하는 선(禪)적인 세계가 한 눈에 조망되는 듯한 느낌이 들기도 한다.

동양화의 고풍스러운 화폭과 같은 풍경의 제시는 그의 탁월한 묘사 때문에 가능한 것인데, 그것은 대상을 시각적 이미지로 치환하는 가운데서 이루어진다.

① 빠져나가는 희망을 묶어 꿰메고 계셨던가요
　　감자 꽃이 하얗게 자지러지던 그 시절에

<꽃샘추위> 일부

② 서늘해져가는 마을 풍경이
　　급히 가을 속을 지나는 길 하나를 끌어당긴다.
　　느슨해진 햇살을 가득 채우고

<비상구> 일부

③ 귀열어 물소리를 담은 떼죽나무 초록이
　　자꾸만 물빛을 닮는 까닭을 아는 듯

<운문사> 일부

①에서는 '감자 꽃이 자지러지던' 궁핍했던 시절을 흰색으로 시각화하면서 희망이라는 관념어까지도 '꿰매고 있다'고 시각적으로 표현한다. ②에서도 '마을 풍경이 길 하나를 끌어당기고' 있는 모습을 시각적으로 형상화하고 있다. 그리고 ③의 예문에서도 물소리라고 하는 청각적 표현 요소가 '떼죽나무의 초록색'과 결합하면서 '물빛을 닮아간다'고 하는 시각적 이미지를 창출한다.

이처럼 그의 시들 속에 빛나는 묘사의 대부분은 시각적 이미지에 의해 창조되고 있는데, 김용재 시인의 탁월한 시각적 묘사의 이면에는 삶에 대한 절망, 즉 우리 시의 전통적 요소인 한(恨)의 미학이 작품 전체를 견인하는 요소로 깊이 스며들어 있다. 또한 자연과 생명으로 회귀하는 듯한 김용재의 신작시들은 한의 서정을 추구하면서도 그동안 전통 취향의 시에서 발견되곤 하던 여성주의적 정서나 센티멘탈리즘에 침잠하지 않는다. 그의 시들에서 자연은 청산으로서의 자연, 혹은 삶의 도피처로서의 자연이 아니라 절망적인 삶의 유기적 대응 공간으로 설정된다.

3월, 늦은 눈 내려
절집 한 채를 냉큼 삼킨다
청매는 아직 봄을 열지 못한 채 서있고
먼산 꽃빛이 한껏 몸을 움츠린다
어긋나버린 미래에
아무것도 모르고 농부는 또 씨를 뿌린다
얼마 후면 온 목숨을 열어
구멍뚫린 하늘을 막아야 함을 아는지 모르는지
쓸쓸한 포도밭을 따라가선 영영이
돌아오지 못한 이들의 생을 대신하듯 그렇게
아, 어머니 그 때 그 눈물의 뒷곁에서

손 끝이 터지도록 억새풀 뜯어
희망으로 시작되는 문장에서 속수무책
빠져나가는 희망을 묶어 꿰메고 계셨던가요
감자 꽃이 하얗게 자지러지던 그 시절에
삶은 정녕
무심히 스쳐 지나가는 꿈을
등 뒤에서 되잡으며 올라가야 하는 비탈길은 정녕 아닐런지
떠도는 절망에 못을 치려는지
하얀 영구차 한 대 세찬 꽃샘 뚫고
영락 화장터로 가는 길을 묻는다.

<꽃샘추위>

　이 시는 어긋나버린 삶의 절망을 '꽃샘추위'로 비유하고 있다. 3월, 늦은
눈 내린 꽃샘추위에 화자는 '돌아오지 못한 이들의 생'과 '구멍 뚫린 하늘을
막아야 하는 농부의 절망'을 간파하거나 '속수무책으로 빠져나가는 희망을
꿰매고 있는 어머니'를 기억하면서 한껏 몸을 움츠린다. 그리고 화자는 '삶
이 정녕 무심히 스쳐가는 꿈'속에서 '거슬러 올라가야만 하는 비탈길'은 아
닐는지 토로한다. 이와 같은 삶에 대한 절망은 <달천>에서도 화자가 '달
천'이란 섬에 자신의 절망을 투사하는 양상으로 드러나는데, 화자는 '상실
의 지평선 너머 잡았던 하늘을 놓쳐버려 다른 생으로 몸바꾸고 싶다'는 절
망을 그리고 있다. 이와 같은 시인의 삶에 대한 처절한 절망은 <사랑춤>에
서는 더욱 극단으로 치닫는다.

도대체
천형이 두렵지 않은 넌
옹성산 한자락 길게 깔아놓고

신이 극구 말리는
사랑을 한다

이따금씩 찾아드는 빈혈에
죄업이 열려
밤새도록 목숨이 빠져나가도
산그늘 드리운 무차원 바람 끌어내려
신의 너그러움을 찢는
사랑춤을 춘다.

<사랑춤>

여기서 '너'는 '천형이 두렵지 않은' 존재이며, '신이 극구 말리는 사랑을 하는' 존재이고, '신의 너그러움을 찢는 사랑춤을 추는' 존재이다. '죄업이 열려 밤새도록 목숨이 빠져나가는' 삶을 살아야만 하는 '너'는 어쩌면 절망을 절망으로 인식하지 않은 존재이며, 신을 신으로 인정하지 않는 존재이다. 일상의 가치 체계를 넘어 소멸을 지향하는 삶 속에 가치를 부여하는 존재가 바로 '너'이다. 존재로부터 일상의 가치를 초극하도록 하는 신조차도 그는 부정한다.

그의 절망의 극단의 단면은 곧 죽음의 변주로 드러난다. 그것은 <3월>이나 <꽃샘추위>에서 절망의 배경음으로 불려진다. 또한 <부도>에서는 '열어둔 생 겹겹이 닫고 / 술 취한 피 말끔이 씻어 / 다음 생을 위한 천년 잠을 청한다'고 진술되고 있는데, '열어둔 생을 닫는다'는 표현은 곧바로 죽음을 함의하고 있다. 절망으로부터 파생하는 죽음의 의지가 일상마저도 신마저도 부정하도록 이르게 하고 있는 것이다.

한편 자연과 생명을 소재로 한 최근의 시들이 민족이나 계급, 혹은 성(性)

이라는 현실문제를 비껴나가고 있는 듯하다는 폄하의 시각으로부터 자유롭지 못한 것이 사실이다. 그의 시를 처음 읽으면서도 그 속에서 추동되고 있는 죽음의식이나 생명에 대한 경외, 혹은 지향이 어느 한 순간, 찰나(刹那)에 우리의 현실적 문제들을 비껴나고 있는 것은 아닌가라는 우려가 되기도 했다.

그러나 그의 신작시들이 현실의 구체적 정황보다는 현실과는 차단된 시공소로 통어(通御)되는 이유는 시인의 현실에의 무관심이나 도피의식 때문이 아니다. 그것은 후기 자본주의 사회의 냉혹한 현실에 대한 시인의 절망 어린 응시의 소산이라고 할 수 있다. 이성이나 주체의 해체가 지배 담론이 되고 있는 후기 자본주의 시대, 시나 소설 등의 문학적 발화는 고사하고 개인의 일상적 발화까지도 권력이나 지배체계의 시선으로부터 자유롭지 못하다. 더구나 그것들은 친박힌 자본주의의 논리에 의해 상징 자본이나 문화 자본으로 전이되어 가고 있다.

그런 지형 가운데 김용재 시인은 자연에 대한 탐사를 통해 지배담론과 발화방식을 거부하면서 새로운 삶의 풍경을 그려내고 있다. 그는 <섬, 달천>에서 '이 바다 살아내는 법은 / 어느 물굽이에서 만나나'하면서 절망적인 속세에서의 삶의 해법을 생명의 근원인 바다에서 찾으려고 한다. 절망 속에서도 새로운 삶의 방법, 영원한 생명을 탐색하려는 시인의 초극에의 의지가 큰 울림으로 다가선다.

4. 절망이라는 이름의 죽음으로 새로운 생명이

두 시인의 신작시에서 전경화되는 것들은 모두 죽음이라는 스펙트럼의 파장으로부터 기원한다. 그리고 죽음이 내뿜는 무채색의 파장들에서 실패한 인간의 근대적 기획이 비쳐지기도 한다. 하지만 추락하는 어둠 가운데 두 시인은 결코 절망하지 않는다. 그들은 절망의 벼랑에서 피어나는 봄을 발견하고, 새소리와 바람소리를 듣는다. 죽음이 죽임으로 끝나지 않고 새로운 생명의 약동으로, 천형과 죄업이 새로운 사랑으로 꽃 피우게 될 것임을 시인들은 노래하고 있는 것이다.

이 글을 맺으면서 그들의 노래소리가 절망이라는 이름을 죽임으로, 새로운 생명으로 화(化)하게 되기를 기원해 본다.

생의 비의(秘意)를 향한 기억과 상상의 여로

1

　메말라 가는 감성, 새로울 것 없는 욕망들만이 범람하는 자동화된 일상 속에서 죽음을 초극하려는 시인들, 빛을 상실한 영혼들 틈에서 생녕의 뿌리를 캐내려는 그들은 오늘도 어디론가 떠나고, 어디에선가 돌아온다.

　그것은 때로 자신들의 근원이었던 과거로의 추억여행이거나 미지의 세계를 향한 상상 여행이기도 하다. 그 출발과 회귀의 여로는 계기적이거나 선조적인 흐름보다는 지향없는 나선형의 동선을 내포한다. 때문에 요즘같은 이념 부재, 혹은 의식 과잉의 시대에 생의 비의(秘意)를 향한 그들의 탐색의 몸짓은 힘겹지만 한편으로는 아름다운 모습으로 우리에게 다가선다.

　그 시인들은 자신의 과거를 기억하고 추억하는 과거로의 여행을 통해 현재 자신의 삶의 궤도와 방향을 수정한다. 또한 그들은 상상 공간이나 우주를 향해 상상력을 확장해가면서 의미없는 일상으로부터 거리를 확보하고 자신의 삶의 비의를 탐색한다. 따라서 정체성 탐색, 생의 비의를 향한 그들의 여로는 자신의 근원적인 출발점을 탐색하는 것이면서 동시에 자신의 운명적인 목적지를 찾아 떠나는 것이 된다.

2

　최갑수의 <철로변>은 돌아갈 곳이 없었기 때문에 떠나왔던 자의 반복되는 유랑의 삶이 강하게 투영되어 있는 작품이다. 돌아갈 곳이 없다는 절망, 시적 화자는 그 절망을 견디며 어느 봄날 떠나왔던 것이고 또다시 예전처럼 막차를 놓친다. 반복되는 유랑과 절망의 삶이야말로 정체성을 상실한 채 살아가는 우리 현대인들의 자화상이다. 길이 있는데도 길을 찾지 못하거나 길을 길로서 인식하지 못하기 때문에 유랑하는 것일 터인데, 그런 유목민과 같은 현대인의 삶에 대한 알레고리가 바로 이 시의 원형질이다. 다른 방식과 다른 형상임에도 불구하고 매번 되돌아와야만 하는, 그렇다고 그것이 복귀나 안주로 규정되지 않는 현대인들의 유목민적인 삶, 현실 속에 고정된 경계를 세우지 않은 채 뿌리내리지 못하고 상황의 필요에 의해서 떠도는 삶, 그것들이 바로 후기 자본주의 시대를 살아가는 우리들의 실존의 양태일 것이다.

> 돌아갈 곳이 없었기 때문에
> 떠나왔던 것이다.
> 봄밤, 어쩔 수 없이 막차를 놓치고
> 나는 또 여관에 들었다.
> 라일락 나무 근처
> 아픈 몸같이 자리 잡은 여관
> 서른이 되니 여관이 편안하다
> 오늘은 수모나 실패한 혁명 따위
> 머리맡에 잠시 접어두고
> 지난 겨울 광화문 거리에 중얼대던
> 눈발의 서글픔이나

대학로 OB호프에서 들었던
김추자의 간절함에 대해 떠올려보는 것은
어쩔까 나는 찌그러진 양철 주전자를
타고 지국총 지국총
밀물 드는 마산 앞바다로
노 저어 가는데
기억 속으로 자꾸만
후레쉬 불빛 같은 것이 스친다
그 속에 구부정한 노새 그림자가
큰 거 하나 작은 거 하나
뭘 찾고 있었나 달아
경부선 철로를 속속들이 비추며
나는 돌아가고 있었던 거다
나도 모르게 그러고 있었던 거다

최갑수 <철로변> 『문학동네』, 2001년 가을호 일부

　반복되는 유랑의 삶을 눈발의 서글픔이나 김추자의 간절함으로 견디려는 시적 화자의 기억 속에 스친 후레쉬 불빛 같은 것, 그것이 바로 시인이 발견한 생의 비의일 터이다. 그리하여 기억 속의 과거를 향한 힘겨운 여로를 통해 근원적인 자아의 정체성을 탐색해낼 수만 있다면 시적 화자는 이제 유랑의 삶을 그칠지도 모를 일이다. 때문에 밀물 드는 마산 앞바다로 노 저어 가거나, 경부선 철로를 속속들이 비추는 여로는 시적 화자의 근원적 출발점을 향하고 있다. 비록 이 작품은 유사점이나 공통점을 균질하게 보여주는 이미지들로 구조화되어 있는 듯 보이지 않지만 여기서는 그것을 고집해서는 안 될 듯 싶다. 유랑하는 유목민적인 삶이야말로 균질한 동일성의 이미지로는 결코 표현될 수 없는 대상일 것이기 때문이다.

한편 눈이 많이 내렸던 어느 겨울, 혹은 유년의 어린 시절로, 돌아가서 자신의 삶의 뿌리를 찾고자 하는 작품이 바로 윤의섭의 <바람벽>이다. 유년의 기억, 불쏘시개처럼 불타던 겨울로의 시간 여행이 작품의 구조를 견인한다. 기억의 구조는 인간의 인격적 동일성의 원천으로부터 형성되는 것이기에 유년의 기억을 반추하는 것은 자신의 동일적 정체성의 원천을 찾는 일에 다름 아니다. 이는 기억을 구성하는 주요한 요소들 가운데 하나인 시간이 항상 '내가 누구인가', 혹은 '나는 무엇이었는가'라고 하는 자아의 전기나 정체성을 이루는 유의미한 연상의 형태와 항상 결합하기 때문이다.

열 일곱의 키만한 문짝이 눈 앞에 놓여지고, 내 얼굴의 목각인형이 다듬어지던 그 겨울의 바람벽을 기억해내는 것, 그것은 자신의 성장의 시련, 통과제의의 아픔을 환기해내는 일이다. 모든 성장 체험, 통과제의의 양상은 겨울이 함의하는 바와 같이 고난과 시련을 필수적으로 동반한다. 그러한 고난과 시련의 상징어가 바로 '바람벽'인데, '우우웅 새어 나오는 신음소리' 같은 들판의 바람벽이야말로 화자 자신의 성장의 시련을 함의하는 객관적 상관물이라 할 것이다.

> 들판에 눈이 쌓이고 있어요
> 지금은 유월이잖습니까
> 아니오 그 겨울엔 여전히 눈이 내리고 있어요
>
> 눈도 참 많이 내렸던 그 겨울
> 옆집 목수는 세살 장지를 짠다
> 격자 무늬에 담아낸 들판은 그대로 허연 문풍지가 되고
> 정작 난로 빨갛게 달아오른 배와
> 찬바람 쏘다니며 붉어진 내 볼

불쏘시개처럼 겨울은 불타고 있었다

(중략)

문풍지 우는 소리 들린다
우우웅 새어 나오는 신음 같은 게 들린다
들판에 한 차례 바람벽이 세워질 때마다
건너편에선 유행가며 '남녀 호랑개' 소리가 새어 나오고
태양처럼 둥글어진 난로가 떠다니고
목수가 손 다듬는 내 얼굴의 목각 인형이 놓여 있다

바람벽 무너지면 미처 숨지 못한 눈송이가 보이기도 해요
지금은 유월이잖습니까

윤의섭 <바람벽> 『문학과 사회』, 2001년 가을호 일부

　문짝을 짜던 겨울 날의 풍경이 선명한 영상으로 영화 속의 한 장면처럼 펼쳐지지만 그것이 시간적 맥락속에서는 쉽게 읽혀지지 않는다. 1연과 5연의 현재 시간과 3, 4, 5연의 과거 시간이 등가의 시간 개념으로 다가서지 않기 때문이다. 시를 세밀하게 읽은 연후에야 그 날의 풍경과 삽화가 현재의 나, 유월의 지금을 규정하는 원인으로 작용하고 있음을 인식할 수 있게 된다. 즉 이 시 속에는 두 개의 시간이 혼류하고 있기 때문인데, 특히 5연에서 지금 유월에 눈송이가 보인다는 화자의 발화는 현재와 과거를 비껴가게 하면서 낯설음을 유발해낸다. 우리를 길들여 온 선조적이고 계기적인 시간으로부터 비껴난 그 낯설음이 바로 자동화된 일상으로부터 자아를 일깨워 새로운 정체성을 자각하게 한다. 열일곱 이후 내 갈비에 질린 문살, 이제 그것이 헐거워진 나이에 들어선 화자는 그 겨울날의 풍경을 낯설은 방식으

로 기억하며 자신의 정체성을 환기하고 있다. 특히 성장의 강렬한 열망과 의지는 '불쏘시개처럼 겨울은 불타고 있다'는 역설로 승화되면서 시적 정조를 상승시키고 있다.

타다 남은 달빛이
담에 기댄 아버지 등을 덥힐 때
자꾸만 덜컹거리는 문 뒤에서 나는
허공으로 솟구치다 떨어지고
골목 밖으로 흘러나가
한동안 옅은 잠을 자기도 했지.

조금 더 자란 내가
벽에 대고 입김을 불어넣었을 때,

오래 전에 죽은 초생달들이
빽빽이 박혀 있었지
무엇으로도 파낼 수 없는
달의 시체들을 보았지.

이영주 <어떤 통증> 『시와 사람』, 2001년 가을호 일부

성장의 풍경을 떠올린다는 것, 그것은 자신의 상처를 덧내는 것이기도 하다. 누구에게도 보일 수 없었던 환부를 드러내 다시 아파하는 것, 그때와 같은 통증을 감촉하는 일이 바로 온전하게 자신의 성장을 확인하는 일이 될 것이다.

그러한 유년의 상처와 환부 가운데, 가장 큰 통증으로 다가서는 존재가 바로 아버지이다. 이영주의 <어떤 통증>은 그런 아버지로부터 촉발된 통

증에 관한 시이다. 이 시에는 '조그만 흔적의 흐린 빛', '죽은 초생달', '달의 시체'들로 표상되는 죽음의 이미지가 전경화되고 있다. 담벼락으로 인식되었던 아버지로 인한 유년의 상처·아픔들이 오래 전에 죽은 초생달이나 달의 시체로 비유된다.

여기서 죽음의 이미지로 투사되는 달은 결국 온전한 성숙에 쉽게 도달하지 못한 화자의 '아니마'의 표상이다. 아버지의 부재가 화자의 성적 정체성 형성에 장애로 작용한 탓이다. '달'에 대한 상승적 지향이 '허공으로 솟구치다 떨어지는' 하강, 혹은 전락으로 귀결되면서 시적 화자의 현실 공간으로부터의 일탈과 성장의 정지를 추동하고 있다.

> 아주 어렸을 적, 혼자서 별들의 놀이터에 있을 때였다
> 그는 어디로부턴가 와서 알 수 없는 곳으로 나를 끌고 갔다
> 내가 두려움에 떨며 처음 울음을 터뜨린 곳은 어느 낯선 집
> 차가운 요람 속이다 그의 말로
> 그는 세상에서 덧셈을 가장 잘하는 사람이다
> 수만 개의 돌을 쌓아 도시를 만들었다
> 수만 개의 물방울을 모아 저수지를 만들었다
> 수만 개의 불꽃을 타고 화성에도 다녀왔다
>
> 유괴범, 그에게는 덧셈의 가업을 이을 장자가 필요하다
> 유괴범, 그의 이름은 아버지다
> 유괴범, 그는 나를 좁은 철창에 가두었다

진은영의 <유괴> 『문학동네』, 2001년 가을호 일부

이처럼 현대인들에게 아버지는 부재하거나 저항해야만 하는 존재였다. 근대가 시작하면서 아버지는 가정이라는 공간에서 이루어지던 공동 작업이

아닌 가정 밖의 분업화된 생산에 참여함으로써 아들들은 아버지의 삶을 계승하거나 모방하려고 하지 않게 되었다. 그로 인해 아버지는 아들들에게 더 이상 존경의 대상으로 존재할 수 없었다. 신화적 총체성을 상실한 세계에서 속화된 현실의 아버지는 분열적 존재로 인식될 뿐이다. 아들들의 정체성을 정립하는 데 긍정적으로 기능하는 구심적 존재가 아니라 정체성 혼돈을 촉발시키는 원심적 존재로서의 아버지가 진은영의 <유괴>란 시 속에 형상화되고 있다.

이 시속의 아버지는 '그의 말로' 세상에서 덧셈을 가장 잘 하고, 돌을 쌓아 도시를 만들고, 물방울을 모아 저수지를 만들고, 불꽃을 타고 화성에 다녀온 존재이다. 하지만 그러한 신화는 더 이상 신성한 것으로 인식되거나 전승되지 않게 되었다. 이처럼 현란한 비유의 방식으로 수사되는 것과는 반어적으로 아버지는 신화적 세계인 별들의 놀이터에서 놀고 있던 '나'를 좁은 철창에 가둔 존재이다. 존경의 가치는 상실된 채 억압으로만 존재하는 아버지, 바로 그가 후기 자본주의 시대, 아버지의 모습이다.

이러한 아버지에 대한 부정적 인식이 바로 어머니에 대한 그리움의 근원이 되고 있다. 많은 시들에서 어머니에 대한 그리움은 아버지의 부재를 견디게 하는 힘으로 작용한다. 어머니에 대한 그리움과 축원이 이병희의 <친정가는 길>에 잘 형상화되고 있다. 절제된 언어가 어머니의 절제된 삶을 오롯하게 그리고 있는데, 하나씩 고개드는 길가의 들풀들처럼 어머니를 그리워하는 마음이 생동하게 묘사되고 있다. 그리고 어머니가 바로 생명을 가꾸고 키워내는 생명의 근원임을 시인은 노래한다.

    긴 가뭄 끝에 비 오는 날
    친정 나들이를 한다

그리운 이 이미
걸을 때마다 흙먼지가
발등으로 기어오르고
길가의 들풀들
하나씩 고개를 드는구나

어머니
오늘도 예전처럼 거기
꽃밭에
물을 주고 계세요?

이병희 <친정가는 길> 『문예중앙』, 2001년 가을호

이처럼 생명을 가꾸고 키워내는 어머니로서의 모습은 김명인의 <하늘밭>(『문학과 사회』, 가을호)에서도 잘 형상화되어 있다. 여기서도 어머니는 생명의 근원이자 관리자의 모습으로 제시된다. 지상에서 생명의 주관자로서의 역할을 다한 후 하늘에서 새 이슬 밭을 다시 경작하시려는 어머니의 단단한 각오가 충일한 모습으로 제시된다. 그런데 과거의 시들에서 어머니는 헌신과 희생의 존재로 비유되거나 따뜻하고 충만한 사랑을 가진 모성애로 형상화되곤 했는데, 최근의 시들에서 어머니에 대한 비유는 대부분이 생명 의식에 맞닿아 있음은 눈 여겨 보아야 할 부분인 것 같다.

생명과 모성의 그리움이 이승하의 <쇄빙선의 마음을 따라>에서는 바다와 우주를 향한 상상력의 확대로 연결된다. 생의 비의를 탐색하기 위한 시인의 상상력의 여로가 원시림같은 바다에 도달한다. 하지만 그러한 생명의 극점을 향한 여로는 멀리보면 참 아름다운 지구가 불모의 도시로 변해가고 있으며, 대륙의 저쪽에서 또 하나의 원시림이 사라지는 것에 대한 절망감

때문에 촉발된 길이었을 것이다. 죽음이 일상화된 공간으로부터 생명의 극점으로 나아가는 것, 그것이 바로 생의 비의를 찾는 첩경일 것이기 때문이다. 따라서 '잠이 안오면 오로라 보리라'는 다짐에서의 '오로라'는 새로운 생명을 꿈꾸는 시적 화자의 우주적 상상력의 정점으로 읽혀진다

그러므로 시적 화자는 원시림같은 바다에서 아파도 나아가는 쇄빙선의 마음을 따라 다만 앞으로 조끔씩 나아가고 싶다고 노래한다. 그 생의 비의란 영하 20도의 바다 밑에서도 살아 숨쉬는 산 것들을 발견하는 것이다. 상상력의 바다로 나간 시인은 이처럼 생명의 또다른 의의를 깨닫게 된다. 베르그송이 상상력을 '지성에 의한 죽음의 불가피성에 대항해서, 자연이 보이는 반어적인 반작용'으로 정의한 바와 같이 상상력은 자연과 생명을 일상 가운데 쇄신하려는 의식의 소산물인 셈이다. 그리고 시인은 다시 시작한 세기의 아침, 쇄빙선에 자아를 투영하게 되는데, 그 쇄빙선이란 아파도 나아가야 하는 자신의 삶에 다름 아니다. 따라서 시인은 불모의 땅에서 생명과 모성의 함의를 탐색한다.

> 눈뜨면 시야는 늘 끝이 없는
> 가슴 치감는 원시림 같은 바다
> 얼어붙은 바다 깨뜨리며 나아가면
> 극지의 바람은 늘 곱절의 아픔을
> 가져다주곤 하였다 아픈 것은
> 멸종을 기다리는 동식물만이 아니다
> 내가 버린 빙하기의 시간이여
> 태양의 재림을 기다리는 원대한 바다여
>
> (중략)

좀처럼 계절이 바뀌지 않는 이곳
낯선 여명이 오면 항해일지를 덮으리라
영하 20도의 이 바다 밑에서도
산 것들이 숨쉬고 있으리니
나는 다시 시작한 이 세기의 아침에
산소마스크 따위는 쓰지 않고
아파도 가는 쇄빙선의 마음을 따라
다만 앞으로, 조금씩 나아가고 싶다

이승하 <쇄빙선의 마음을 따라> 『문예연구』, 2001년 가을호 일부

신대철의 <그냥 돌이라고 말하려다>는 지구적 상상력을 초극하는 우주적 상상력의 극점에 놓여 있는 작품이다. 사막에서의 산책, 탐석 체험을 향한 여로, 그냥 돌이라 생각했던 바위들과 산비탈에 박힌 삼엽충과 암몬 조개를 돌아보면서 시인은 우주적인 시간과 만난다. 그 시간들의 마주침 가운데 피어나는 푸른 기운이 바로 신비체험이면서 그것이 바로 시인이 탐색하는 생의 비의일 것이다.

무엇을 들었지요? 하고 물으려다 구릉 사이 분지형 바위들을 가리키며 성소 같군요 했다. 내 얕은 탐석체험에 의하면 이 바위들은 경도 5도쯤 되는 변성암이고, 그의 신비체험에 의하면 생의 비의(秘意)가 서린 바위 이상의 장소이리라, 그는 여기까지 걸어오면서 혼자 얼마나 많은 말을 주고 받았을 것인가, 수없이 자책하고 포기하고 용서받고 화해하고 자신을 잊는 그대로 받아들인 푸른 하늘 아래에서 눈물 흘리고 마음 가벼워졌으리, 그가 성소를 거니는 동안 나는 바위 밑 염분선을 따라 태백으로 철람으로 떠돌다 구문소 부근에서 산비탈에 박힌 삼엽충과 암몬 조개를 돌아보았다, 우주적인 시간, 서로 마주칠 때마다 푸른 기운이 돌

왔다,

신대철 <그냥 돌이라고 말하려다> 『창작과 비평』, 2001년 가을호 일부

시인이 돌에서 발견한 것은 비인간성과 생명없음으로 표상되는 광물로서의 돌이 아니다. 메마르고 굳어서 죽음의 이미지를 떠올리게 하는 돌들 사이에서 시적 화자는 생명의 근원들이었던 삼엽충과 암몬 조개를 발견하게 된다. 즉 죽음들 틈에서 생명을 발견한 것이다. 이러한 생의 비의를 발견하면서 시인은 '수없이 자책하고 포기하고 용서받고 화해하고 자신을 있는 그대로 받아들인 푸른 하늘 아래에서 눈물 흘리고 마음 가벼워'진다. 운석과 별똥별, 검푸른 바위들, 삼엽충과 암몬 조개와의 만남을 통해서 시적 화자는 자신의 삶을 억압하던 삶의 비애로부터 자유로워진다.

이처럼 시인의 우주를 향한 상상력의 원리, 이미지들의 변형 원리는 체험의 순환을 확대시키려는 의지로 이해된다. 즉 시인이 마주친 우주적인 시간은 태백으로 철람으로 떠돌다 구문소 부근의 산비탈에 도달함으로써 현실 공간과의 조우 속에서 생의 비의를 드러내게 된다.

3

생의 비의, 자아의 정체성을 탐색하려는 시인들의 힘겹지만 아름다운 여로를 같이해 보았다. 그 여로는 마음 속의 근원을 따라 달빛 비치거나 눈 내리는 어린 시절로의 회귀이거나 삶의 원형이었던 아버지나 어머니를 향한 것이었고, 오로라를 향해 나아가는 원시림의 바다나 태백으로 철람으로 구문소 부근을 넘나드는 힘겨운 길이었던 것이다.

　이때 과거란 과거 그 자체로 순수하게 존재하지는 않는다. 들뢰즈에 의하면 과거는 단지 상이한 현재들을 통해서만 재구성될 수 있다고 한다. 현재를 살아가는 자에게 있어서 과거는 현실의 삶을 추동하고 견인하는 데서만 그 의미를 찾을 수 있다. 결국 현실의 삶의 구조적 부조리로부터 과거를 반추하고 현실의 대안과 미래의 전망을 탐색하여야 할 것이다.

　따라서 이러한 정체성 탐색의 여로, 생의 비의를 찾아가는 여로는 자칫 현실을 몰각한 과거나 신비주의로 회귀하면서 하나의 퇴행으로 비쳐질 수도 있다. 순수한 과거나 생명의 신비가 철저히 현재의 문제들로부터 탐색될 수 있을 때 그것들은 제 빛을 발하게 될 것이다. 이제 우리 시들이 현재에 대한 진지한 접근과 형상화의 몸을 이룬 후 근원적인 과거나 우주의 신비라는 아름다운 날개를 얻어 푸른 창공으로 비상하게 되기를 기원해본다.

찰나(刹那) 혹은 영원회귀, 깨달음의 역설

1

상실의 시대에는 모든 가치들이 그 의의를 박탈당하고 무의미에 빠지게 된다. 그 지점에서 바로 허무주의가 유포된다. 이러한 상실과 허무의 가치를 극명하게 보여주는 것이 현대인들의 순간이나 찰나(刹那)에 대한 집착이다. 계기적이고 선조적인 시간을 부정하고 단절적이고 비가역적인 시간의 흐름에 몸을 내맡긴 현대인들에게 내일이나 미래는 존재하지 않는다. 때문에 지금 이 순간의 실존적 상황, 찰나만이 소중한 가치를 부여받는다. 하여 이러한 현대인들의 시간의식이나 가치 지향이 속도에 대한 집착으로 이어지고, 그것은 포스트(post) 혹은 후기 등으로 명명되는 이 사회의 부정성을 더욱 강화시켜나가는 단초로 해석되기도 한다.

하지만 우리가 지향하는 인과율에 바탕한 선조적 흐름의 시간관이 과연 실재하는가에 대해 이제는 되돌아보아야 할 것 같다. 과연 우리가 인지하는 것과 같은 과거 - 현재 - 미래 사이의 인과적 연속성이 존재하는가? "과거가 실로 있는 과거라면 과거가 부정되고 현재가 나올 수 없으며, 현재란 과거를 토대로 구성된 것이므로 현재라 할 자기 모습이 없으며, 현재 속에 과거

가 그대로 온다고 해도 안되고 과거가 그대로 단절된다 해도 안된다."(법성,
「깨달음의 일상성과 혁명성」, 『창작과 비평』, 1993년 겨울호, p.335) 이같
은 전제를 수용할 여지가 조금이라도 생긴다면 시간의 인과율에 대한 지향
또한 판단 중지해야 할 것이다.

　그런 점에서 순간이나 찰나에 대한 집착은 양가의 가치를 지향한다. 어느
한편에서는 가치와 의미의 상실로 이해되는 허무주의의 한 극단으로 해석
되지만, 또다른 한편에서는 이성의 권위에 의해 자행된 제도적 폭력에 대한
대항의지로 인식되기도 한다. 시간이라는 것이 인간의 이성적 논리에 의해
분할되고 구획된 것이라면 그것은 데리다의 방식대로의 차연(差延), 즉 판
단중지를 필요로 한다. 니체는 의미나 목표는 없으나 무(無) 가운데로 불가
피하게 회귀를 계속하는 상태를 영원회귀로 본다. 즉 그는 영원회귀를 지향
하기 위한 극난의 한 형식을 세공하는 것이 허무주의라고 보는 것이다. 따
라서 순간이나 찰나에 대한 집착의 궁극은 허무주의의 한 극단으로 비쳐지
지만 또 한편으로는 모순에 가득찬 현실이 부정의 부정으로서의 영원회귀
에 대한 지향이라고 할 수 있을 것 같다.

2

　이러한 순간과 영원의 대립을 넘어서는 방식, 곧 이성에 의해 판단되고
배치되어 온 것들에 대한 부정의 방식은 데리다의 해체론에 통하지만 그것
은 또 한편으로 불교 철학의 전통과 그 연관성을 공유한다. 우주와 세계의
본질에 다가서려는 정신주의의 원형적 아우라가 불교와 해체의 철학에 많
은 접점을 공유하고 있다고 할 수 있는 것이다. 이러한 공유점을 보여주는

작품이 바로 이가림의 「그 여름의 미황사」이다.

이 작품은 짙푸른 구곡(九曲) 병풍으로 둘러싸인 산사의 풍경이 내밀한 시각적 이미지를 중심으로 하여 형상화되고 있다. 여름날의 산사의 풍경이 정밀하게 그려질 듯도 하지만 오히려 그것들에 대한 시인의 심리적 거리가 전경화된다. 그러한 거리는 3연의 초입에서 '허허' 웃음짓는 시적 화자의 웃음과 '달마산이 바로 절간이거늘 미련한 중생들은 무엇하러 빈 법당에서 빌고 있는가'라는 발화를 통해서 형성된다. 그것은 산사의 풍경에 대한 거리감이 아니라 깨달음의 방식에 대한 거리감일 듯 하다. 그런데 시인을, 혹은 '기웃기웃 서 있는 잘 생긴 달마들'을, 그리고 '미련한 중생들'을 이 산사로 다가서게 했던 것은 무엇이었을까? 어쩌면 그것은 '내리쳐도 내리쳐도 한사코 솟구쳐나오는', '그 어떤 도끼로도 박살낼 수 없었던' 그 무엇이었을 터인데, 그것은 없으면서 있고, 있으면서 없는 것이리라. 하여 없는 것은 '생각 사(思) 자에 마음(心)이 떨어져나가고 없'는 것일 테고, 있는 것은 '숨 가쁜 사랑 활공(滑空)의 순간의 사랑 / 대낮 무지개'일는지도 모른다.

> (중략)
> 허허, 달마산이 바로 절간이거늘
> 미련한 중생들은 무엇하러 빈 법당에서 빌고 있는가,
> 한마디 내뱉고 싶어 죽겠는 건달 나그네
> 일찌감치 절마당에서 빠져나와
> 풀숲을 휘젓는데
> 암여치 한마리 숫여치를 엎고 나는
> 그 숨가쁜 활공(滑空)의 순간의 사랑
> 대낮 무지개를 그리고 있었네
>
> 이가림, 「그 여름의 미황사」, 『창작과 비평』, 2001년 겨울호, 일부

‘한마디 내뱉고 싶은 건달 나그네’로 자처하는 화자가 절마당을 빠져나와 풀숲을 휘젓고 발견한 것은 암여치와 숫여치의 사랑, ‘숨가뿐 활공(滑空)의 순간의 사랑’이었던 셈이다. 그 순간, 찰나에 발견한 사랑 때문에 대낮 무지개가 그려지고 있다. 이 ‘대낮 무지개’야말로 시인이 ‘한사코 솟구쳐나오는’ 것을 박살낼 수 있는 그것일 터이고, 어떤 깨달음일 것이다. 이같은 순간의 깨달음을 어느 땐가 성철 스님은 단박에 깨닫는 진정한 깨달음(頓悟頓修)이라 한 적이 있는데, 시인 또한 이러한 깨달음을 이 산사에서 얻어내고 있는 것이리라. 이는 깨달음의 쉬임없는 향상성을 강조하는 점수(漸修)의 방식이 아닌 깨달음의 철저한 현재성에 강조점을 둔 돈오(頓悟)의 방식에 무게중심을 두는 것을 의미한다. 때문에 화자는 2연에서 영문 모르고 한문 외우기 공부하는 아이들에게서 ‘생각 사(思)자에 마음(心)이 떨어져 나가고 없’는 것을 발견했고 힌갓 미물들인 여치들의 사랑에서 ‘대낮 무지개’와 같은 깨달음을 얻었는지도 모른다. 그러므로 이 시는 한사코 솟구쳐 나오는 세속의 번뇌에 찌들은 우리들의 마음에 한 줄기 청량한 찰나의 깨달음에 대한 화두를 던져 주고 있는 것이다.

김진경의 「빗 속에서 무량수전을 듣다」 또한 단박 깨침, 즉 돈오(頓悟)의 깨달음의 방식이 하나의 완성된 세계로 구조화되어 있다. 이러한 돈오의 깨달음이란 모습과 인과의 실체성으로부터 벗어남이 단박에 이루어지는 것을 의미하는데, 그것은 우주만물의 연속성과 인과율에 대한 강한 부정의식에 바탕하고 있다. 김진경의 시 속에서도 이같은 부정의식이 시의 전체 구조를 견인한다. 그것은 특히 비라는 객관적 상관물에 의해 구조화되는데, 비는 안과 밖의 경계를 허물고 모습과 소리를 지워지게 한다. 서구의 이분법적인 이성중심주의의 인과율의 근원이었던 경계, 즉 아(我)와 피아(彼我), 자아(自我)와 타자(他者), 인간과 자연, 남성과 여성을 구획하였던 경계의 허물어짐이야말로 이 세계만물에 대한 참된 깨달음의 근원일 것이다.

비는 안과 밖을 허물며
어디에나 내려
절집 마루에 앉아서도 흠뻑 젖는다

무심히 젖어서
내리는 빗속을 보고 있노라면
돌아오는 양떼처럼 첩첩한 산들이 지워지고
나무들이 지워지고
기와지붕이 하나둘 지워지고

나뭇잎에 사각거리는 소리
지붕에 듣는 빗소리
처마에 듣는 낙숫물 소리
소리도 이윽고 지워지고

마지막 빗방울 툭 떨어져
파문 일 듯 열어 놓은 텅 빈 공간으로
무량수전 한 채 소슬이 솟아오른다

지금 저 무량수전 위로
날개가 수천리나 되는 새가 지나가고 있다.

김진경, 「빗 속에서 무량수전을 듣다」, 『실천문학』 2001년겨울호

또한 2연의 시각적 이미지와 3연의 청각적 이미지의 활용은 청신하고 새
롭다. 그러면서 그러한 이미지들의 조합, '돌아오는 양떼처럼 첩첩한 산들'

이나 '나뭇잎에 사각거리는 소리', '처마에 듣는 낙숫물 소리' 등의 감각적 표현들은 이 작품을 공감각적으로 형상화하는데 기여하고 있다. 더불어 이와 같은 경계와 인간적 인지(시·청각)의 부정이 바로 '소슬이 솟아오른 무량수전'이라는 상징의 깨달음으로 이어지고 있다. 또한 무량수전 위로 지나가는 '날개가 수천리나 되는 새', 즉 붕새의 환상, 혹은 상징이야말로 그가 지향하는 깨달음의 궁극이다. 이러한 환상의 창조야말로 새로운 매체의 확장과 미학의 소멸로 인해 리얼리즘이 당면한 문제를 쇄신하기 위한 시인의 새로운 시도라고 해석해 볼 수도 있을 것 같다.

위의 시에서와 같이 산사에서의 깨달음에 대한 또다른 시가 이기철의 「겨울부도 앞에서」이다. 시(詩)를 말(言)의 절간(寺)이라고 어느 시인이 비유했던 것처럼 특히 이번 계절의 시들에서는 산사를 공간적·정신적 배경으로 하는 시들이 유독 눈에 띄었다. 이는 이성 중심의 서구 철학과 물신화된 후기자본주의 물질문명에 대한 거부임과 동시에 새로운 정신적 대안을 모색하려는 시인들의 노고의 몸짓인 것이다. 이 작품에서도 어느 산사의 부도처럼 삼동(三冬)으로 상징되는 삶의 고뇌를 견디려는 화자의 의지가 웅숭깊다. 기다림을 끼니로 하고 삭풍을 베개로 하여 봄을 기다리려는 화자는 그 기다림으로 부도에 돋는 이끼처럼 영글어 뼈가 사리가 되기를 기다리겠노라 다짐한다. 부도에 깃들인 침묵과 고통의 세월의 침전을 확인하면서 화자는 자신의 고행을 통한 새로운 삶의 빛과 깨달음을 희구하고 있다.

    (중략)
산이 문을 닫고 겨울이 깍지끼면
적막의 뼈가 눈빛으로 빛나리
산과 물의 비경을 거머쥐고 한 언어로도 말하지 않는 침묵
그 견인의 길고 질긴 명상 속에

고통이 씻겨서 사리가 된 세월을 만지면
정적은 또다른 정적을 불러 세월속에 침전한다
마음 만 갈래이나 갈 길은 하나일 때
쌀 씻는 마을에 떠도는 수심들이 그리운 것은
아직 살아 있는 날이 명부보다 아름답기를 바라는 마음 때문
얼마나 이 자리에 오래 서서 참으면
내 입은 옷 삭아 부도에 돋는 이끼 될까
더 큰 소리로 부르면 귀를 막는 부도 곁에서
영글어 사리 되는 내 뼈를 기다리며

이기철, 「겨울부도 앞에서」, 『작가세계』 2001년 겨울호, 일부

하지만 이 시에서 얻어지는 깨달음은 현실의 닫혀진 모습이나 현실 밖의 초월성에 대한 지향을 의미하는 것이 아니다. 삶의 실체에 대한 끈끈한 애정이 시의 의미구조를 견인하고 있다. 하여 화자는 인간의 저녁 연기가 그립고, 한 지아비와 지어미의 저녁 밥상이 그립고, 수저 소리가 경전보다 아름다운 것임을 역설적으로 암시한다. 더불어 아직 살아 있는 날이 명부보다 아름답기를 바라는 마음 때문에 자신이 부도 앞에 서있음을 화자는 고백한다. 따라서 그 모든 침묵과 정적과 고통의 세월 속에서도 '견인의 길고 긴 명상 속에 침전'하는 것은 오늘 이 순간의 현세의 삶 때문이라는 것이다.

이러한 현세의 삶에 대한 애착이 순간의 풍경으로 묘사되고 있는 시가 장석주의 「금생의 풍경」이다. 하늘 아래 차령산맥 끝자락의 집 한 채라는 풍경의 명징함이 하나의 동양화의 정밀함으로 읽히면서도 또다른 긴장을 동반한다. 2연의 태어난 지 이틀 된 아기와 그를 둘러싼 생명의 기운이 시 전체에 넘쳐흐르지만 역설적으로 '젊은 아버지는 집에 없다'는 구절이 왠지 모를 불안을 조성한다. 그 불안은 3연의 구릉 사잇길 외간남자의 빠른 걸음

으로 더욱 강화되다가 4연에 이르러 풀쐐기, 급박한 순간, 거울이 무참히
깨져버리는 찰나로 이어지면서 불안과 긴장의 풍경을 완성해낸다.

    하늘 밑에 차령산맥
    낮은 산자락 끝에 집 한 채

    아기는 태어난 지 겨우 이틀
    스무살 엄마가 퉁퉁 불은 젖 물리고 있다
    젖내가 뭉클하게 진동하는 어둔 방안
    콧등엔 땀이 돋고 파리도 까만 점으로 앉아 있다
    왕겨와 함께 태반 태우는 연기 매케한데
    젊은 아버지는 집에 없다

    복숭아 나무가 대오를 이루고 서 있는
    저 구릉 사잇길로
    외간 남자 하나가 빠른 걸음으로 가고 있다.

    물푸레 나무 잎에 붙은 풀쐐기는 잠이 들었다
    영원보다 더 급박한 순간이 비치는
    지금 연못은 깊고 고요한 거울이다
    붓꽃 대궁의 청개구리가 연못으로 퐁하고 뛰어들고
    거울이 무참이 깨져버리는 찰나!

                장석주, 「금생의 풍경」, 『시와 사람』 2001년 겨울호

  그 불안과 긴장의 순간, 찰나의 풍경이 시인의 현재적 삶, 금생의 풍경에
대한 환유로 형상되고 있다. 처음 한 순간의 원형적 사건이 평생의 삶을
지배한다는 것을 시인은 이 작품을 통해 이야기하려는 것으로 보인다. 즉

하나의 사건은 그 사건의 결과나 결론에 의해 판단되고 평가될 수 있는 것이 아니라 그 사건을 세밀하게 쪼갠 어떤 한 순간의 찰나에 의해 결정되는 것인지도 모른다. 컵의 물이 넘치는 어느 한 순간이 꼭 존재하듯이……. '붓꽃 대궁의 청개구리가 연못으로 퐁하고 뛰어들고 / 거울이 무참이 깨져버리는 찰나'에 금생(今生)의 운명과 삶의 지형이 결정된다는 무서운 사실에 대한 깨달음이 드러나고 있는 것이다.

이처럼 자신의 삶과 넋의 원형에 대한 순간의 깨달음이 다른 방식으로 제시되는 시가 바로 백무산의 「존재는 작게만 기억된다」이다. 이 시는 생애의 시간과 기억에 대한 시인의 남다른 깨달음을 역설한 시이다. 그리고 그 깨달음의 원천이 의식이 분화되기 이전, 감각이 조직되기 이전, 감각이 조직되기 한참 전에 원시진공에 각인된 혼돈의 영토에서 존재하고 있음을 시인은 노래한다. 그러기에 시인의 그리움은 어떤 언어로도 표현될 수 없는 불립문자의 상태이며 그의 생애와 기억은 삶과 존재를 아주 작게만 담을 뿐이리라.

특히 비현시적이면서 추상적인 기억을 영토로 물질화하는 시인의 시적 발상이 눈에 띈다. 즉 자신의 존재를 기억이나 관념으로 조작하지 않고 물질적인 영토화를 통해 하나의 몸을 얻어내는 것은 추상화된 보편이나 관념화된 특수만을 지향하는 요즘의 시적 풍토에 새로운 자극이 될만 하다고 하겠다.

(중략)
산에 올라 겨울 벗은 산의 등허리가
굽이쳐 휘돌아가는 것을 볼때면
의식이 분화되기 전에
기억이 발생되기 이전에

감각이 조직되기 한참 전에
원시진공에 각인된 불립문자
내 그리움의 원천은 그곳에서
그 혼돈의 영토에서 한 생각 몸을 얻는다

생애의 시간과 기억은
삶과 존재를 아주
작게만 담을 뿐이다.

백무산 , 「존재는 작게만 기억된다」,『창작과 비평』2001년 겨울호, 일부

이처럼 생에 대한 깨달음을 아주 미시적인 방식으로 제시하는 또다른 시가 김재혁의 「안개」이다. 아주 미세한 입자로만 존재하는 안개가 화자에게는 구체적인 생명으로 인식된다. 즉 그것은 오이처럼 싱큼힌 항취로, 강아지의 귀여운 표정으로, 날씬한 허리와 안개바다의 출렁임으로 화자에게 기억된다. 특히 이 시의 감각적 묘사 '눈처럼 쌓이던 안개', '상큼해지던 보도블록의 따스한 숨결', '안개의 포근한 입김', '싱그러운 속살', '한 입 베어먹은 나의 심장' 등은 청신(淸新)하기만 하다.

기억이 과거의 문제를 현재화함으로써 자아의 정체성을 재구성하기 위한 소중한 질료라는 점에서, 그 질료가 살아 하나의 생명으로 숨쉬는 이 시는 과거의 삶과 추억에 대한 생생한 고백이자 현재의 삶에 대한 재평가와 환기로서의 의미를 갖는다. 모든 감각 기관으로 기억되는 그 때, 새벽길을 걸어갔던 삶의 향내를 시인은 안개라는 상관물을 통하여 드러내면서 자신의 정체성을 새롭게 환기해내고 있는 것이다.

나는 그때 그 안개의 냄새를 기억한다

후텁지근한 생활의 목욕탕에서
도망치듯 뛰쳐나와 새벽의 바람을 맞으며
또 다른 생활의 방으로 향하던 그때
학교 담벼락을 따라 새로 깐
붉고 푸른 보도 블록에 눈처럼 쌓이던 안개,
그 안개의 향취에 오이처럼 상큼해지던
보도블록의 따스한 숨결을 나는 기억한다
터벅터벅 시간 속을 걸어가던
내 발길에 와서 강아지처럼 매달리던
안개의 귀여운 표정을 나는 기억한다
그리고 안개의 포근한 입김 속에
발목을 담근 채 물끄러미 내려다보던
가을 나무의 그 쓸쓸한 얼굴을 나는 기억한다
길가 수양버들 나뭇가지 사이로
매끄럽게 빠져나가던 안개의 날씬한 허리와
커다란 배라도 몰고 올 듯한 안개 바다의
그 출렁임을 나는 기억한다
안개의 싱그러운 속살을
한 입 베어먹은 나의 심장이
조금 부풀어오르던 것도 나는 기억한다
그리고 그 날 제 살을 밟으며
새벽길을 걸어간 나의 모습을
안개는 기억할 것이다

김재혁, 「안개」, 『문예연구』 2001년 겨울호

이처럼 분산되고 미세한 안개의 질료로 삶의 정체성이나 깨달음에 도달
한다는 점에서 이러한 접근 방식은 대단히 역설적이다. 단지 이러한 접근은

이 텍스트가 문학이나 시이기 때문만은 아닐 것이다. 어쩌면 우리의 삶 혹은 세계가 너무나도 확장되고 세분화되어서 하나의 언어, 혹은 상황으로 규정지을 수 없게 되어서 일지도 모른다. 더 이상 크고 넓어서 규정지을 수 없을 때 눈에 보이는 작은 것만이라도 인지해내고 평가해내야 할 것이다. 그런 점에서 우리의 삶과 그것에 대한 인식은 항상 모순되고 반어적인 것이리라.

이러한 삶과 세계에 대한 모순의 인식, 반어와 역설을 시로 형상화해낸 작품이 이형기의 「모순의 자리」이다. 이 작품에는 소멸과 생성에 대한 역설적 인식이 구조화되어 있다. 소멸된 것들은 원래 색깔과 의미가 있었기 때문일 것이다. 그러한 형상과 질료가 언어로 발화되지 못하고 꿀꺽 삼켜지면서 소멸되고 만 것인데, 그래서 화자는 '만들어진 모든 것은 필경 사그러져 버린다는 뜻인가'라고 자문(自問)한다.

> 눈을 감으면
> 아득한 기억의 저쪽에서
> 하얗게 떠오르는 것이 있다
> 보니 그것은
> 여태까지 내가 수없이 입밖에 내었던
> 그리고 또
> 입 안에서 이리저리 굴리다가
> 꿀꺽 삼켜버린 말들이다
> 원래는 색깔과 모양과 의미가 있었던
> 그것들이 이제는 그저 하얗다
> 만들어진 모든 것은
> 필경 사그러져버린다는 뜻인가
> 그러나 다시 보면

그것은 사락눈이 깔린 언덕이다
봄이 되어 그 눈이 녹으면
파룻파룻 새싹이 돋아날
그리하여 새로 시작한 그 자리
소멸과 생성이
둘이면서 하나인 모순의 자리가
바로 거기 있구나

이형기, 「모순의 자리」, 『문학동네』 2001년 겨울호

그러나 하얗게 사그러진 자리가 바로 사락눈이 깔린 언덕이었음을, 파룻파룻 새싹이 돋아날 생성의 자리였음을 발견하면서 시는 부정의 담화가 아니라 긍정의 담화를 이루어내고 있다. 끝이 끝이 아니고 시작임을, 어쩌면 시작은 또다른 끝을 동반하겠지만, 결국은 끝과 시작이 하나일 수 있다는 모순을 시인은 역설하고 있다.

3

과거 거대담론이 지배적이던 시대에는 거대한 구조를 구획하고 측량하는 거시적인 관점이 세계를 인지하고 평가하는 나름대로의 역할을 해 온 것이 사실이다. 하지만 물질 문명이 발전하고 새로운 사이버 매체가 등장하면서 세계는 가시적인 인식의 대상 영역을 넘어서 버렸다. 아니 이미 예전부터 인간의 인지 능력을 넘어서 세계는 존재해왔는지도 모른다. 그러한 비가시적인고 초월적인 세계의 존재, 그리고 물질 문명의 발전에 비례하는 정신적 가치의 부재로 인하여 세계를 조망하고 구획할 수 있는 인지적 근거를 현대

인들은 상실하고 말았다. 거기서부터 가치의 부재, 존재 의미의 상실이 문제되고 그로 인해 허무주의가 유포되기에 이르렀다.

그러한 허무주의의 징후가 순간이나 찰나에 대한 매혹, 속도에의 광기, 파편화된 대상들에 대한 집착들로 포착된다. 하지만 허무의 가치가 부정적인 것만은 아니라는 점이다. 새로운 쇄신을 위한 비어있음으로서의 무(無)는 꼭 필요한 것이리라. 비어있음으로 채워질 수 있을 것이기 때문이다.

무와 허무의 근친성이 바로 불교의 전통에 맞닿아 있기 때문이겠지만 요즘의 시들에 불교적 정신을 수용하려는 시적 태도가 많아지고 있다. 서구의 사상적 전통에만 매몰되가는 우리의 정신적 상황에서 매우 긍정적인 모습으로 평가할 만 하다. 그러나 그것이 산사로의 도피나 혼탁한 현실세계나 무력한 역사에 대한 외면이어서는 안 될 것이다. 또한 불교적 정신과 최근 유행하는 해체주의나 오리엔탈리즘이 통하는 부분이 있다하더라도, 어쩌면 깊은 정신주의에 대한 지향에서 추론되고 검증된 속에서의 교섭과 수용이 이루어져야 할 것이라고 생각해본다.

신화와 환상, 그리고 현실의 경계에 서서

1

골목을 질주하는 아이들이 사라져가고 있다. 놀이터에서 뛰놀던 아이들의 해맑은 함성도 이제는 더 이상 들려오지 않는다. 잃어버린 유년의 풍경들 대신 중세의 폐허화된 골짜기에서 공주를 납치한 괴물들과 싸우거나 우주선을 타고 파괴된 화성 기지를 떠나 안드로메다로 향하는 시뮬라크르의 풍경들, 어쩌면 요즘의 어린이들은 먼 훗날 그 풍경들을 자신들의 유년의 풍경으로 기억할 터인데.

이처럼 어린이들의 만화나 에니메이션, 그리고 컴퓨터의 머드 게임이나 롤플레잉 게임에서나 차용되던 신화나 환상의 모티프들, 즉 비현실적이거나 가상현실적인 요소들이 이제는 그것들을 금기하고 경원시하던 보수적인 문자매체의 정체성까지 위협하는 지경에 이르렀다. 특히 그리스·로마 신화나 판타지 소설의 부상으로 인한 출판계와 독서계의 지형 변화는 이 시기 신화나 환상의 요소가 얼마나 폭발적인가를 증명해주는 역설적 징후로 읽혀질 만 하다.

그런 가운데 발빠른 문화연구자나 비평가들은 이 시대를 신화와 환상의 시대로 명명하는데 주저하지 않는다. 이제 신화적 요소와 환상의 모티프들은 기존의 어린이들을 위한 만화나 에니메이션, 컴퓨터 게임 등의 경계를 넘어서 뮤직 비디오나 영화 뿐만 아니라 정통 문학의 영역이라 할 수 있는 시, 소설, 희곡 등의 갈래들에까지 그 외연을 확장해나가는 추세이다.

오늘날 신화나 환상적 요소의 부상은 그간 이성을 중심으로 하는 합리적 현실 세계에 대한 이탈이나 탈주의 연장선으로 읽혀진다는 점에서 후기 산업 사회의 새로운 문화적 함의를 내포한다. 현재의 부정적 현실을 새롭게 인식하고 그것을 쇄신하고자 하는 변화의 의지가 발현된 것이 바로 신화나 환상적 징후의 폭발적 표출이라고 할 수 있는 것이다. 근대 이성 중심주의의 폐해로 인한 합리주의의 퇴조가 현실의 합리적이고 명료한 인식이라는 허구를 깨뜨리게 되었으며, 그것이 바로 중심으로부터의 이탈 혹은 현실의 초월로 연계되었던 것이다. 하지만 그 이탈과 초월이 현실의 완전한 부정이 아니라 현실에 대한 새로운 인식과 지평의 확대를 지향한다는 점에서 이 시기 범람하는 환상과 신화에 대한 새로운 해석의 필요성이 요구되고 있다.

2

이러한 신화적 요소가 상호텍스트적으로 구성의 얼개를 이루고 있는 작품이 바로 조정권의 「주검노래」이다. 그간 신화적 사유 혹은 신화적 상상력을 통해서 신성(神性)의 본원적 의미를 탐색해 온 바 있는 조정권 시인은 훼손된 현실에 대한 비극적 인식과 더불어 그로 인한 죽음의 의미를 새롭게 제시해왔다. 이 시 또한 신화적 상상력과 죽음의 미학이 절묘한 황금 비율의 배합을 이루어낸다.

내 잠의 궁전에는 단도들이 숨어 있다
악기들은 늘 꺼져 있다

나는 한밤내 횃불을 들고 까마귀의 검정 깃이 내려와 앉은
미궁(迷宮)의 숲을 뒤지다가
닭 울음소리에 쫓겨 돌아온다
핏물 떨어지는 말대가리가 천장에서 내 몰골을 내려다보듯
마구간에서는 늘 말이 죽어 있다 궁전의 악기들은 꺼져 있다

<중략>

나는 자정 너머 붉은 주단이 깔린 원탁(圓卓)
박쥐의 깃을 어깨에 두른 남자들의 검은 성찬(聖餐)도 두렵다
새의 심장이 들어 있는 마늘빵과
굶주린 인부들의 혓바닥을 목 안으로 넘기는
귀족들의 스푼과
동물의 내장기관을 자르는 나이프와
인간을 기둥마다 묶어놓고 투창(投槍)하는 왕들의 포크와
십자가와 핏물로 꽃무늬를 그리는 접시와
포도의 송이송이마다 유약처럼 빛나거나
무색 투명하게 책갈피에 발라놓은 독약들도 두렵다
땅 속의 매장물도 두렵다

자정 너머 벽 위에서 굴러떨어지는 성화(聖畵)들도 두렵다

조정권 「주검노래3」, 『문예중앙』, 2002년 봄호

작품 전체에 죽음의 이미지들이 하나의 계열체를 이루면서 부유한다. '꺼

져있는 악기', '까마귀의 검정 깃', '핏물 떨어지는 말대가리', '죽어있는 말', '피 묻은 도끼', '살해된 갑옷', '살해당한 활과 활통', '부러져 나간 망치 자루', '새의 심장이 들어 있는 마늘빵', '십자가의 핏물' 등 반복되고 나열되는 죽음의 이미지들이 괴기스럽고 그로테스크한 분위기를 조성하면서 죽음에 대한 강박과 두려움을 강화시킨다. 때문에 화자는 작품의 마지막 4, 5, 6연에서 '두렵다'라는 서술어로 일관되게 모든 시행을 종결하면서 두려움과 공포를 극점으로 몰아간다.

특히 2연의 마지막 행에서 화자는 '마구간에서는 늘 말이 죽어 있다 / 궁전의 악기들은 꺼져 있다'는 발화를 통하여 자신을 살해한 현실에 대한 절망을 토로한다. 악기의 꺼짐은 바로 예술의 종말이며 아름다움에 대한 추구의 끝을 함의할 것이다. 또한 중의적인 의미로 해석될 수 있는 말의 죽음은 말(언어)의 죽음이자 의미의 죽음이며 모든 시적 활동의 죽음을 의미하는 것이기도 하다. 시의 죽음이야말로 시적 화자에게는 가장 절망적 상황일 것이다.

그러므로 이 시는 부유하는 죽음의 이미지로 표상되는 현실의 불순한 기운과 훼손된 영혼에 대한 장송곡이자 조사(弔詞)인 셈이다. 하지만 장송곡과 조사가 존재하는 의미는 죽은 자들 뿐만 아니라 살아남은 자들의 위로와 평안을 위해서이기도 하다. 그러므로 이 작품 또한 전경화된 죽음의 환멸과 혼돈 뒤에 부정할래야 부정할 수 없는 살아있는 자들의 현실에 대한 열망이 또아리틀고 있다. 그런 점에서 시인은 죽음의 환멸을 넘어선 죽음에 대한 부정 혹은 초월을 통해서 다름 아닌 현실의 확장이나 부정적 현실의 새로운 환기를 꿈꾸는 것인지도 모른다.

조정권의 시가 서구의 신화적 풍경을 배경으로 하고 있다면 양애경의 「배나무 밭의 동화」는 유년 시절 읽었던 동화속 풍경을 전경화하고 있다. 이

시는 한편의 아름다운 동화로 읽혀진다. '아직 가지지 않은 소중한 것'의
의미를 제대로 알아채지 못한 아버지의 실수로 악마에게 끌려갈 뻔한 처녀,
그녀는 악마에게 결국 두 손을 잘리게 되지만 지나가던 임금에 의해 풀려나
고 결국 그와 결혼한다. 그후 또다른 시련을 겪게 되지만 다시 왕과 해후하
여 새로운 삶을 시작한다는 것이 작품 속 동화의 내용이다.

　　오랜 여정으로 몹시 목이 마르던 상인이, 배가 탐스럽게 익은 배나무
를 보았다. 그는 배 한 개를 땄다. 배는 물이 많았고 달았지만, 분노에
찬 배나무 임자가 나타났다. 그는 악마였다. 악마는 자기 배를 먹은 댓가
로 상인이 목숨을 내놓든지 아니면 '아직 가지지 않은 어떤 소중한 것'을
내놓아야 한다고 했다. 상인이 선택하기는 쉬웠다. '아직 가지지 않은
소중한 것'이 무엇인지 몰랐기 때문이다. 하지만 상인이 집에 돌아가보
니 딸이 태어나 있었다.

　　＜중략＞

　　세 번째로 악마가 처녀를 데리러 왔을 때, 그녀에게는 몸을 깨끗이
할 물도 없었고 닦아낼 두 손도 없었다. 그러나 악마는 이번에도 처녀를
데려갈 수 없었다. 처녀는 팔뚝에 대고 한없이 눈물을 흘렸고, 그 눈물에
그녀의 팔이 하얗게 씻겼기 때문이다. 마침내 악마는 처녀를 데려갈 것
을 포기했다.

　　＜중략＞

　　나는 그 처녀에 대한 꿈을 꾼다
　　홍건한 눈물로
　　잘린 팔을 씻어내는 그녀를

그녀의 눈에서는 은하수가 솟아나고
밤새 눈물 흘려도 눈은 붉게 충혈되지 않는다
씻어낸다는 것
눈물이 맑다는 것

꿈이 밤새 불어난 물로 술렁거리는 개울에서
나는 잘린 내 두 손을 찾는다
하얗게, 순은으로 빛나는 손이
피가 도는 손으로 바뀌는 눈부신 순간을 본다

투명한 아침햇살 속에서
실핏줄이 살아나면서 따뜻한 피로 넘쳐오르는 순간을.

양애경, 「배나무밑의 동화」, 『창작과 비평』, 2002년 봄호

이 시 속의 화자는 꿈속에서나마 동화속의 처녀를 동일시하려고 한다. 아마도 화자는 맑은 눈물로 자신을 씻어내고 싶은 것일 터이다. 무엇인가 씻어내야 하는 것을 씻어내고 싶은 화자는 악마에게 끌려갈 수 밖에 없는 운명, 그 절망스러운 자신의 현실적 운명이 동화 속 처녀처럼 바뀌게 되기를 꿈꾸고 있는 듯 하다. 그리고 잘린 두 손이 순은으로 빛나는 손이 되고, 나아가서 피가 도는 손으로 바뀌는 눈부신 순간이 자신의 삶에도 찾아오기를 간구한다. 결국 이 시의 결말에서 화자의 절망적인 삶에 대한 변화의 열망은 동적인 이미지로 약동한다. '불어난 물로 술렁거리는 개울', '피가 도는 손으로 바뀌는 눈부신 순간', '투명한 아침햇살', '실핏줄이 살아나면서 따뜻한 피로 넘쳐오르는' 등의 동적인 이미지들이 절망적 현실을 부정하고 새롭게 변화되고 싶은 화자의 열망을 강하게 견인해내고 있다.

이처럼 시적 화자가 열망하는 동화적 상상은 부정적 현실과 일상에 대한

초월의지의 소산이다. 두 손이 잘린 것만 같은 부정적인 현실의 삶을 넘어
서려는 시인의 강렬한 욕구가 바로 이 시를 동화적 상상의 세계로 인도하고
있는 셈이다. 때문에 이를 퇴행으로만 볼 수는 없을 듯 하다. 부정적인 현실
을 부정함으로써 현실을 더욱 강하게 긍정하려는 현실에 대한 열정이 없으
면 부정의 몸짓 또한 존재할 수 없기 때문이다. 그런 점에서 현실을 넘어선
동화적 세계의 지향은 신화적 세계로의 귀환과 마찬가지로 현실의 영역과
지평을 더욱 확장하려는 적극적 의지의 결과라고 평가해야 할 것 같다.

　이와 같이 신화나 동화적 상상력에 기댄 현실 지평의 확장 의지는 정일근
의 「그 개를 위한 변명(辨明)」에서 종교적 설화 내지 종교적 환상으로 대체
되기도 한다. 화자는 히말라야에서 비루먹은 개 한 마리를 발견하는데, 그
개가 순례자처럼 걸어가는 묘한 환상 체험을 하게 된다. 그리고 의젓하게
포즈를 취하는 개의 사진을 찍으면서 개의 눈동자속에 연꽃처럼 피어있는
설산들이 들어와 빛나고 있음을 발견한다.

　　히말라야에서 그 개를 보았다, 털이 빠지고 살이 헐어버린 비루먹고
　비쩍 마른 개였다. 개는 나무 그늘이 깔린 인도를 따라 사람의 보폭으로
　천천히 걸어가고 있었다. 개가 사람처럼 걸어가다니? 언제나 짖거나 뛰는
　개만 보아온 나에게 순례자처럼 생각에 잠긴 듯 걸어가는 개는 새로운
　풍경이었다, 개가 사라지기 전에 카메라를 꺼내 들고 개의 모습을 담아놓
　고 싶었다. 어이 친구 기념사진이나 한 장 찍지, 그렇게 말을 건네고 카메
　라를 가져다 대는데 뷰파인더 속에서 뒷모습만 보이던 그 개, 마치 내
　말을 알아들은 듯 걸음을 멈추고 돌아섰다. 아니 개는 분명히 내 말을
　알아들었다. 여러 장의 사진을 찍을 동안 개는 머리를 들어 의젓하게 포즈
　를 취해주었다. 낯선 사람을 향해 개처럼 짖지도 않고 짐승이 가진 적의의
　눈빛도 아니었다. 비루먹은 개의 눈 속에는 육신의 고통과는 다른 세계의
　평화와 안식이 가득했고 멀리 연꽃처럼 피어 있는 설산들이 눈동자 속에

편안하게 들어와 빛나고 있었다. 개의 육신이 진흙이라면 개의 눈빛은 진흙 속에 핀 흰 연꽃과 같았다. 사진 촬영이 끝나고 고마워 친구, 라는 말을 듣고 개는 자신이 가던 길을 다시 천천히 걷기 시작했다. 나는 개를 보았는지 히말라야의 순례자를 만났는지 몰라 히말라야에서 오래 살고 있는 김홍성 시인에게 물었더니 히말라야에는 고행견도 있다며 크게 웃었다. 그 웃음의 뜻을 그때는 알지 못했으나 그 길이 힌두교인들이 죽기 위해 찾아가는 갠지스 강 시원으로 가는 길이라는 것을 한참 뒤에 알았다.

정일근, 「개를 위한 辨明」, 『실천문학』, 2002년 봄호

이 시 속의 개는 현실 속의 개들처럼 낯선 사람을 향해 짖거나 짐승이 가진 적의의 눈빛을 갖고 있지 않다. 그 개는 진흙 속에 핀 흰 연꽃과 같은 눈빛을 하고 자신만의 길을 가던 고행견이었다. 그 길이란 바로 힌두교인들이 죽기 위해 찾아가는 갠지스강 시원으로 가는 길이다. 결국 그 개는 죽기 위해 시원의 길을 가는 순례자의 길을 가고 있었으며, 어쩌면 제의적 죽음으로 새로운 삶을 탐색하려는 것이었는지도 모른다. 그러므로 시인은 비루먹은 개 한 마리에 대한 환상 체험을 통해 죽음이 죽음이 아니라 영생으로 통하는 문이고 길임을 노래하고 있는 것이다. 이처럼 화자는 비합리적이고 비효율적이라고 여겨졌던 환상 체험을 통해 합리적 현실 속에서는 발견할 수 없었던 새로운 삶의 깨달음을 포획해낸다.

한편 부정적 현실에 대한 새로운 인식 지평의 확대를 기도하는 시들의 또 다른 흐름은 바로 시와 가상 현실과의 결합으로 드러나기도 한다. 이는 사이버매체의 발달과 그로 인해 촉발된 사이버적 상상력 때문이다. 그래서 하나의 콘텍스트로 가상현실을 배치하는 대부분의 시들은 컴퓨터의 머드게임이나 롤플레잉 게임을 연상시키는 낯설음의 풍경을 일구어낸다. 서정학의 「푸른 별의 기적 play time:99:55」은 사이버 세계에서의 환상이나 롤플

레잉 게임의 전투 장면을 금방 떠올리게 한다.

　

　　드디어 용의 힘이 모두 개방되어 남은 일은 봉인을 풀기 위해 도시로
향하는 것. 교통사고, 대기오염, 연쇄 살인 사건, 용의 동굴에서 나오자
마자 세계의 이변을 느낀다. 부활의 전주곡. 길을 서둘러! 목적지를 눈앞
에 둔 지금. 마음대로 하게 둘 수는 없다.

　

　　당신은 어쨌든 세계를 멸망시키려 하는 거군요
　　세계를 멸망시킨다고? 내가!? 흐흐, 너에게서 그런 말을 듣게 되다니.
의외구나. 확실히 나의 바람은 이 세계의 파괴와 혼돈이다. 그리고 세계
는 있어야 할 모습으로 재생하는 것이다. 멸망해야 할 것은 이 세계를
얽매는 낡은 질서, 곧 여신과 너다!!
　　저는 저의 사명을 다할 겁니다. 봉인이 풀리면 나를 막는 것은 불가능
해요.
　　호오 … 잘 말하는군. 그러나 너 따위 너의 여신과 함께 없애주겠다!!

　

　　이 세계는 고작 619,174,176 바이트 del키를 눌러주세요
　　큭! 설마 동료를 감싸겠다는 거냐? 그저 인간에 지나지 않는 그들을
네가 감싼다고? 흐흐, 재미있군, 얼마간 시간을 주도록 하지, 그때까지
나를 즐겁게 해주는 거다!

　

　　<하략>

　　서정학, 「푸른 별의 기적 play time:99:55」, 『문학과 사회』, 2002년 봄호

　

　　제목이 암시하는 바와 같이 이 시는 현실의 영역을 넘어서서 존재한다.
과연 99시 55분은 존재하는 것일까? 혹은 99분 55초 다음의 시간은? 시인
이 의도한 시간의 애매모호함으로부터 촉발된 혼돈지향은 시 전체를 견인

한다. 이 시가 독자들에게 낯섬을 강요하는 가장 중요한 모티프는 발화 주체로부터 시작된다. 이 시에는 누가 누구와 대화하는지 명료하지가 않다. 때문에 독자들은 발화의 주체가 누구이고, 발화주체들이 주고 받는 메시지의 실체적 의미가 무엇이며, 발화주체들끼리 소통에 도달하고 있는지를 분별하지 못한다.

이처럼 독자들에게까지 소통을 허락하지 않은 발화주체의 궁극적 의도는 결국 세계의 파괴와 혼돈이며, 그 절망적인 혼돈으로부터 촉발되는 세계의 새로운 재생이다. 멸망해야 할 낡은 질서를 파괴하여 깊은 혼돈에 이르게 하는 것이 오직 발화주체 혹은 시속의 인물들의 유일한 책무이다. 깊고 깊은 밤이 지난 후에야 새벽이 다가서는 것처럼 낡은 질서를 파괴하여 극단적인 혼돈에 도달하여야 비로소 새로운 질서가 움터나올 것이다. 따라서 그러한 낡은 질서를 파괴하는 유일한 방법으로 시인이 이 시에서 선택한 방식은 바로 언어의 억압과 폭력성에 대한 공격적 대응이다. 그것은 이성중심주의의 근간이 언어이기 때문일 터인데, 자동화된 일상적 언어를 뛰어 넘거나 고정관념으로 내면화된 상투적 언어의 발화 방식을 부정하는 것이야말로 낡은 현실 사회를 쇄신하려는 이 시대 시인들이 가야만 하는 힘겨운 길이기 때문인지도 모른다.

사이버적 상상력에 의존하여 오프라인(off-line) 상태의 낡은 세계를 부정하는 방식은 안현미의 「짜가투스트라는 이렇게 말했다」에서도 동일하다. 이 시는 현실의 세계가 아닌 사이버 우주에서, 신의 죽음이 아닌 시인의 죽음을 문제 삼고 있으며, 시인의 죽음은 낡은 시대와의 작별을 전제로 한다. 시인은 열정과 광기와 고독과 상상력과 유명 시인의 키워드의 조합을 통하여 복제되는 존재이다. 그래서 화자는 시인을 사이보그라 명명하고 시인의 영혼을 화형시키려 한다.

'시인은 죽었다'

허블우주망원경
블랙홀
시간의 띠(뫼비우스)와 공간의 일그러짐을 클릭하라
치사량의 열정과 눈물 한 방울만큼의 광기와 고독
개미의 페로몬 같은 상상력을 복용할 것
보르헤스와 랭보와 소월의 키 워드를 해석할 것
시인은 그렇게 복제된다

여기는
사이버 우주
사이보그 Si-In
시인의 영혼을 화형하라!
그리고
낡은 시대와 서둘러 작별하라

시, 인, 은, 죽, 었, 다

시인의 사리(舍利)를 디스켓에 저장하고
E-메일로 전송할 것
나는 온라인으로부터 왔다
나는 새로운 세상의 神이다

이때 떠돌이 시인 등장
책상 앞으로 다가가 막을 내리듯 플러그를 뽑는다

(100년 동안 암전)

태초의 빛처럼 무대가 밝아지면
시인이 다음과 같이 원고지에 적혀있다

짜가투스트라는······.

안현미, 「짜가투스트라는 이렇게 말했다」, 『문학동네』, 2002년 봄호

짜가(?)인 시인들이 판치거나 영혼을 물신화하는 시들이 범람하는 시적 풍토에 대한 날카로운 풍자가 이 시의 미적 뼈대를 지탱해내고 있다. 자신이 온라인으로부터 온 새로운 세상의 신이라는 발화는 갑자기 등장한 떠돌이 시인에 의해 그 생명을 다하는 모순에 도달하면서 자기 풍자가 구현된다. 그러므로 100년 동안의 암전 후에 태초의 빛처럼 밝아진 무대에 등장하는 존재는 '신이 죽었다'라고 외치던 짜라투스트라가 아니라 '시인이 죽었다'고 외치게 될 '짜가투스트라'인 것이다.

그런데 이 시는 앞의 서정학의 시처럼 낡은 세계를 부정하고 새롭게 밝아올 시대를 갈망하는 주제의식의 동일성과 더불어 담론 방식의 유사성을 공유하고 있다. 그것은 두 작품 모두 단일한 화자의 의식에 의해 조직화되는 순정한 서정시의 형식을 초월하고 있기 때문이다. 아리스토텔레스는 『시학』에서 서술자의 자기 발화에만 의존하는 시를 서정시라고 정의한다. 그런데 이 두 작품에서는 시의 전체 목소리를 통제하는 화자 이외의 목소리, 분명히 시적 화자의 것이 아닌 다른 인물의 발화가 개입되고 있다. 이는 소설 장르에서 차용되곤 하던 다성성이 이제 시 장르에까지 확산되었음을 의미하는 것이며, 한편으로 장르의 교섭이나 혼성장르의 가능성을 추론하게 하는 것이기도 하다.

신화와 환상, 그리고 가상현실이 결합하면서 겪게 된 서정시의 위기를

넘어서 순정한 서정시의 지향점을 보여주는 시가 바로 송수권의 「빈집」이
다. 이 시는 위의 다른 시들처럼 환상이나 설화적 요소를 수용하면서도 서
정적 긴장을 결코 잃지 않는다. 이 시는 IMF 경제위기로 더욱 가속화된
농촌의 위기를 빈집이라는 상관물로 제시한다. 그럼에도 여기서의 빈집은
그리움과 인간다움을 상실하지 않고 있으며, 오히려 유년의 충만한 풍경으
로 채워져 있다.

<중략>

그런 날 밤 벽에 뜬 그림자는 유난히 춥고
무서웠다. 슬슬 산(山) 지네가 기어가도 호랑이나무가시가
돋고 당나귀가 몇 번이나 긴 울음을 울었다
산골 여우가 나와 몇 번이나 재주를 넘었다
황소 뿔이 걸리고 호롱불 심지가 꼴깍 졸아들기도 한다
세월(歲月)이 지난 뒤에야 그 호롱불을 깔고 앉은 악머구리가
우리들 할머니였다는 사실을 알았다
야윈 손 쳐들어 풀어내던 벽(壁) 그림자……
밤새 눈이 쓰러지게 와서
누가 저 빈집을 그리워하고 갔는지
나는 안다

<중략>

그 불빛 새어 나와
온 마을이 다 환하다
낯선 듯 동네 컹컹 짖고
울바자를 넘는 애기 울음 소리

동쪽 하늘에 뜬 샛별이 다 파르르 떤다
마당가 바지랑대에 널린 애기똥풀빛 기저귀
이제야 사람이 사람답게 보이기 시작한다

<하략>

송수권, 「빈집」, 『작가세계』, 2002년 봄호

시의 전반부에서 비어있음으로 인해 유년의 풍경에 대한 그리움이 더욱 애절하였던 것과 다르게 후반부에서는 유년의 추억이 깃든 빈집에 귀환함으로써 이제야 사람다운 삶을 살게 된다는 나름의 서사성을 담보해면서도 시상에 흐르는 화자의 절심함의 정서가 시적 긴장을 온전히 유지해내고 있다. 마치 지난 시대 백석이 창조해낸 토속적인 고향의 풍물을 그대로 옮겨 온 듯한 분위기이다. 그래서 이 시는 전통적인 서정의 힘을 바탕으로 토속적 설화의 세계를 수용하면서 현실의 당면문제를 형상화해냄으로써 서정성과 서사성의 결합이라는 상승 효과를 창출해내고 있는 것이다.

3

지금까지 우리는 이 시대의 주요한 문화적 인식소로 기능하고 있는 신화와 환상의 모티프가 순정한 서정의 갈래에 어떤 방식으로 침투하고 교섭하는가를 살펴보았다. 그동안 서사성의 근간을 이루는 요소로 여겨졌던 신화와 환상성의 요소들이 최근 다매체 시대의 도래와 함께 서정시와 결합하면서 갈래의 교섭 내지는 혼성장르의 징후를 드러내기 시작하였다. 그 흔적들이란 서사의 갈래에서 찾아볼 수 있는 인과적 이야기 구조 뿐만 아니라 여러 가지의 발화가 동시에 겹쳐지는 다성적 발화 방식의 징후들을 의미한다.

그런데 이러한 신화나 환상적 모티프와 서정시의 결합은 비합리적이고 비효율적이라고 여겨졌던 환상과 몽환적 요소의 수용을 통하여 일탈적 글쓰기, 시 형식의 파괴들을 불러오기도 하였다. 그러한 현실 절망과 부정의 상상력은 현실의 지평과 외연을 확장하려는 의지로부터 기원한다고 할 수 있다.

하지만 한편으로는 그러한 방식이 시적 상상력의 결핍을 초래할 수 있음도 부인할 수 없는 사실이다. 근대 이성의 이분법적 사유로 인한 차이와 경계의 강조가 억압과 폭력으로 작용했던 것이 사실이지만 그것의 부정이 또다른 동일성의 세계로의 귀환을 의미한다면 세계를 인식하고 상상하는 우리의 의식과 사유 또한 하나의 퇴행으로 받아들여질 수도 있을 것이기 때문이다.

이제 인간의 정신과 영혼까지도 물신화의 욕망으로부터 자유롭지 못한 이 시대, 신화와 환상의 요소들과 결합하는 서정시들은 대중화와 상업화의 격류를 넘어섬과 동시에 무시간성이나 초역사성으로의 도피라는 혐의로부터도 벗어나야 할 사명과 의무를 부여받는다. 더불어 그 시들은 현실의 초월과 부정을 통해 현실을 존재하게 하는 중심 혹은 근원을 새롭게 탐색하여야 할 것이다. 그런 연후에야 신화와 환상, 그리고 현실의 다성적 변주로 규정되는 요즘의 시들이 다양화되고 다층화된 21세기 우리들의 정신과 가치들을 효율적으로 포획해낼 수 있는 새로운 세기의 순정한 서정의 양식으로 우리들 눈앞에 나타나게 될 것이다.

탈주와 정착, 집에 관한 상상력의 변주(變奏)

집이 없다면, 인간의 존재는 산산히 흩어져 버릴 것이다. 집은 하늘의 뇌우(雷雨)와 삶의 뇌우(雷雨)들을 거치면서도 인간을 붙잡아 준다. 그것은 육체이자 영혼이며, 인간 존재의 최초의 세계이다.

- 가스통 바슐라르, 『공간의 시학』

1

어린 시절 <우리 집>을 그려오라는 숙제가 주어지곤 했다. 지붕, 창문, 굴뚝을 그려 넣고, 마당이나 정원, 혹은 대문까지 그려야 집이 완성되었다. 그런데 대부분 아파트에서 살아가는 요즘 도시의 아이들은 집을 어떻게 그려야 할까? 어쩌면 그것은 아파트 분양 전단에서나 볼 수 있는 평면적인 방과 거실, 주방을 구획하는 조감도 정도에 그치지 않을까.

때문일까? 현대인들은 집을 잃어버렸다. <우리 집>은 추억 속에서만 존재할 뿐이다. 집을 잃어버린 채 뿌리를 잃고 사는 현대인들이야말로 들뢰즈(Z.Deleuze)의 통찰과 같이 유목민의 삶을 살아가고 있는지도 모른다. 들뢰즈는 육체를 근간으로 한 근대적 공간을 부정하고 이성에 합당한 공리계를 벗어나려고 시도하였던 노마디즘(nomadism)을 주창하였다. 그는 이러한 현대인들의 노마드적 삶이 바로 분열적이고 분자적으로 운동하는 디지털 네트워크 때문이라고 이야기한다.

특히 이러한 디지털 네트워크가 노마드 권력을 생산해냄으로써 근대 이성에 기반한 공간 개념을 소멸시켜 가고 있다. 그러한 노마드 권력은 강렬한 통제력과 권력 분산의 신속성이라는 이중적 아이러니를 내포하고 있다는 점에서 더욱 후기 자본주의적이다. 이제 인터넷과 이메일이면 아시아나 유럽, 혹은 미국이라는 지역적 공간을 뛰어 넘어 동시에 정보를 공유하고 의사를 결정하고 그것을 실행할 수 있게 되었다. 그로써 디지털화된 사회를 살아가는 사람들은 봉건적인 토지나 자본적인 직장이라는 공간의 구속으로부터 해방될 수 있게 된 것이다.

그러므로 탈주적인 삶을 사는 현대인들은 기존의 영토를 탈영토화하면서 탈영토였던 영역을 새롭게 영토화하려고 한다. 그것이 바로 집의 부정성에 대한 관념의 강화와 더불어 추억 속의 집에 대한 그리움이나 안주 욕망의 강화라는 양가감정을 생산해내는 기제로 작용한다. 즉 결핍이 욕망을 강화시키는 것과 같은 원리인 셈이다. 현대인들은 내밀한 평안의 둥지가 되어주지 못하는 집의 부정성에 강하게 긍정하면서도 오히려 그런 집에 대해 집요한 애착을 보이거나 끝없이 욕망하기도 한다.

이와 같은 경향은 특히 시대의 바람과 온기를 누구보다도 재빨리 포착하고 수용해내는 시인들에게 더욱 두드러진다. 그들은 과거 추억 속의 집에 대해 강한 집착과 현대의 집에 대한 부정성을 동시에 표출한다. 그리고 생명의 근원 공간으로서의 집과 세계와의 합일 공간으로서의 집에 대한 생태적 가능성을 노래하기도 한다. 더불어 그러한 생태적 사유에 기반한 집의 상상력은 집의 수직성을 매개로 한 우주적 상상력으로 확장되기도 한다.

2

　권오표의 「흐린 날」이란 시는 인간의 집에 대한 원형적인 심상(心象)을 뛰어난 사실 묘사의 방식으로 형상화해내고 있다. 이 시인이 추구한 집의 원형성은 바슐라르가 일찍이 『공간의 시학』에서 집이 <커다란 요람>으로 모성성을 내재하고 있으며 인간에게 안정의 근거와 환상을 주는 이미지의 집적체라고 간파한 것과 같은 맥락을 보여준다. 이 시의 화자는 어느 추운 겨울 날 지난 가을 어머니가 댓잎으로 문풍지를 새로 바른 고향집에 앉아서 어린 시절의 추억을 환기해내고 있다. 추운 겨울이야말로 집의 안온함과 내밀함을 더욱 강화시켜 주는 계절이다. 바슐라르의 뛰어난 통찰과 같이 눈이야말로 외계(外界)를 너무 힘 안들이고 무화(無化)시켜 버리는데, 이 시에서 골목길에서 술래잡기하는 눈송이들은 화자의 집에 대한 추억과 그리움을 더욱 강화시켜 준다. 그러므로 눈은 집 밖의 추위나 고통에 대비되는 집안의 평안과 안락을 강조하게 되고, 그러한 과정을 통해 눈은 우리 자신의 내면이나 과거의 추억 속에 침잠하게 만든다.

　한편 댓잎 바른 문풍지 틈새는 현재의 화자와 과거 추억 속의 자아의 경계를 이룬다. 그 경계 사이로 현재와 과거의 자아가 넘나들고 있다. 즉 집이 화자의 추억과 그 추억을 넘나드는 자아의 기억을 보관하는 기억의 저장소인 셈이다.

　　　지난 가을 어머니가 새로 바른 댓잎 문풍지 틈새
　　　미처 집에 가지 못한 꼬마 눈송이들이
　　　저무는 골목길에서 모여 술래잡기를 한다
　　　강 건너에서 어서 오라고 어서 오라고 손짓하던 형아 눈발들도
　　　허리 꺾인 마른 풀에 엎드려 머리카락만 희끗하다

겨우내 문풍지에 죽지 묻고 울던 휘파람새는 어딜 갔나
처마 끝에 빛바랜 햇살 한 가닥 매달아 놓고 서성대던
고드름들은 훼절의 한숨으로 어느새 투신한 모양이다

권오표, 「흐린 날」, 『문예연구』, 2002년 여름호 일부

그런데 화자는 문풍지 밖에서 날리는 눈송이들에 자아를 투사한다. 골목에서 술래잡기를 하고 강가에서 노닐던 자신과 형들이 어느 새 머리카락만 희끗한 존재가 되었다는 상실감이 시상 전체를 지배하고 있다. 그리고 햇살 한 가닥 매달아 놓고 서성대다 투신해버린 고드름을 자신의 상관물로 제시하면서 화자는 유년의 아름다운 풍경에 대한 상실감을 그려낸다. 그러한 상실감은 유년의 삶의 자궁이었던 자신이 태어났던 고향집, 혹은 자신의 근원에 대한 추억과 아득한 그리움으로부터 파생한 것이라고 할 수 있겠다.

집의 부정성에 대한 현대인들의 인식을 극명하게 드러내는 시가 바로 장철문의 「집」이란 시이다. 여백의 사유를 통해 우주적 생명의 순환과 상호관계성을 끝없이 추구한 시인의 시 세계가 유사한 풍경으로 이 시에서도 전경화되고 있다. 그의 초기시에 습윤되었던 불교적 세계관의 흔적이 이 시에서도 반복되고 있는 듯 하다. 즉 없음이 바로 있음과 통하는 것처럼 집의 부재와 현존이 길항하는 이미지로 반복되면서 결국은 부유하거나 의미없는 우리들 삶의 존재의미를 반추하게 한다. 이는 우리의 육체적 감각으로 기억되고 체감될 수 있는 집이라는 상관물이 헐리고, 흘러내리고, 내려앉으면서 그 구체성을 상실하기 때문이다. 그리고 구체적 형상을 얻는 지어짐의 과정도 사실은 카드보드 그림자로 지어지거나, 모기소리가 와서 새로 짓기도 하고, 바람이 와서 짓고 가기도 하면서 현실성으로부터 일탈한다.

카드보드 그림자 사이로
꽃씨 하나 날아와 얹혀도 지붕이 기울고
거미줄에 걸려 퍼덕이는 파리 날갯짓에도 벽이 헐려
모기 소리가 와서 새로 짓고 가네
바람에 날려서
끝없이 새로 지어지는 집
축대도 방풍림도 없이
흘러내리는 집
어제는 희고 빛나는 하늘기둥이 하나 내려와
한 두어 천년쯤 버틸 들보 하나 얹히나 했더니,
오늘 한번 눈짓에 삭정이처럼 내려앉네
바람이 와서 짓고 가는 집
이웃의 망치소리와 톱날 날아가는 소리로 지어지는 집
먼 들의 황소 울음소리가 마구간을 채우는 집

장철문, 「집」, 『창작과 비평』, 2002년 여름호 일부

　　그래서 이 시에서는 집에 대한 긍정과 부정의 이미지가 반복된다. 공이 곧 색이 되고, 색이 곧 공이 되는 듯 하다. 채워지는 것이 비워짐이고 비움이 채워지는 것임을 시인은 집의 상상력을 통해 노래하고 있다. 그리고 그 집에 대한 상상력의 궁극은 끊임없이 세워지고 무너지는 현대인들의 마음속의 집을 상동하게 반영한다.

　　마종기의 「내집」이란 시는 신화적이고 원형적인 집의 이미지를 드러낸다. ‘물고기의 집은 물’, ‘새들의 집은 하늘’, ‘내 집은 땅’이라는 지극한 단순성 속에 인간의 신화적 원형의식이 심층의 중요한 모티프로 자리잡고 있다. 그러나 그 단순성을 극복해내는 것이 내 집은 땅이면서 ‘빈 배’이거나 ‘고기잡이배’라는 화자의 인식이다. 얼핏 노아의 방주를 떠오르게 만드는 화자의

집에 대한 상상력은 세계와 자아의 부조리에 고민하는 열정의 산물일 터이다. 그것이 단지 고향에의 향수에 지친 이국에서의 삶의 고단함으로부터 기원하는 시인 자신의 특별한 삶 때문만은 아닐 것이다. 그것은 이 시대를 살아가는 대부분의 사람들이 느끼는 현실 공간의 부적응에 대한 환멸로부터 근원하는 것이며, 그러한 환멸은 오히려 끝없이 방황하는 삶에 대한 열정으로 환원하는 것일 터이다. 그러한 열정이 '강물소리'에 귀기울이게 하고, '땅이 식는 몸서리'를 살피게 하고, 새들의 꿈에서 나는 '나무냄새'를 맡게 한다.

물고기의 집은 물,
새들의 집은 하늘,
내 집은 땅, 혹은 빈 배.

물고기는 강물 소리에 잠들고
새들은 달무리에서 잠들고
나는 땅이 식는 몸소리에 잠든다.

(중략)

깊은 속살에 파묻힌 밤 지나고
긴 산책에서 돌아오는
내 집은 땅, 지상의 배.
도망가는 지상의 파도에 흔들리는
내 집은 위험한 고기잡이배.

마종기, 「내집」, 『문학과 사회』, 2002년 여름호 일부이 시에서는 또한 유목민적인 삶을 살아가는 현대인들의 집에 대한 부정적 의식이 투영되어 있다. 그것은 이 시의 전반적 이미지가 하강이나 흔들림, 불안의 이미지로 구조화되어 있기 때문이다. '평생 눈 감지 못하는 물고기', '새들의 꿈은 나무에 떨어져', '달 없는 한 밤에 잠든 나무를 깨운다'와 같은 시어들이 반복된다. 또한 마지막 연의 '내 집은 위험한 고기잡이배'라는 어구에서 볼 수 있는 것과 같은 화자의 불안의식도 집의 부정성을 강화한다. 어차피 인간의 불완전성에 기인한 집이라는 구조물이 큰 우주의 관점에서는 하찮고 미미한 것임에는 틀림없지만 그것이 긴 산책에서 돌아왔음에도 '도망가는 지상의 파도에 흔들리'는 것이라면 우리는 삶의 안식을 어디에서도 찾을 수 없게 될 것이다. 결국 이 시에서 시인은 집의 부정성을 통해서 인간적 삶의 유한성과 부조리를 동시에 드러내는데 성공하고 있다.

김영래의 「큰개자리 여인숙」 또한 집의 부정성에 대한 현내인의 시유가 투영되어 있다. 여인숙은 길 위에 있다. 길이야말로 시간으로 상징되는데, 그것은 길이 인간의 삶을 변화시키는 계기로 작용한다는 점에서 그렇다. 즉 인간은 길을 통해 세상으로 나아가고 길을 선택하면서 삶을 변화시켜 나가게 된다. 그런 점에서 길은 안정과 정주를 상징하는 집과는 대립된다. 때문에 이 시는 끊임없이 방황하고 부유하는 현대인들의 길 위에서의 삶, 유목민적인 삶을 이야기하고 있는 듯 하다.

어금니를 꽉 깨물고 있지만 근육이 미소짓는 힘.
그러한 힘으로 길은 골짜기를 걸터듬어 산정으로 오르고
샘의 향기를 맡은 별들이 숲정이로 내려앉네.
밤의 처마 네 귀퉁이에 열린 별의 풍경이
내 입김에 눈꽃처럼 녹아내릴 즈음.
내 아득한 꿈으로 애벌 씻은 하늘엔 운빈(雲鬢) 걷히고

그렁그렁한 슬픔도 넘칠 듯 늘어
호박(琥珀)의 아주 오래된 온기를 지니네.
그 따뜻함. 훗훗함은
우주의 늘봄으로 지하 광석들을 꿈틀거리게 하네.
밤의 저 절대적인 싹들, 항성(恒星)의 나무들.
성도(星圖) 한가운데 깊숙이 멧부리 들고 솟은 나의 노래는
별보다 반음 낮고 얼음보다 반음 높은 음조로
수목 한계선 너머 은허문자들의 영토를
밤새워 음유하다 가리
큰개자리 연인숙, 그 객사에서의 하룻밤.

김영래, 「큰개자리 여인숙」, 『현대문학』, 2002년 7월호 일부

하지만 이 시의 화자는 단지 현대인들의 유목민적인 삶을 비판하려는 데 그 목적이 있는 것 같지 않다. 여인숙이란 공간이 세속에 있지 않고 '샘의 향기를 맡은 별들이 숲정이로 내려 앉'는 곳에 있기 때문이다. 그래서 시적 화자는 그 큰개자리 여인숙을 '내 명정(酩酊)의 간이숙소'로 명명하는 데 주저하지 않는다. 또한 시적 화자는 '그곳에서 수목 한계선 너머 은허문자들의 영토를 밤새워 음유하다 가리'라고 노래하는데, 이는 이곳이 세속의 공간이 아니라 우주와 교통하는 공간임을 함의한다. 따라서 이 시는 집을 잃어버린 현대인들의 집에 대한 추구와 목표가 어디로 지향해야 하는가를 묵시적으로 이야기하고 있다. 즉 수평적으로 분산된 길을 가는 우리들에게 수직적으로 응집된 집은 영원한 꿈이자 이상이다. 그러므로 집은 우리들에게 수직적 상상력과 더불어 우주적 상상력의 근원이 된다. 때문에 비록 유목민처럼 표류하고 떠도는 삶 가운데 우리는 수직적 상상력을 근거로 자연과 우주에 대한 교감과 소통을 지향한다. 그러한 수직적 지향이야말로 궁극

의 깨달음을 지향하는 우리 인간들에게 남겨진 과제임을 이 시는 제시하고 있는 것이다.

이원규의 「남해 왕후박나무의 말씀」은 최근의 생명시학에 바탕을 둔 집에 관한 사유를 드러내놓은 시이다. 즉 자연과 인간이, 물(物)과 아(我)가 여일(如一)하다는 일원론적 생명관이 시의 주제를 견인한다. 나무는 죽어서 서까래와 기둥이 되고 불도 되지만, 살아서는 선창가의 작부, 혀를 빼문 교수목, 갈매기의 어미이자 둥지가 되기도 하여 온전한 집이 된다. 그리고 천년을 두고 보아도 사람의 하루와 갈매기의 하루가 다르지 않았음을 화자는 노래한다. 세속의 번잡함 속에서는 도저히 발견할 수 없는 생명과 참 삶의 의미를 시인은 나무 한그루에서, 한 줄기 바람 속에서 찾아내고 있다.

> 나무는 죽어서야
> 서까래, 기둥이 되고
> 불이 되지만
> 살아 있을 때 비로소 온전한 집이니라
>
> (중략)
>
> 저 바람 속에
> 네 어미 아비의 얼굴을 찾아보아라
> 떨리는 너의 목소리를 들어보아라
>
> 천년을 두고 보아도
> 사람의 하루와 갈매기의 하루가 다르지 않으니
> 여여히 파도가 치는 것 아니겠느냐

신목을 찾아 헤매지 마라
볼 것 못 볼 것 안 가린 세월이 모여
마침내 신의 이름을 부르노니
그 이름이 너의 몸이자 집이니라.

이원규, 「남해 왕후박나무의 말씀」, 『실천문학』, 2002년 여름호. 일부

여기서 남해 왕후박나무의 목소리를 빌린 시적 화자는 나무의 생명력과
영험함을 통해 내 몸을 새롭게 구축하고자 한다. 이것은 시인이 줄곧 추구
해온 생명에 대한 경외감의 발로에 다름 아니다. 이 왕후박나무야말로 하늘
의 신령함과 땅의 정기를 연결시켜주는 영험한 우주목일 것이다. 그러나
화자는 신목으로 상징되는 허명과 욕망을 벗어나 나의 새로운 정체성을 찾
고자 한다. 그러한 허명과 욕망은 모두 다름 아닌 인간의 낮은 시선과 인식
으로부터 발원하는 것이기 때문일 터이다. 그래서 화자는 역설적이게도 신
의 영험함이나 인간의 세속적 삶을 넘어선 신비의 나무가 아니라 '볼 것
못 볼 것 안 가린' 우리의 일상의 삶, 혹은 힘겨운 세월을 지켜온 나무에게
신의 이름을 부여한다. 이처럼 나무와 인간의 일상적 삶의 공유와 지켜냄이
이름과 몸과 집을 하나로 하는 새로운 자아의 완성을 가능케 하는 것임을
화자는 남해 왕후박나무의 상징을 통해 노래하고 있다.

전동균의 「봉평계곡」은 우리 현대인들이 가지고 있는 집의 상상력의 이
상적 풍경을 제시한다. 폐허화된 일상을 벗어던지고 새로운 삶의 터전에
집짓기야말로 정주와 평안의 터전을 잃어버린 우리들의 이상일 것이다. 이
시의 시적 화자 또한 몸밖으로 마음을 밀어내고 그 텅 빈자리를 막소주로
채우면서 돌 많고 가파른 골짜기로 찾아든다. 그것은 1연에서 '－할 수 밖에
없었다'는 술어의 반복을 통해서 알 수 있는 바와 같이 더 이상의 선택을

불허하는 극단의 상황 때문이었다. 그러면서도 화자의 상황에 대한 인식과 대처의 양상은 대단히 낭만적이면서도 열정적이다. 세상의 끝으로 쫓겨왔거나 뿌리 뽑혀 골짜기로 밀려 왔으면서도 시적 화자는 쏟아지는 물 속에서 숨찬 급류의 사랑을 발견하기도 하고 서럽도록 환한 사랑의 낯빛을 들여다보기도 한다.

> 이 돌 많고 가파른 골짜기,
> 햇빛도 발이 시려 깨끔발로 뛰어가는 여울목이라면
> 누렁개 한 마리 끌고 올 수밖에 없겠다
> 몸밖으로 마음을 밀어내고 그 텅 빈 자리를
> 막소주로 채울 수밖에 없겠다
>
> (중략)
>
> 돌속에서 소나무 속에서 아니, 사방에서 걸어나오는
> 잇몸 붉은 처녀들의 허리를 감아
> 며칠 낮밤을 새울 수밖에 없겠다
> 비가 오면 빗방울 속에, 달이 뜨면 달 속에
> 아무도 못 찾을 방 한 칸 들여
>
> 전동균, 「봉평 계곡」, 『작가세계』, 여름호 일부

시적 화자는 돌 속에서, 소나무에서 사랑을 되찾고 비가 오면 빗방울 속에, '달이 뜨면 달 속에 아무도 못 찾을 방 한 칸 들여'보겠다고 노래한다. 돌에서 소나무에서 잃어버린 사랑을 되찾기, 빗방울 속에서, 달 속에서 평화와 안식을 찾으려는 시적 화자의 전일적 생명력이 건강하고 견실하다. 특히 3연의 누렁개는 시적 화자가 버리고 싶었던 과거의 자아가 투사되고 있는

데, 그 개의 죽임을 통해 화자는 '눈물같은 것을, 연기 같은 것을, 비릿한 피내음 같은 것을 남김없이 하늘로 떠나 보내'고자 한다. 죽음으로써 새로운 탄생을 꿈꾸는 것은 극단의 상황에 내몰린 이 시의 화자에게는 새로운 탄생을 꿈꾸는 희생의례의 한 단면일 수 있다. 그러므로 이 시는 부정하고 싶은 세상으로부터의 도피로 읽혀지면서도, 한편으로는 이전의 나를 죽이는 희생의례를 통하여 새로운 탄생을 꿈꾸는 신생(新生)의 간절한 기원으로 읽혀지기도 한다.

3

　디지털 시대를 맞이한 인류는 급속한 패러다임의 변화에 직면하고 있다. 특히 정보화와 세계화로 명명되는 정보 네트워크의 발전은 근대 이성에 기반한 공간 개념의 소멸을 가져 오고 새로운 인류에게 일탈과 탈주의 삶을 요구한다. 그래서일까. 후기 자본주의 시대 우리들은 대체로 뿌리뽑힌 존재로 규정되거나 부유하는 삶을 동경한다. 때문에 이 시대 많은 유목민적 존재들은 집을 떠나거나 집을 잃어버리고 방황한다. 이제 집은 평안과 안식의 둥지가 되어주지 못한다. 그럼에도 많은 시인들의 상상력의 지평에서는 집은 해체되거나 분열적인 공간이면서 동시에 생산적이고 창조적인 공간으로 환원된다. 그래서 시인들에게 집은 부정적이면서 긍정적인 이중성을 내포한 공간이 된다. 또한 집은 아이러니와 알레고리가 공유되는 공간이자 신화와 원형의 생명력이 살아있는 다면체의 공간이 되기도 한다.

　그런데 집에 대한 우주적 상상력과 생태적 상상력을 촉발하는 시들이 대다수 창작되고 있는 우리의 시적 현실에 대해 좀더 냉철하게 따져보아야 할 것 같다. 즉 집의 수직적 상상력에 대해 천착하고 있는 많은 시들이 대부분 서정성에 주로 의탁하는 경향이 강하고, 동시에 그것은 지나친 미의식에 대한 집착으로 해석되기도 한다. 더불어 그것은 개조 불가능한 현실에 대한 포기로 이해되기도 한다는 점이 문제이다. 이는 수직적 상상력에 의탁한 시들 속에서의 집의 기능이 자칫 신비주의나 현실에 대한 도피의 가능성으로 해석될 수 있기 때문이다.

집은 수직적 상상력의 공간일 수도 있지만 수평적 현실인식의 거점이기도 하다. 집은 자아와 세계, 폐쇄된 자아에서 열린 자아로 나아가기 위한 매개로서도 기능한다. 평안하던 내면 공간으로부터 번잡한 세상으로 나아가기 위한 매개 공간이 바로 집이다. 우리는 집을 통해서 길로 향하게 마련이다. 또 험난한 여정의 끝에 집에 도달하기도 한다. 따라서 집에 대한 수평적 상상력의 복원은 결국 집과 길과의 연속성, 혹은 집에서 길에 이르는 연결 관계에 대한 깊이 있는 천착으로부터 비롯될 수 있다. 길은 조르쥬 상드의 지적처럼 활동적이고 변화있는 삶의 상징이고 이미지이다. 그러므로 현실과 살아있는 조우를 가능하게 하는 것이 바로 길이라고 하겠다.

그런 점에서 집을 상상력의 근간으로 하는 많은 시들은 우리의 현실에 대한 새로운 문제의식의 심화를 필요로 한다. 21세기를 맞이한 우리에게는 아직도 해결해야 할 민족·성·분배의 모순이 잔존한다. 그러한 문제들에 대한 수평적 인식의 심화와 창의적인 대안의 제시가 여전히 필요한 것이 사실이다. 그런 점에서 세계의 부조리와 자아의 정체성이 부딪치고 갈등하고 조절되는 공간으로서의 집, 세상의 모든 것을 다 녹이면서 새로운 물질을 생산해내는 용광로와 같은 집에 대한 상상력이 필요한 것이다.

그러므로 이 시대의 집에 대한 상상력은 현실의 부조리에 대한 문제의식을 거점으로 하면서 우주와 자연에 대한 전일적 삶의 제시를 지향하는 것이

어야 한다. 자아와 세계, 자아와 우주에 대한 총체적 상상력이 복원될 때
비로소 진정한 서정시학 혹은 생명시학이 정립될 것임을 조심스럽게 전망
해본다.

물질적 상상력과 생명의 시학

> 물은 물질화하는 상상력의 원소를 깊이 파고드는
> 명상 속에서 조금씩 변화하는 것이다. 표면에서 즐
> 기는 시인들은 일년생의 물, 즉 봄에서 겨울로 가
> 는 물, 모든 계절을 쉽게 수동적으로 경쾌하게 반
> 영하는 물처럼 산다. 그러나 보다 깊은 시인은 생
> 생한 물, 스스로 재생하는 물, 변화하지 않는 물,
> 지워 버릴 수 없는 표시를 자신의 이미지에 새기는
> 물, 세계의 한 기관, 유동하는 여러 현상의 양식
> (aliment), 식물처럼 자라나는 원소, 윤나는 원소,
> 눈물의 실체를 발견한다……
>
> — 바슐라르, 『물과 꿈』

1

태초에, 혹은 지구의 생성 직후 지구 표면에는 생명체가 살고 있지 않았다고 한다. 물이 없었기 때문이다. 오직 메탄, 암모니아, 수소, 그리고 수증기가 혼합된 대기만이 지구를 덮고 있을 뿐이었다. 그러던 어느 날 지표가 식어가면서 지구에 최초의 비가 내리고, 그 비로 인해 원시 지구 최초의 생명체인 스트로마톨라이트(stromatolite)가 생성되었다. 그래서 물은 지구상의 모든 생명체의 근원이자 원형질인 셈이다.

그래서 일까. 물은 문학적 상상력과 몽상의 근원이다. 물은 모든 생명체의 원형적 질료로서, 충만한 사랑과 모성성의 상징으로, 자연의 위대한 힘의 현현으로, 그리고 인간적 겸양의 처세를 함의하는 대상으로 문학속에서 구현되고 형상화되어 왔다. 때문에 물은 많은 시인 묵객들에 의해 향유되고

관상되는 예술적 대상이자 삶의 궁극의 도를 깨우치게 하는 철학적 대상으로 인식되어 오기도 하였다.

하지만 서구적 삶과 사유 방식이 전지구로 확산되면서 물은 생명력을 상실해가고 있을 뿐만 아니라 생명력 충일한 문학적 상상력을 촉발해내지 못하는 상황에 이르렀다. 오히려 썩어가고 있거나 부패한 물질들만이 부유하는, 온갖 것들이 혼합되어 죽어가는 공간인 늪으로 인식되는 지경에 이르고만 셈이다. 때문에 많은 현대시들에서 물은 죽음과 교직되는 이미지로 활용되거나 형상화되고 있다. 물은 생명의 근원이면서 한편으로는 완만하게 흘러서 당도하는 죽음의 상징이기도 하다.

이러한 사정은 근작시들에서도 여일(如一)하다. 죽음과 절망의 늪으로 치환되어 버린 물의 상상력이 이 시대의 빈곤한 서정성을 더욱 누추한 것으로 몰아가고 있다. 그래서 현대인들의 정체성 상실과 위태로운 내면의식의 메타포로서 추락한 물의 문학적 좌표를 탐사해 보는 작업은 새로운 서정시의 탄생을 도모하기 위한 필요충분의 당위일 것이다. 더불어 새로운 생명의식을 창출하는 모티프로서의 함의를 물의 표상들에서 찾는 것도 필요할 터이다. 그런 의미에서 이 글은 물을 물질적 상상력과 몽상의 근원으로 추동하는 작품들을 새롭게 읽고 해석하면서 건강한 생명시, 혹은 새로운 서정시의 가능성을 탐색해보도록 하겠다.

2

김완하의 「논길을 가다가」라는 작품은 얼핏 그리스 신화의 나르시스를 떠오르게 한다. 자신의 정체성을 확인하려고 했던, 혹은 자신에 대한 사랑의 극단에 놓여진 죽음으로 귀결된 삶을 살아야 했던 나르시스의 가여운 숙명의 그림자가 문득 시상의 그림자에 불안하게 가로 놓여 있는 듯하다. 칼날처럼 눈에 스치는 물의 고요에 자신의 얼굴을 비춰보는 화자의 모습은 죽어서 수선화로 피어난 나르시스와 닮아 있다.

> 논길을 따라서 가다가
> 논두렁 곱게 단장한 논
> 거기 가득 고여 있는 물의 고요,
> 칼날처럼 눈에 스쳤다
> 멀리 주변의 산들이 목을 빼
> 그 안으로 머리를 감고
> 주변의 나무들도 허리 숙인 채
> 그 위에 얼굴 비추고
> 구름도 한동안 흐름을 멈추었다
>
> 살금살금 다가갔다
> 얼굴을 들이밀자
> 산과 나무 구름들이
> 소금쟁이처럼 흩어졌다
> 일그러진 고요 위로
> 내 얼굴만 부서진다.

김완하, 「논길을 가다가」, 『문예연구』, 2002년 가을호

논두렁 곱게 단장한 논길을 따라 거닐던 화자의 눈에 비친 물, 그 물은 주변의 산들을 머리감기고, 또한 허리 숙인 나무들의 얼굴을 비추기도 한다. 그리고 구름마저 그 물 위에서 한 동안 흐름을 멈추게 한다. 논에 고인 물에 관한 찰라의 인식이 정밀한 수묵 담채로 그려지고 있다. 순수 자연에 대한

시인의 포근한 시선이 편안하다. 하지만 모든 것을 포용하는 것으로 인식되었던 그 물은 내 얼굴의 출현으로 일그러진 채 나를 부정한다. 산과 나무와 구름들이 소금쟁이처럼 흩어지고, 일그러진 고요한 물 위로 내 얼굴이 부서지고 만다. 부서진 내 얼굴은 물, 혹은 자연과 친화하지 못하는 반자연적인 화자, 혹은 인간중심의 문명적 존재로서의 '나'에 대한 부정적 정체성의 인식으로 귀결된다고 할 수 있다. 자연과 공생하거나 동화되지 못하는 현대인의 정체성 상실이 도드라진다.

한편 이시영의 「성장」은 깊은 산골의 강물에서 거대한 바다로 나아가는 유장한 물의 흐름을 어린 영혼의 성장으로 치환해내고 있다. 물의 흐름을 인생이나 운명으로 환유해내는 시인의 통찰이 낯설지 않으면서 깊은 공감을 불러낸다. 그래서 물은 바슐라르가 간파한 것처럼 운명의 한 타입(untype de destin) 이며, 존재의 실체를 끊임없이 변모시키는 근원적 운명인 셈이다. 하여 시인은 강물과 바다의 연속된 흐름 가운데서 유한과 무한, 현실과 이상이 교직되는 운명 혹은 숙명을 발견해낸다. 엄마 손을 쥔 채 거대한 바다로 나아간 어린 강물, 어쩌면 시인은 그 어린 강물에 자신의 유년을 투사하고 있는지도 모른다. 어린 시절 섬진강가를 떠나 도회로 떠밀려야 했던 시인 자신의 추억과 회한이 이 시에 투영되어 있는 것이다.

> 바다가 가까워지자 어린 강물은 엄마 손을 더욱 꼭 그러쥔 채 놓지 않았습니다. 그러다가 그만 거대한 파도의 뱃속으로 뛰어드는 꿈을 꾸다 엄마 손을 아득히 놓치고 말았습니다. 그래 잘 가거라 내 아들아. 이제부터는 크고 다른 삶을 살아야 된단다. 엄마 강물은 새벽 강에 시린 몸을 한번 뒤채고는 오리처럼 곧 순한 머리를 돌려 반짝이는 은어들의 길을 따라 산골로 조용히 돌아왔습니다.

이시영, 「성장」, 『문학사상』, 2002년 10월호

미지의 세계로 나아가야만 한다는 당위에 나락으로 추락하는 꿈을 꾸곤 하던 유약한 소년과 그럼에도 크고 다른 삶을 살아야 한다며 자식을 세상으로 밀어내는 당찬 어머니의 실루엣이 시상에 겹쳐진다. 물은 언제나 여성적 특질, 그 중에서도 깊은 모성성으로 인식되기도 한다. 그래서 새벽 강에 시린 몸을 뒤채고 다시 돌아서 반짝이는 은어들의 길을 따라 산골로 돌아서야 했던 엄마 강물은 화자에게 있어서 자신의 육친으로서의 어머니를 함의하는 것이기도 하다. 더불어 화자는 반짝이는 은어들처럼 자신의 존재의 시원으로 회귀하고 싶은 강렬한 염원을 형상화한다. 산골의 어린 강물이었다가 거대한 바다로 나아갔고 다시 원래의 강물로 회귀하고자 하는 화자의 의지가 은어들에게 투사되면서 이제 고향으로 혹은 아늑한 모태로 돌아가야 한다는 당위를 그려내고 있다.

김승희의 「비 내리는 날」은 바슐라르가 제시한 바 있는 오필리아 콤플렉스를 통해 죽음과 절망의 늪에 빠져 있는 현대인의 심리적 불안을 형상화한다. 이러한 불안은 응집과 확산이라는 물의 이중적 속성, 즉 물이 이미지를 집합시키면서 동시에 실체를 분해시키는 또다른 몽상을 불러오기 때문이다. 이러한 물의 분열적 속성이 이 시에서는 화자의 의식을 강하게 지배한다. 물은 자체로서 흩어져버리는 분열되고 확산되는 성향을 갖고 있다. 흙 사이 사이로 스며들거나 공기 중에 분해 되어 수증기가 되기도 하고, 또 산소와 수소라는 원소로 완벽하게 분해되기도 하는 참으로 변화하기 쉬운 물질인 셈이다.

시적 화자는 힘겨운 현실을 어떻게든 조용히 견디어 보려고 하는데 비가 내리고 만다. 유리창에 쏟아져 내리는 빗물은 손이 있는데 그 손에서 화자는 귀신을 찾아 내기도 하고 빗줄기마다에서 귀신의 혀가 피어나고 있음을 발견하기도 한다. 현실에 대한 절망이 죽음의 그로테스크를 창출해낸 셈이다.

오늘은 내가 조용히 견디려고 하는데
비가 내리고 있어.
주룩주룩 유리창으로 쏟아져내리는 빗물을 좀 봐.
빗물마다 손이 있어.
손마다 귀신이 있어.
유리창을 마구 문지르며 손은 유리를 부여잡으려고 해.
나팔꽃, 칡꽃, 넝쿨장미,
위로 위로 올라가려는 세상의 모든 손들이 떠올라.
그런데 유리창은 그 손을 미끄러뜨리려고 해.

(중략)

유리창엔 수천수만의 꽃송이가 지고
구름 같은 귀면이 흐르고
유리창은 야간열차처럼 검은 거울이 되고
거울 속에는 얼굴이 있고
그녀의 얼굴은 비바람에 부딪혀 파열하는 석류가 돼.
핏물 흐르는 파열된 석류가 점점 부어오르고 있어.
점 점 점 점 석류는 커져서 드디어
이 방보다 커진 석류,
지평선보다 더 부어오른 석류의 쪼개진 두개골이 하염없이
비바람을 맞고 있는 거야.
흐린 나무들은 미친 듯이 머리를 풀고 회오리치고
푸른곰팡이 먹은 얼굴의 오필리아가 몇 번이고 다시 또 다시
부풀어오른 늪 속으로 걸어 들어가는
그런 날.

김승희, 「비 내리는 날」, 『세계의 문학』, 2002년 가을호

이 시는 얼핏 이상의 「거울」이라는 시를 떠올리게 한다. 거울 속의 왼손잡이인 '나'와 결코 악수할 수 없는 시적 화자인 '나', 그러한 분열적 정체성이 「비 내리는 날」의 시적 화자의 의식에서도 그대로 투영되고 있다. 그러한 분열과 불안의 내면이 비오는 날의 혼돈스러운 분위기를 생산해낸다. 즉 이 시에서 유리창으로 쏟아져내리는 빗물은 '세상의 모든 손들'로, '수천수만의 꽃송이'로, '송이송이 귀신의 혀'로, '파열하는 석류'로, '석류의 쪼개진 두개골'로 변전하면서 결국은 그것이 내 얼굴에서 그녀의 얼굴, 곧 오필리아의 얼굴로 전이된다. 그래서 화자의 분열된 자아와 불안한 내면은 여성적 죽음의 전형으로 상징되는 오필리아가 바로 자신이었음을 드러내는 주요한 표지로 기능한다.

이처럼 비오는 날에 화자는 조용히 견디어내지 못하고 푸른 곰팡이 먹은 얼굴로 부풀어오른 늪속으로 설어 들어갈 수밖에 없는 오필리아가 되고 만다. 바슐라르에 따르면 오필리아는 햄릿으로 인해 사자(死者)의 인생을 살아가는데, 그래서 오필리아는 우리에게 여성적인 자살의 상징이 된다는 것이다. 그리고 한편으로 물이 자신의 고통으로 울기만 하는, 항상 눈물에 젖어있는 여성의 깊은 유기체적 상징이라는 점에서 물과 오필리아는 죽음과 여성성을 공유하고 있다. 따라서 화자는 비 내리는 날, 자아의 분열과 절망적인 내면의 확인을 통해 불안한 죽음의 징후를 형상화해내고 있는 것이다.

이러한 현대인의 불안한 의식의 저변에는 생명 상실에의 절망감이 내면화되어 있다. 그리고 그 생명 상실의 절망감은 자연을 객체화하는 서구적 자연관으로부터 근원한다. 자연과 환경을 객체화하여 인위적으로 조작하고 관리해낼 수 있다는 인위적 자연관으로부터 환경의 파괴, 생명의 파괴가 자행되어 온 셈이다.

강인한의 「풍란」은 생명 파괴의 징후를 배경 삼아 현대인들의 위태로운 삶을 전경화해낸다.

벼랑끝 바윗돌에 붙어 꿈꾸다가
내려다보는 저 아래에는
물새 울음 한점 흐르지 않고
붉은 산호도 보이지 않는다
바다가 없으므로
나는 비명도 못 지른다
검푸른 바위옷이 발치에서 말라간다
이 밤에
나는 위험하다
벌거벗은 뿌리에 본드를 칠하고
매끈한 먹빛 수석 위에 결박당해
붙어 있다 십자가의 예수처럼
수반 위 세치 높이에서
한줌 물안개로 피지 않는 허공이
천길 벼랑인 것을
차라리 나에게
목숨을 날릴 태풍을 다오
뛰어내릴 쪽빛 바다를 다오

강인한, 「풍란」, 『창작과 비평』, 2002년 가을호

'벌거벗은 뿌리에 본드를 칠하고 / 매끈한 먹빛 수석 위에 결박당한' 풍란
은 자연의 법칙에 위배되는 인위적 자연관의 한 극단을 보여준다. 비명도
제대로 지르지 못하고 천길 벼랑의 위험한 불모의 상황에 노출된 시적 화자
의 불안의식이 '풍란'을 매개로 드러나 있는 것이다. 그리고 그 원인은 물새

울음 울지 않고 붉은 산호도 보이지 않게 된 생명의 파괴 때문이고, 더불어 생명의 근원인 바다의 부재 때문이기도 하다. 이는 이성 중심의 인위적 자연관으로 인한 생명 파괴와 생명 부재의 현상을 날카롭게 예각화하는 화자의 문제의식으로부터 촉발된 것이다. 바다는 화자에게는 새로운 생명을 획득하게 하는 혹은 새로운 삶으로의 질적 변화를 촉발시키는 생명의 근원으로 인식되고 있다. 그래서 화자는 차라리 목숨을 날릴 태풍을, 뛰어내릴 쪽빛 바다를 달라고 절규한다.

노향림의 「양수리」는 이 시대의 생명파괴의 현장에 대한 직설적 고백이다. 생명으로 충일한 공간이 되어야 할 양수리는 이제 죽음과 절망, 불안의 이미지로 교직되어 있을 뿐이다. 특히 생태계의 파괴로 인해 생명력을 상실한 물의 완만한 흐름과 장례 행렬의 적요한 이미지가 교차하면서 죽음의 이미지를 창출해낸다. '장례 행렬처럼 뒤따르는 차'들, '경적 소리가 없는데도 물 속 긴 그림자를 드리운 은사시, 싸리, 오리나무숲은 뿌리깊이 요동친다'. 낯익은 시어와 이미지의 조합 가운데 생명 상실의 불안한 징후가 묻어나온다. '물은 생명이라는 표어는 비늘 구름 사이로 턱걸이하며 펄럭'일 뿐이다.

> 양수리행 버스는 완행이다
> 미사리 지나 양평대교에 주춤주춤
> 다가서면 언제부턴가 깜박이불을 켜고
> 장례 행렬처럼 뒤따르는 차들.
>
> 경적 소리가 없는데도
> 물 속 긴 그림자를 드리운 은사시, 싸리,
> 오리나무숲이 뿌리깊이 요동친다.

물은 생명이라는 표어가 비늘 구름 사이에
턱걸이하며 펄럭이고
아직 덜 여문 개복숭아들이
난장에 나왔다.

플라스틱 바구니 속에서
잔뜩 웅크린 놈들이 언제 팔려나갈지 몰라
시디신 얼굴로 외면하고 있다.

새코 미꾸라지, 왕종개를 잡던 빈 통들이
마른 풀더미 속에 나뒹굴고
휴가철 지난 물횟집들이 문을 닫았다.

누군가 휘두른 릴 낚싯대가 번쩍인다.
강물의 등을 후려치는지 양수리가 숨죽이고
아래로 아래로만 펄떡거린다.

노향림, 「양수리」, 『문예중앙』, 2002년 가을호

생태계 파괴로 인한 생명의 상실이 플라스틱 바구니 속에 잔뜩 웅크린
덜 여문 개복숭아들의 시디신 얼굴에 깊게 각인되어 있다. 마른 풀더미 속
에 나뒹구는 새코 미꾸라지, 왕종개를 잡던 빈 통들, 물횟집들의 닫힌 문들
의 이미지는 유기적 통합체로서의 자연과 인간의 관계가 회복 불가능의 상
태로 전락했음을 표상한다. 그리고 양수리는 누군가 휘두른 릴 낚싯대로
강물의 등을 맞은 채 아래로 아래로 숨죽인 채 펄떡거릴 뿐이다. 후기 자본
주의 시대의 천박한 죽임의 문화로 인해 이제는 육체와 혼과 목소리를 상실
한 양수리의 숨죽임, 견딜 수 없는 펄떡거림만이 양수리의 절망적 현실을

재현해낸다. 열린 생명의 공간으로서의 의미를 상실하고 죽음의 공간으로 전락해버린 양수리에 대한 화자의 절망이 강렬한 시각적 이미지와 함께 결합되면서 뛰어난 문명비판의 시로 승화되고 있다.

성기각의 「우포늪 가을편지」는 앞의 시들과는 변별적으로 충만한 생명력이 흘러 넘치는 시이다. '생태계의 고문서', 또는 '살아있는 자연사박물관'이라 불리는 우포늪은 우리나라 최대의 자연늪지이다. 화자는 억새풀과 갈대가 앞다투어 꽃대를 밀어 올리는 가을 어느 날, 이곳에서 미루나무와 붓꽃, 도둑놈가시풀과 달맞이꽃, 말매미와 떡개구리, 노랑부리물새와 물방개, 그리고 수많은 고추잠자리떼를 관찰하면서 생명의 신비를 확인한다.

    1

억새풀과 갈대가
앞다투어 꽃대를 밀어 올리는 가을입니다
모두들 당당하게 자리 지키고 섰던
미루나무가
지금은 말매미 울음소리를 거두어 갑니다
여름내 음풍농월하던 그 말매미소리 덕분에
올해 물밤은 일치감치 익었습니다
미처 씨앗을 달지 못한 몇몇 붓꽃들이

(중략)

떡개구리들이 가시연 이파리 위에 나앉아
앗 따거! 샤워를 즐기고
노랑부리물새가 물방개랑 사생결단을 벌입니다
비가 그치면

빨가벗은 고추잠자리가 떼를 지어
저녁 노을 밑으로 잘 익은 풍경화를 그릴 겁니다
우포늪에서 목포늪까지
수묵화 한 폭을 그려줄 겁니다.

2

방죽을 걷다 보니
문득 그대 향기가 스칩니다
뒤돌아보니
달맞이꽃이 웃고 있습니다
나는 이쯤에서
갓 보름 지난 달빛이고 싶습니다.

성기각, 「우포늪 가을편지」, 『시와 사람』, 2002년 가을호

결국 이 시에서는 생명의 근원인 물, 즉 우포늪이라는 매개를 통해서 이 상적 생태계의 전범을 보여준다. 모든 만물이 자연(自然)스럽게 스스로의 생존 법칙에 의해 강인한 생명적 율동을 펼쳐 보인다. 인간과 환경의 화해, 물아여일(物我如一)한 생태계의 이상적 모습이 우포늪을 배경으로 제시되 고 있는 것이다. 2연에서 화자는 방죽을 걷다 그대 향기에 스치게 되는데, 그대는 다름 아닌 달맞이꽃이다. 그리고 화자는 갓 보름 지난 달빛이고 싶 다고 고백한다. 이는 화자가 달빛이 되어 달맞이꽃과 조응하고 교통하고자 하는 간절한 소망의 표출인 것이다. 즉 화자는 심미적 대상으로서의 달맞이 꽃이 아니라 삶을 공유할 수 있는 살아있는 육체와 영혼을 간직한 대상으로 달맞이꽃을 인식한다. 그러므로 이 시는 인간과 자연이 교통하고 조응하고 공존하는 이상적 낙원으로서의 생태계의 모습을 구현해내고 있다.

3

　이 글에서는 지난 계절의 시들에 투영된 물의 양상을 살펴보았다. 그 물들이 촉발해내는 물질적 상상력과 창조적 몽상은 대단히 다층적이고 복합적인 것이었다. 어느 시인에게 물은 흔들리는 정체성을 확인해 볼 수 있는 계기로 설정되기도 하고, 또 어느 시인에게는 자신의 성장의 출발점이었던 유년과 모성성을 탐색할 수 있는 매개로 기능하기도 하였다. 더불어 물은 후기 자본주의 시대 분열해가는 한 개인의 내면을 들여다보는 계기를 마련해 주기도 하였으며, 생태계의 위기에 직면한 환경 파괴, 죽임의 문화를 반성하게 하기도 하였다. 그리고 그러한 죽음의 시대에도 불구하고 충일한 생명이 살아 넘치는 이상적 생태계의 모습을 엿볼 수 있게도 해 주었다.

　물은 복합적 물질이다. 생명을 꿈꾸게 하면서 죽음으로 침잠하게 하는 것이 물의 속성이다. 또한 물은 맑고 고요하고 부드러우면서 때로는 난폭하고 무섭기도 하며, 물은 잠자거나 죽거나 살아있는 것이기도 하다. 그래서 물은 감각대상으로서 육체와 혼과 목소리를 가지고 있으면서 한편으로 상상 혹은 몽상의 세계로 우리를 인도하기도 한다.

　그래서였을 것이다. 물은 유동하는 언어, 원활한 언어, 리듬을 부드럽게 하고, 서로 다른 리듬에 균일한 물을 주는 언어, 지속하며 또 계속되는 언어의 주인이라는 역설을 내포한다고 바슐라르는 지적한다. 그리고 물은 존재들의 근원적인 목소리를 모방하면서 그것들에 화답하기도 한다는 것이다.

　때문에 물은 항간에서 논의되는 이 시대 시의 죽음, 혹은 서정의 빈곤을 건져올릴 수 있는 소중한 거멀못이다. 우리들의 현실을 올곧게 재현해줄 물질적 상상력의 근원으로, 절망적인 현실을 극복하고 초월할 수 있는 창조적 몽상의 계기가 되어 준다는 점에서 이 시대 우리 시에서 물의 모티프는

매우 소중하다고 할 것이다. 또한 물은 모든 생명체의 공존과 통합의 중심
에 위치하면서 인간과 자연과의 새로운 관계를 모색하게 해준다. 물의 스펙
트럼으로부터의 자유와 구속, 확산과 응집의 자장 가운데 우리 시의 미래가
살아 숨쉬고 있다고 할 수 있을 것 같다. 그래서 물은 이 시대 서정시, 생명
시가 추구해야 할 궁극의 화두인 셈이다.

몸과 마음의 흔들림, 혹은 분열의 수사학

1

현대는 욕망의 시대이다. 기표와 기의의 미끄러짐, 몸과 마음, 현실과 이상의 불일치 속에서 결핍만이 부유한다. 현대인들의 결핍은 충족될 수 없는 욕망만을 재생산하거나, 부유하는 욕망을 욕망하는 악순환을 되풀이할 뿐이다. 그리하여 현대인들의 부유하는 몸은 더 가벼워지고 그 가벼움은 속도에 몰입할 수밖에 없다. 속도는 모든 과정을 소거하고 결과만으로 규정된다. 따라서 속도는 기억으로부터 멀어져 자기망각에 도달하게 한다.

현대인들은 결핍과 자기 망각 속에서 자기 동일적 정체성 보다는 분열적 정체성을 갖게 된다. 즉 욕망하면서 속도에 적응하려는 몸과 결핍으로 인해 망각에 빠져드는 마음의 괴리 때문에 스스로 분열되어 가는 것이 이 시대를 사는 우리들의 자화상이다.

그래서 현대를 견디며 살아가는 삶은 속도에 적응하는 것이고 몸을 더욱 날렵하게 하는 일일 것이다. 몸을 더욱 가볍게 하면서 욕망에 충실하는 것이야말로 현대를 살아가는 첩경일 터인데…

그럼에도 전근대적인 마음의 무게로 현대적 육체를 강박하는 존재들이 가끔씩 시대착오의 모습(?)을 보여주는 경우가 있다. 그들이야말로 제우스의 불을 훔친 프로메테우스나 시지프스의 운명의 그림자를 추종하는 존재들일 것인데, 이 시대의 시인들, 특히 전통의 정형시율의 서정시학을 지켜내려는 시조시인들이 바로 그런 존재들이다.

2

　시조시인 서숙희 또한 시대착오적 존재이다. 그의 몸과 마음, 감성과 이성의 어긋남은 유별나다. 그는 체험적 시론 <시쓰기, 그 끝없는 방황과 절망의>에서 시쓰기라는 욕망을 지탱하는 근원적인 물음이 결국은 가슴과 머리의 괴리 때문이라고 밝히고 있다.

　　시가 내게서 달아나려 하면 할수록 쓰고 싶다는 욕망은 더욱 거세게
　　내 안을 휘몰아치고 있었다. 쓰고 싶다는 가슴과 쓰여지지 않는 머리,
　　그 따로 노는 신체기관을 한 몸에 지닌 나는 자연히 도대체 내가 왜 이
　　어려운 작업에 매달리고 있는가, 더 나아가 왜 쓰는가 라는 근원적인 물
　　음에 다다르지 않을 수 없었다.

　　　　　　　　　　　　서숙희, <시쓰기, 그 끝없는 방황과 절망의>

　여기에서 시인은 '쓰고 싶다는 가슴과 쓰여지지 않는 머리, 따로 노는 신체 기관을 한 몸에 지닌' 존재라는 자기 인식을 서술하고 있다. 이와 같은 정체성 인식은 결국 자신을 자기 동일적 존재로서가 아니라 분열적 존재로 인식하고 있음을 의미한다. 자기 동일적 존재로서의 정체성은 과학적·수학적 명제와 공식으로 설명 가능하기에 절망이나 방황의 이유가 될 수 없다.

분열적 존재로서의 정체성이 삶의 방황과 절망의 근원이 되는 것이고, 시인에게는 시쓰기의 근원이 된다. 모든 예술은 분열적 존재들에 의해 가능한 일일 것이므로, 서숙희 시인의 시쓰기 또한 자신의 분열적 존재에 대한 인식에서 근원하고 있는 셈이다.

이러한 존재론적 자의식은 그가 비어있는 존재, 결핍된 존재임을 스스로 체득하고 있는 데서 찾을 수 있다. 그러한 인식은 적막함, 쓸쓸함이 작품의 주된 정조로 드러나는 <혼자서 하는 저녁식사>에 잘 형상화되어 있다.

> 층층이
> 아파트마다 환히 불이 켜지고
> 투명한 쌀이 보얗게
> 밥으로 익는 동안
> 발벗은 이른 적막이
> 식탁 위에 가지런하다.
>
> 따뜻한 한 그릇의 밥과 뜨건 국으로도
> 데워지지 않는
> 말갛게 빈
> 저녁 한 때
>
> 아, 문득
> 낯선 얼굴 하나
> 국그릇에 떠있다.
>
> <혼자서 하는 저녁 식사>

이 작품은 충족에서 결핍으로, 그 결핍에서 다시 충족으로의 순환의 구조를 이룬다. 1연의 1행부터 4행까지는 충족을 함의하고 있다. 아파트마다 불이 켜지고 투명한 쌀이 익어 가는 것에서 일상의 편안함과 안식의 충만함이 형상화되고 있다. 하지만 1연의 종장에서 시적 화자는 '발벗은 이른 적막' 속에서 하나의 정물처럼 빈 아파트 속에 놓여진 결핍된 존재로 표출된다.

한편 2연에서는 '따뜻한 밥과 뜨건 국으로도 데워지지 않는 말갛게 빈 저녁 한 때'를 보내야만 하는 화자의 쓸쓸함과 적막함이 드러난다. 그러나 종장인 3연에서 국그릇에 떠있는 '낯선 얼굴'이 등장하면서 화자의 외로움과 상실감이 누군가에 의해 충족될 것이라는 가능성이 발견된다.

충족과 결핍, 결핍과 충족의 순환으로 구조화되어 있는 이 작품은 상실감과 그리움이 어긋나는 화자의 복합적이면서 분열된 정서를 구현해내고 있다. 상실감의 상처가 컸다면 그리워하지 말아야 할 텐데, 또다시 그리워해야 하는 몸과 마음의 어긋남에서 근원하는 욕망, 마음의 상처와 몸의 욕망이 괴리되면서 화자는 분열된 자아를 드러내고 있다.

이러한 어긋남의 정서 속에 시적 화자의 결핍감은 그의 다른 시 <쓸쓸함에 대하여>에서 더욱 배가된다.

그것은 슬픔처럼
출렁이지도 않으면서

닿을 수 없는 먼 곳까지
나를 데려다 주어

다 삭은 그대의 안부에
형용사 한 잎
없는다.

<쓸쓸함에 대하여> 일부

적막감과 상실감 속에 정물화의 풍경처럼 존재해야 하는 시적 화자에게 이제는 쓸쓸함이 마음을 출렁이게 하는 슬픔으로 다가서지도 않는다. 오히려 쓸쓸함은 마음의 안식을 가져다 주면서 그리움의 실체, 혹은 상실감의 근원인 '그대'를 새롭게 인식하게 한다. '그대'는 '닿을 수 없는 먼 곳'에 존재하기에 그 먼 곳과 화자와의 거리는 객관화의 거리이면서, 한편으로는 '형용사'로 수사될 수 있는 미적인 거리이기도 하다.

그렇지만 이 거리야말로 시적 화자를 분열로 몰고 가는 징후를 형상하고 있다. 시적 화자가 대상을 객관적이거나 미적으로 바라볼 수 있는 이성과 감성 둘 중의 하나에만 침잠할 수 있다면 '그대'의 안부는 다 삭지 않았거나, '그대'가 아예 먼 그곳으로 가는 상실감은 맛보지 않아도 되었을 터이다. 마음이든 몸이든 하나만을 중심으로 삼고 살아가는 인생이라면 이성과 감성이라는 두 마리 토끼 때문에 방황하지는 않았을 것이기 때문이다. 그래서 그는 시인의 운명으로 살아가고 있는지도 모른다.

이와 같은 시적 화자의 분열 양상은 시인이 결국 여성이기 때문에 촉발된 문제일지도 모른다. 여전히 가부장제의 그림자 속에서 이 시대를 살아가야만 하는 여성들의 발화, 특히 여성 작가나 시인들의 발화는 철저하게 위장되거나 은폐된다. 내면화된 무의식 속에서 여성 화자는 은연중에 남성들의 언어를 그대로 답습하거나 남성들의 문법 안에서만 발화하게 된다. 그러므로 여성화자의 발화는 여성 자신의 발화와 내면화된 남성들의 발화가 겹쳐지면서 분열의 징후를 보여주는 경우가 많다.

서숙희 시인의 작품들 또한 여성 화자의 분열적 양상을 보여주고 있다. 그의 작품에서 시적 화자들은 적막한 가운데 저녁 식사를 홀로 해야 하거나 그것이 아예 슬픔으로도 인지될 수 없을 만큼 쓸쓸함에 길들여진 존재이다. 때문에 시적 화자가 인식하는 세계는 시멘트 담벽, 혹은 금속성의 문명으로 이루어져 있다. 그런 단단함, 견고함으로 인식되는 삶의 속박, 억압은 어쩌면 가부장제의 유산들일지도 모른다.

　그런 유산들로 인해 시적 화자는 <꽃배암의 노래>에서 자신의 몸의 욕망을 '꽃배암'에 투사하기도 한다.

　　　몸으로 온몸으로
　　　땅위를 기어야만 하는
　　　이 천형의 굴욕이
　　　당신께 가는 길이라면
　　　발갛게 살이 타들도록
　　　기고 또 길 것이네

　　　이 한 몸 칭칭 감아
　　　또아리로 앉히어도
　　　용서받지 못할 관능의 피는 뜨겁게 돌아
　　　차라리
　　　저주의 돌을
　　　누구라 던져다오

　　　죄 많은 몸뚱아리
　　　마지막 바친 제단
　　　한 접시의 맑은 독을
　　　꽃처럼 토해내고
　　　마침내
　　　몸서리치도록 고운
　　　문신으로 피겠네

<꽃배암의 노래>

꽃배암은 '온몸으로 땅위를 기어야만 하는' 존재이며 '천형의 굴욕'으로 살아가는 존재이다. 화자는 용서받지 못한 관능의 피가 뜨겁게 도는 '꽃배암'에 자신을 투사하고 있으며, 죄많은 몸뚱아리를 가진 존재로 폄하한다. 이는 어쩌면 시적 화자의 무의식 속에 가부장제의 남성적 시선이 내면화되어 있어서 일지도 모른다.

시적 화자에게는 항상 적막하고 쓸쓸한 결핍 때문에 무엇인가를 채우고 싶어하는 자신의 욕망이 슬프면서도 낯설다. 욕망해서는 안되는 존재가 욕망하는 것, 그것을 그는 죄악이라고 생각하고 있다. 그래서 시인은 죄많은 몸뚱아리를 제단에 바치고 고운 문신으로 피겠노라고 절규한다. 이는 자신의 욕망을 부끄러워하거나 죄스러워했던 근대 이전 우리 여성들의 한맺힌 모습의 편린일 수 있다. 그러므로 그는 근대를 넘어선 몸과 전근대적 사유의 괴리로 인해 분열될 수밖에 없는 것이다.

그러나 시인은 그런 삶을 운명으로 수긍하는 듯 하지만 그것에 대한 거부에의 결의를 보이기도 한다. 이러한 운명에 대한 강한 대결의식 때문에 시인은 현대시의 자유로움 보다는 전통의 정형시율을 고집하고 있는지도 모를 일이다. 결핍과 공허만이 부유하는 현대 사회와 타협하지 않으려는 시인의 정신적 긴장이 시조의 긴장과 정제라는 갈래적 정체성과 서로 조응하고 있는 셈이다.

> 그것은 이미 너의 선택 너의 운명이다
> 거친 시멘트 담벽과의 피할 수 없는 동행
> 꼬이고 뒤엉기면서도 한사코 올라가야 할
>
> 어쩌랴 놓을 수 없는 익명의 이 허기
> 풀어 다시 살 수 없는 어긋난 生일지라도

거치른 담벽 깊숙이 푸른 발톱 세워야,

　　　　　　　　　　　<담쟁이덩굴이 있는 길을 지나며>

　거친 시멘트 담벽으로 추론되는 삶의 장벽, 그리고 익명의 허기 속에서
'풀어 다시 살 수 없는 어긋난 생일지라도' 그것을 운명으로 수용하고 같이
동행할 수 밖에 없다는 체념이 시의 주조를 이룬다. 그렇다고 이 작품을
운명주의자의 독백으로 해석할 수는 없다. 2연의 종장을 주의 깊게 살피면
그 이유가 선명해진다. 여기서 시적 화자는 운명에 체념하지 않고 '푸른
발톱'을 세워야 한다고 다짐하면서 시적 긴장을 고조시키고 있다. 체념에서
다짐으로 종결되면서 시적 화자는 어긋난 생에 대한 새로운 의지를 북돋고
있다. 특히 시의 종결부호가 마침표가 아니고 쉼표인 점에 주목해야 한다.
'푸른 발톱'을 세우는 것만으로는 종결할 수 없으며, 무엇인가 계속된 열망
과 노력이 필요하다는 함의를 그는 쉼표의 수사로 일구어내고 있다.
　이처럼 삶에 대한 강렬한 의지는 하늘을 향해 '서 있는' 존재와 대상들에
대한 경도로 드러난다. 시인은 굴뚝이나 나무를 지향한다. 굴뚝이나 나무는
하늘을 향하여 서 있으면서 땅에 뿌리박고 있다. 화자는 그런 뿌리박음과
지향을 이상화한다. 그는 오롯이 직립하기를 기원한다. 특히 <저물 무렵>
에서는 시인의 삶에 대한 강렬한 결의같은 것을 느낄 수 있다.

　　　하늘을 배경하여 선 것은 왜 모두 숙연할까
　　　저물녘 산등성이 묵묵히 선 빈 나무들
　　　동네 안 높다랗게 솟은 목욕탕 굴뚝까지도

　　　지상에 발 딛은 아, 서있음의 이 비애
　　　물컹거리는 목숨의 화농 뜨겁게 삼키고

내 삶의 한복판을 향해 굵은 못을 내려친다

<저물 무렵>

하늘을 배경하여 선 나무와 굴뚝들 모두 비어있을 뿐이다. 그래서 서 있는 것은 모두 비애를 느끼게 한다. 나무는 빈나무이고 굴뚝 속 또한 비어있다. 그러므로 시인은 비어있는 삶에 대해 비애를 느낀다. 그럼에도 그는 비어있음의 비애를 극복하기 위해 목숨의 화농을 삼키고 삶의 한복판을 향해 굵은 못을 내려친다. 이 작품에서도 2연 종장이 시적 긴장을 촉발시키면서 시인의 정신적 긴장을 환기시키고 있다. 여기서 숙명적인 삶의 궤적이나 부박한 삶의 비애에 결코 좌절하지 않으려는 시인의 삶에 대한 강한 의지와 결기가 느껴진다.

3

현대인들은 모두 비어있는 존재들인지도 모른다. 그래서 욕망하고, 욕망하는 그 무엇인가를 또 욕망하고, 욕망하는 방법을 새롭게 욕망하며 살아가고 있다. 결핍과 충족의 어긋남 때문에 몸과 마음, 이성과 감성의 괴리를 확인한다.

서숙희 시인 또한 예외가 될 수 없다. '천연섬유로 잘 마름질되고 바느질된 저 둥그스름한 것과 소매를 지닌 우리의 저고리나 치마 같은' 시조를 창작하는 사람이라 할 지라도 시인은 현대를 살아가고 있다. 그리고 또한 그는 봉건사회와 근대 사회를 인류가 견뎌오는 동안 남성의 전유물이었다고 할 수 있는 언어와 문자로 시를 쓰는 여성이다.

　따라서 문화적 취향이나 정치적인 전략의 한 방식으로, 혹은 초자아에 의해 무의식으로 은폐되고 있을지도 모르지만 그의 시 속에는 분명 분열적 존재가 감지되고 있다. 몸과 마음이 분리되어 서로 어긋남으로 인해 방황하고 절망하는 시인의 향내가 넘쳐 흐르고 있다. 그러한 분열이 분열로 그치지 않고 시인의 정신적 긴장을 환기시키고 촉발시키면서 시쓰기, 혹은 예술적 혼의 근원으로 추동되고 있는 것이다.

　그러므로 그의 시에 대한 새로운 읽기의 출발은 통합과 조화보다는 분열과 어긋남의 과정을 탐색하는 것이어야 할 것이다. 또한 앞으로 그의 시쓰기의 전략과 지향 역시 결핍과 괴리, 그리고 그것들의 분열을 더욱 전경화시키는 것이 되기를 기대해본다.

책 읽기의 역설적 향유 제 4 부

송기숙 단편집 『들국화 송이송이』

지난 근·현대사 100여 년의 기간 동안 우리 민족 최대의 화두는 반제국주의였다. 일본과 미국의 제국주의적 침략과 간섭으로 인해 민족의 삶은 굴절되고 현대사는 파행을 거듭할 수밖에 없었다. 그리고 가혹했던 제국주의의 영향력은 6·25라고 하는 동족상잔과 민족 분단의 비극을 재생산해냈다.

그럼에도 지난날 많은 민족구성원들은 민족적 모순의 근원인 제국주의에 대한 인식에 철저하지 못했던 것이 사실이다. 적어도 지난해 월드컵과 촛불시위 이전까지는, 즉 지난 20세기에는 제국주의의 침략과 억압에 대해 제대로 알지도 못했고, 알면서도 그것에 대해 온몸으로 저항하지 못했던 것이다.

그리고 더욱 문제는 제국주의에 야합하는 매판적 권력과 재벌들이 민족과 민중들의 맑고 투명한 시각을 끊임없이 흐리고 흐려왔던 것이었으니….

그런 열악한 상황에서도 제국주의의 지배 이데올로기와 민족 분단의 비극성에 대한 문제제기를 끝없이 계속해왔던 작가가 바로 송기숙이다. 그는 박정희의 유신 독재와 전두환·노태우로 이어지는 군부 독재 기간 동안 계속해서 반독재 투쟁의 전위에 앞장서 있었는데, 그것은 반제국주의와 민족분단의 모순을 해결하기 위한 의기(義氣)의 소산이었던 것이다.

그런 그의 남다른 투쟁의 소산이 바로 『백의민족』, 『개는 왜 짖는가』, 『테러리스트』, 『암태도』, 『오월의 미소』, 『녹두장군』 등이었다.

최근 송기숙의 문학세계를 아우르는 작품집 『들국화 송이송이』가 선보였다. 민족문학 작가회의 의장을 그만두고, 전남대학교 국문과 교수를 정년퇴임한 후 화순에 창작을 위한 작업실을 마련한 그가 그동안 『창작과 비평』, 『실천문학』 등에 발표한 단편 소설들을 엄선하여 발간한 작품집이 바로 『들국화 송이송이』이다. 여기에는 「길 아래서」, 「북소리 둥둥」, 「가라앉는 땅」 등 총 9편의 중·단편소설이 수록되어 있다.

이 작품집의 제일 큰 모티프 또한 6·25 전쟁과 민족 분단의 문제이다. 그가 줄곧 추구한 분단으로 인한 민족의 상처와 아픔이 이 작품들에 치밀하게 형상화되고 있는 것이다.

「길 아래서」라는 단편에서는 빨치산 토벌 기간 중 벌어졌던 사건으로 인해 평생의 업보를 짊어지고 살아야 하는 이들의 삶의 궤적이, 「들국화 송이송이」에서는 6·25와 지리산을 시공소로 하고 있는데 전쟁으로 헤어져 50여 년을 이별하고 살아야 했던 사랑하는 남녀의 뼈아픈 사랑이 제시되고 있다.

「성묘」와 「보리피리」 등에서도 이러한 민족 분단의 상처가 동일하게 반복되고 있으며, 「북소리 둥둥」에서는 한국 현대사의 어두운 질곡을 가장 극명하게 보여주는 광주민중항쟁을 역사적 배경으로 설정하고 있다.

한편 「꿈의 궁전」, 「고향 사람들」, 「가라앉는 땅」에서는 그의 소설세계의 주요한 모티프인 힘겨운 민초들의 삶이 드러난다. 「꿈의 궁전」, 「고향 사람들」에서 작가는 저곡가 정책으로 표상되는 농촌 죽이기의 실상과 그로 인해 피폐해진 농민들의 삶을 사실적으로 묘사해내고 있다. 뿐만 아니라 「가라앉는 땅」에서는 무분별한 댐공사로 인한 수몰 농민들의 피해가 극명하게 표출된다.

　작가의 이 소설집은 단명하기 쉬운 우리 문단에서 작가의 생명력이 얼마나 무궁무진한가를 보여주고 있을 뿐만 아니라 부패한 현실과 결코 타협하지 않는 철저한 작가의식을 올곧게 함축해내고 있다. 더불어 이 시기 우리 민족의 문제와 미래의 가능성에 대한 건강한 전망을 일구어 내고 있다는 점에서 이 작품집은 민족문학의 새로운 가능성을 보여준다고 하겠다.

이청준 장편소설 『신화를 삼킨 섬』

　한(恨)은 우리 민족만의 고유한 역사적 상처(트라우마)의 소산이자, 우리 민족 누구나가 공유하는 집단 무의식의 소산이기도 하다. 상처이자 아픔이면서, 절망을 넘어서려는 존재론적 생명력이 혼효되고 있는 이 한의 실체는 우리 민족 공동체를 넘어서서는 도저히 인식되거나 설명될 수 없다.

　이청준 문학의 아우라속에는 남도, 혹은 한국인의 한(恨)이 응결되어 있다. 이러한 한의 요소는 이청준의 초기 작품들인 「병신과 머저리」, 「씌어지지 않는 자서전」, 『당신들의 천국』을 거쳐 「서편제」에 이르기까지 한의 맺힘의 과정으로 형상화되고 있으며, 임권택 감독에 의해 영화화되기도 하였던 『축제』에 이르러서는 한의 풀림이 주요한 화두로 제시되고 있다.

　이같은 한의 맺힘과 풀림은 작가 이청준의 전기적 사실에서도 추론해 볼 수 있을 듯 하다. 즉 청년기와 중년의 시절, 고향을 쫓기듯 떠나 도시를 떠돌면서 정체성을 상실하거나 세계의 폭력에 무기력했던 작가의 자의식 속에서 한은 응어리진 채 맺힐 수밖에 없었을 것이다. 그러나 이제 노년의 나이에 다가선 그는 고향으로 회귀하고 세계에 대한 일정한 관조의 시각을 획득하게 되면서 자신의 가슴에 응어리진 한을 풀어내고자 하고 있다.

그런 한의 풀림의 의지를 새롭게 드러내고 있는 작품이 최근 발간된 장편소설 『신화를 삼킨 섬 1·2』이다. 작가적 생명력이 10여년을 넘기기가 어려운 우리 문단의 상황에서 37년 여의 긴 세월을 충일한 밀도로 자신의 작품세계를 유지해온 투철한 작가정신은 이 작품에서도 여일하다. 2권으로 이루어진 장편임에도 구성의 긴장과 문체의 힘은 탄탄하게 견지된다.

이 작품은 제주 4·3항쟁을 배경으로 하지만 그렇다고 당대의 상황을 상동하게 재현하고자 하는 역사소설은 아니다. 작가의 초점은 그 당시의 역사적 사건의 원인과 실체에 대한 규명에 있지 않고, 지배 권력의 폭력으로 인한 제주도 민중들의 상처를 어떻게 풀어내고 해소할 수 있을 것인가에 있다. 가해자도 피해자도 결국은 당시 지배적 이데올로기의 피해자이며 그로 인해 동시에 한맺힌 존재들일 뿐이라는 것을 작가는 간파해낸다.

하여 그 당시 죽어간 혼령들의 원한을 씻어내고, 더불어 아직도 가슴에 응어리진 한을 보듬고 살아가는 민중들의 상처에 새로운 살이 돋을 수 있도록 하는 것이 남겨진 과제인 셈이다.

여기에 이청준은 신화적 상상력을 도입한다. 일상의 언어로는 도저히 설명할 수 없는 사태였기에 현실의 언어나 이성으로는 도저히 설명하거나 해석해낼 수 없을 것이라고 작가는 판단했을 것이다. 제주도라는 섬의 수많은 혼백들, 임자 없는 유골들이나 유골 없는 죽음의 이름들, 장소도 아무 것도 알 수 없어 사망자의 숫자에조차 끼일 수 없는 원혼들을, 그런 무주고혼들의 왕생극락을 위해 작품속의 주인공들은 씻김굿판을 벌이게 된다. 우리 고유의 굿판을 통해 죽은 자와 살아있는 자, 가해자와 피해자의 화해와 합일을 일구어내고 있는 것이다.

특히 굿판의 전개과정과 절차, 무당들의 서사무가와 사설들이 세밀하게 묘사되는 것을 보면서 한 노작가의 문학에 대한 열정과 투철한 작가의식에 다시 한 번 더 놀랄 수밖에 없었다. 더불어 그동안의 작품에서 그러한 한의 맺힘과 풀림이 개인의 차원에서 제시된 것과는 다르게 이 작품에서는 우리 현대사 전체의 지배와 피지배, 억압과 쫓김의 시각에서 한의 문제를 조망해 냈다는 점에서 이청준 문학의 새로운 가능성을 발견할 수 있었다.

박범신 장편소설 『더러운 책상』

> 그의 내면엔 분노하는, 절망하는, 슬픈, 연민의 수많은 다른 젊은 그가 함께 있다. 내직 분열은 열일곱 살의 그에게 하나의 천형이다. 분열된 수많은 그들은, 그의 웅크린 내부에서 서로 격렬히 충돌하고 황홀하게 교접하고, 그리고 피에 젖는다. 카오스다. 그 자신이 날아다니는 유리파편의 우박에 싸인 도시처럼 보인다. 나는 차마 갈가리 찢어지는 그의 생살을 바로 보지 못하고 고개를 돌리다가 천개가 넘은 눈동자와 극적으로 마주친다.

박범신의 장편소설 『더러운 책상』의 한 부분이다. 소설인데도 시적으로 아름다운 문장들이다. 나도 시처럼 아름다운 같은 글을 써보고 싶었다. 어쩌면 그것은 글을 쓰는 모든 이들의 소망이기도 할 터이다. 그럼에도 글은 써지지 않고 머리만 하얗게 비어 가는 나날들이 반복될 뿐이다. 그러면서 천재를 떠올린다. 정말 타고나는 누군가가 존재하는 것인지도 모른다는 성급한 판단으로 절망의 늪에서 허우적거린다. 그러면서 책읽기와 글쓰기를 포기하지 않는 것은 또 하나의 천형(天刑)인 것인가.

최근 이런 절망에 다시금 빠져들고 말았다. 박범신의 장편소설 『더러운 책상』을 읽으면서 글을 쓰는 것은 타고나야 하는지도 모르겠다는 절망감에 빠져들지 않을 수 없었다. 이 작품은 작가 박범신의 자전적 성장소설이다. 열 여섯부터 스물에 이르는 청년기의 방황과 위악(僞惡)과 자살 체험과 더불어 한 영혼의 예술적 성장과정을 그려내고 있다.

이제 열 여섯의 순수한 영혼은 세상의 부조리와 폭력성 앞에 알몸으로 노출되어 있다. 가정은 궁핍과 불화를 면치 못하고 세상은 속악할 뿐만 아니라 폭력적이어서 어린 영혼은 그로 인한 상처 때문에 고통스러워한다. 그가 처음으로 발견한 핏덩이 어린애가 고아원에서 젖을 빨지 못해 죽어간 후 그는 장주네를 떠올리며 살인에의 황홀한 음모를 꿈꾸기 시작한다. 하지만 열일곱 살의 그는 스스로의 살인 충동을 이겨내지 못하고 이리역 광장에서 수면제 육십알을 물도 없이 씹어서 삼킨 후 기차에 오른다. 그리고 "영원으로 가려고 나는 한때 화류항으로 흘렀네"라고 쓴다. 자살을 예찬한 쇼펜하우어 때문이었다.

그런데 그는 바람에 실려온 라일락 향기를 맡으며 병원에서 다시 깨어난다. 그리고 그는 자신이 엄청난 실수를 벌였음을 깨닫는다. 그토록 많은 청년들을 자살로 몰아간 쇼팬하우어가 자신의 철학적 주장과는 다르게 너무도 오래 살았음을 확인했기 때문이다. 그는 학교에서 요주의 인물이 된다. 선량한 담임은 그를 위해 모범생들인 K, C, M, G의 그룹으로 편입시켜준다. 하지만 오히려 그는 그들을 위악의 구렁텅이로 몰아넣는다. 그들이 절망과 위선과 분열, 그리고 혼돈의 세계에서 황홀한 추락을 시도하도록 용의주도한 음모를 감행한다.

그리고 대학을 포기하려다 교대에 입학한 그는 첫사랑의 실연 때문에 가출한다. 그에게는 길이 놓여 있을 뿐이었다. 그는 전라선 밤열차를 타고 여수로 가서 여인숙의 심부름꾼으로 기생하는 삶을 살다 거제도로 서울로,

그리고 부산으로 흘러다닌다. 주인공은 그 아름다운 청년기를 강렬한 살인과 황홀한 자살에의 충동을 마주한 채로 혼돈과 절망의 세계를 배회하고 다녔던 것이다.

누구나 경험하는 일들일지도 모른다. 세계의 부조리와 폭력성으로 인해 상처입은 어린 영혼들의 충동 속에는 살인과 자살과 분열과 추락에의 열정이 깃들어 있을 것이다. 문제는 그 열정이 어떤 방식으로 표출되거나 승화될 수 있느냐는 것이다. 그리고 그 답은 그 충동과 열정들 사이에서 아름다운 영혼으로 귀환한 박범신의 이 소설이 보여주고 있다.

황석영 단편집 『아우를 위하여』

1962년 사상계 소설부분 당선작으로 「입석부근」이란 작품이 선정되었다. 이 작품은 죽음을 무릅쓰고 절벽을 등반하는 사람들의 고난 극복의 의지와 구성원들의 헌신적인 우정을 그려내고 있다. 그런데 당선 작가를 만난 심사위원들은 깜짝 놀라고 말았다. 그들은 당선 작품을 쓴 사람의 나이가 40대일 거라고 생각했는데, 그것은 그 작품의 사고의 깊이와 표현의 진중함 때문이었다. 그런데 당선자는 정작 고등학교 3학년, 만 18세의 소년이었으니….

이 천재작가가 바로 『장길산』, 『객지』, 『삼포가는 길』, 『무기의 그늘』, 『손님』 등을 발표했던 황석영이다.

그는 1943년 만주 장춘에서 출생했다. 1962년 「입석부근」으로 사상계 신인문학상을 수상했고 1970년 조선일보 신춘문예에 「탑」이 당선되면서 작가 활동을 시작했다. 7,80년대 혹독한 독재 정권의 탄압에도 불구하고 조선시대 민중들의 염원과 변혁의지를 형상화한 『장길산』을 창작 발표하였고, 반미사상이라는 당시의 민감한 소재를 새롭게 문제 제기한 『무기의 그늘』을 발표하기도 했다. 그의 민족·민중 작가로서의 작품활동은 사회 현실

의 문제들에 대한 참여로 확장된다. 그는 독재 권력에 정면으로 맞서 민주
화운동을 주도하였으며, 1989년 북한을 방문하고 1993년 귀국 후 오랜 기
간을 감옥에서 보내야 했다.

이처럼 황석영은 문학과 삶의 불일치라는 아이러니를 극복하여 둘을 하
나로 일치시키는 데 사력을 다했던 한국리얼리즘 문학의 대표작가라고 할
수 있을 것이다.

그가 최근 『아우를 위하여』라는 단편집을 발간했다. 이 작품집에는
30~40년전 그가 청년기 때 창작했던 「아우를 위하여」, 「지붕위의 전투」,
「남매」, 「입석부근」 등의 중·단편 작품들이 실려 있다. 표제작인 「아우를
위하여」는 군대에 간 동생에게 자신의 유년체험을 이야기하는 형의 편지글
형식으로 이루어진 작품이다. 여기에서 형은 윤리적인 무관심으로 인해 정
의가 밟히는 일이 있어서는 안된다는 것을 강조한다.

이 작품은 이문열의 「우리들의 일그러진 영웅」과 유사한 모티프를 근간
으로 하는데, '엄석대'처럼 폭력으로 무장한 교실에서의 독재자가 이 작품
에서도 등장한다. 하지만 그런 폭력에 대응하는 방식은 두 작품이 서로 상
반된다. 이문열의 작품에서는 주인공 '병태'가 '엄석대'와 타협하고, 절대적
폭력으로 인식되던 '엄석대'의 그것이 '선생님'에 의해 응징되면서 종결되
지만, 황석영의 이 작품에서는 유약해보이던 주인공이 폭력적인 반장인 '영
래'와 그 무리들에게 저항하고 다른 친구들과의 연대를 통해 악의 무리들에
게서 사과를 받아내는 것으로 결말을 맺는다. 이처럼 이 작품은 황석영의
초기작이지만 그럼에도 이후 그의 소설이 지향하는 주제적 가치와 문체적
특징을 오롯하게 함축해 내고 있다.

이 책에 실린 작품들 대부분은 힘겹고 고통스러운 유년시절을 견뎌 내면
서 성장해가는 주인공들이 등장하는 성장 소설적 요소를 갖고 있다. 작가도

책의 서문에서 "성장한다는 것은 내면에 있는 자아와 세상을 함께 키워나간다는 것을 의미합니다. 그것은 몸만 자라는 게 아니라 자신의 세계를 넓혀나간다는 뜻이기도 하지요"라고 밝히고 있다.

작가는 진정한 성장이 자아와 세계의 갈등을 통한 합일과 확장이라고 강조하고 있으며 이 책을 통해서 21세기 방향을 상실한 우리의 청소년들에게 성장의 의미와 가치 지향의 의의를 새롭게 제시해주고 있다.

최시한 연작소설 『모두 아름다운 아이들』

　최근 외국으로의 이민을 고려하는 30, 40대들이 늘어나고 있다고 한다. 그것도 전문직이나 상위 연봉을 빋는 업무에 종사하는 사람들 가운데 이민을 생각하는 경우가 많다는 것이다. 그런데 그들이 그런 생각을 하게 되는 가장 큰 이유들 중의 하나가 바로 자녀들의 교육 문제로, 그 중에서도 최근 폭발적으로 증가하고 있는 사교육비에 대한 부담이 제일 큰 문제라고 한다. 사실 이러한 사교육의 문제는 무분별한 학부모들의 자식 사랑 때문이기도 하지만 보다 근원적인 문제는 공교육의 부실과 교육제도의 구조적인 모순 때문일 것이다.

　이와 같은 과도한 입시 중심 교육제도의 폐해를 사실적으로 형상화하고 있는 작품이 바로 최시한의 『모두 아름다운 아이들』이다. 이 작품은 루소의 『에밀』과 같이 교육의 문제를 본격적으로 다루고 있다는 점에서 교육소설이라고 할 수 있으며, 한 소년의 정체성 정립 과정과 어른으로의 성장 과정을 다룬다는 점에서 괴테의 『빌헬름 마이스터의 수업시대』나 헤르만 헤세의 『데미안』과 같은 성장소설이라고 할 수도 있겠다.

　이 소설은 단편소설 「구름 그림자」, 「허생전을 배우는 시간」, 「반성문을 쓰는 시간」, 「모두 아름다운 아이들」, 「섬에서 지낸 여름」 등 5편으로 이루어진 연작소설이라고 할 수 있다. 마지막 단편인 「섬에서 지낸 여름」을 제외하고는 대부분의 소설들이 주인공인 '선재'의 일기 형식으로 구성되어 있다.

이 소설의 주인공 '선재'는 세상에 단 하나뿐인 혈육인 누나하고만 살아가는 고등학교 2학년 학생이다. 그런데 그는 모든 소설에서의 주인공처럼 문제적 인물이다.

그는 입시중심의 교육 현실에 대해 반항적인 학생이다. 그는 수업 시간에도 중학교 때 친구였던 '순석'에게 편지를 쓰거나 구름 그림자 생각에만 빠져 있으며, 아무래도 대학이란 게 구름 그림자 같은 게 아닌가 하는 공상에 잠기기도 한다.

그런 그가 관심을 갖는 수업이 있었으니 그것은 '왜냐' 선생님께서 들어오시는 국어시간이다. '왜냐 선생님'은 수업 시간에 학생들에게 끊임없이 질문을 하면서 새로운 의식을 불러일으키기 때문에 붙여진 별명이다. 그런 국어선생님이 전교조 활동을 열성적으로 주도하다 해직 당하자 주인공의 학교와 교육에 대한 환멸은 더 심해져만 간다.

그러던 어느 날 그는 '광식', '현석', '성규' 등의 친구들과 함께 음악과 시, 그리고 춤이 어우러진 그들만의 축제를 준비하다 발각되어 무기정학에 처해진다. 그들의 자유로운 의사에 의해 결정되고 준비되어왔던 그들만의 축제가 입시 중심의 교육 방식과 괴리된다는 이유만으로 그들은 학교에서 격리 당하게 되고 만 것이다.

이 작품은 이 시대 입시중심의 부정적인 교육 현장에 대한 생생한 기록이자 그로 인해 상처받은 우리 청소년들의 자화상이기도 하다. 그러면서도 인생의 과도기적인 시기인 청소년기에 무엇을 해야 하고 무엇은 절제되어야 하는가에 대한 나름의 고민거리를 제시하고 있다.

특히 우리 문학사의 전개 과정에 있어서 이러한 교육 소설은 거의 존재하지 않았다. 성장기에 들어선 주인공들의 욕망과 우정, 고독과 불안, 삶에 대한 고뇌와 성찰이 진지하게 형상화된 소설이 드물었던 것이다. 하여 청소년들이 스스로의 문제를 고민해 볼 거리가 녹아들어 있는 소설 작품을 찾아 읽기가 쉽지 않았던 셈이다. 그런 점에서 이 작품을 읽으면서 우리의 교육 현실에 대한 문제점을 진단함과 동시에 진정으로 우리의 청소년들이 무엇을 고민하는가를 모색해보는 것도 의미 있는 작업이 될 것이라 생각해본다.

김유택 장편소설 『보라색 커튼』

　마약 중독, 인터넷 중독, 알코올 중독, 도박 중독, 게임 중독, 약물 중독…
어쩌면 우리가 살아가고 있는 이 시대는 중독의 시대인지도 모른다. 깊은
절망의 심연에서 인간에 대한 신뢰를 잃어버린 많은 사람들이 한 가지 대상
에만 매몰되거나 몰입되는 극단화된 양상이 바로 중독 증세라고 할 수 있을
것이다. 이러한 중독 증세를 보이는 사람들은 대체로 상식적인 수준의 일상
생활을 유지하지 못하게 되고 육체뿐만 아니라 정신과 영혼까지도 황폐한
상황에 빠져들게 된다. 그들은 의지가 약한 사람들이 대부분이며, 다른 사람
들과의 인간관계 형성에 실패한 경우가 대부분이라고 한다. 그리고 더욱
큰 문제는 많은 중독자들이 스스로 자신의 중독 증세를 자각하지 못한다는
점이다.

　특히 알코올 중독은 다른 것보다 더 심각한 문제를 초래하기도 한다. 알
코올 중독에 빠진 사람들은 말과 행동이 불일치하고 자기 합리화, 타인과
세상에 대한 무조건적인 비판과 불평을 일삼게 된다고 한다. 또한 참을성
없는 태도와 성급한 판단, 자기중심적인 태도와 함께 가족의 혼란과 고통을
야기하게 된다. 그래서 알코올 중독은 개인의 질병이면서 동시에 가족병으

로 분류되기도 한다.

이러한 알코올 중독의 문제를 깊이 있게 다룬 소설이 김유택의 신작 장편 소설 『보라색 커튼』이다. 1985년 『소설문학』 신인상에 단편 「시창작 실습기」가 당선되어 문단에 데뷔한 작가는 1994년 소설집 『어메이징 그라스』로 동서문학상을 수상한 후 9년만에 이 소설을 출간하게 되었다. 이렇게 시간 차이를 두고 작품을 발표하게 된 이유는 작가의 알코올 중독과 그 치료 때문이었다. 하여 『보라색 커튼』은 알코올 중독이라는 작가의 원체험으로부터 비롯하고 있다. 즉 작가가 세상의 삶의 대해 절망한 채 알코올에 중독되고 그 치료를 위해 정신 병동에 입원했던 원체험이 작품 곳곳에 투사되어 있는 셈이다.

작품의 서사는 주로 두 가지 층위로 이루어져 있다. 하나는 정신병동에 들어가서의 치료 과정과 그곳에서의 체험들을 서술하는 것이고, 다른 하나는 알코올에 중독 될 수밖에 없었던 자신의 힘겨웠던 성장 과정과 시대적 모순으로 인한 삶의 질곡에 대한 기억을 서술하고 있는 부분이다.

결국 그 과정에서 주인공은 자신이 세상을 살 만한 곳으로 여기지 못했기 때문에 술에 빠져들게 되었으며, 그것을 극복하는 방법은 주위 사람들과의 조화로운 인간관계를 맺는 것이라 깨닫게 된다. 즉 자신의 성장도 중요하지만 이웃에의 관심도 중요하며, 자신에게 진실하고 상대에게 진실하며 나아가 상대방을 돕는 단계까지 나아가야만 알코올 중독으로 벗어날 수 있음을 인식하게 된 것이다.

그러므로 이 작품은 알코올 중독을 힘겹게 극복해가는 과정을 그린 한편의 고해성사이다. 또한 이 시대의 알코올 중독의 혐의로부터 자유롭지 못한 많은 이들의 음주 습관에 대한 근본적인 성찰을 요구하는 알코올 치료 지침서라고도 할 수 있을 듯하다.

특히 술에 의지하여 자신의 고통스러운 모든 문제를 해결하려는 경향을
보이는 사람들은 이 책을 읽으면서 깜짝 깜짝 놀라게 될 지도 모른다. 술로
인해 겪게 되는 주인공의 여러 체험과 그로 인한 가족의 고통의 양상들이
술을 좋아하는 이들의 그것과 너무나도 일치할 것이기 때문이다.

따라서 이 소설을 읽으며 술로 인한, 혹은 무엇인가의 중독으로 인한 자
신의 문제를 차분히 성찰해 보는 것도 우리에게는 의미있는 일이 될 것이다.

이승우 장편소설 『식물들의 사생활』

　모든 사랑에 관한 소설은 삼각구도를 이룬다. 두 사람만의 사랑에 누군가 개입하거나 간섭하게 되면서 그 사랑은 새로운 국면을 맞는다. 완만하고 평면적이던 사랑이 입체적이고 역동적인 양상으로 변모하게 되는 것이다. 그것을 지라르라는 사람은 욕망의 삼각형으로 설명하곤 한다. 누군가의 욕망을 모방하면서 새로운 욕망을 창출해내는 인간의 심리를 삼각 모형으로 설명하는 것이다.

　그런 사랑의 이야기를 새로운 방식으로 보여주는 작품이 이승우의 『식물들의 사생활』이다. 『에리직톤의 초상』으로 데뷔한 이래 『생의 이면』, 『미궁에 대한 추측』, 『황금가면』, 『내 안에 또 누가 있다』 등의 작품들을 발표해오면서 그동안 사랑이야기 혹은 연애담을 좀처럼 작품화하지 않았던 작가였기에 이번 작품은 그래서 더욱 주목하게 만든다. 이 작품은 두 개의 삼각 모형을 이루면서 서사를 추동해 나간다. '형'과 '순미', 그리고 주인공인 '나' 사이에 이루어진 하나의 삼각형과 '어머니'와 '대통령 비서관', 그리고 '아버지'의 또 다른 삼각형이 존재한다. 하지만 그들의 사랑은 어느 하나도 완성되지 못한 채 엇갈릴 뿐이다. 결핍 때문에 파생한 욕망으로 인해 더욱 간절해진 사랑을 꿈꾸는 자들이 바로 그들이다. 그래서 그들의 좌절된 사랑은 식물적인 사랑을 지향한다.

좌절된 사랑을 촉발시킨 사람은 바로 주인공인 '나'이다. '형'에게 항상 상대적 열등감에 시달리던 '내'가 대학생이던 '형'과 '순미'의 사랑에 끼어들면서 사랑은 파국을 맞는다. '나'는 '형'의 애인이던 '순미'를 짝사랑하다 결국은 '순미'의 집에 찾아가 애정을 고백하지만 그녀로부터 거부당하고 오히려 '형'에게 폭행을 당하고 만다. 그 때문에 '나'는 평소 시위 현장 사진을 찍는 걸 취미로 하고 있는 '형'의 카메라를 팔아서 가출을 감행한다. 그러나 그 카메라에 있던 사진이 문제가 되어 '형'은 강제 징집을 당하게 되고 군대에서 폭발물을 잘못 다루는 바람에 두 다리를 잃는다. 그로 인해 '형'과 '순미'의 사랑은 좌절되고 '형'은 현실화되지 못한 사랑 때문에 과도한 성적 집착을 보이는데, 나에게 업혀 여자를 사야하는 신세로 전락하고 만다. 그 과정에서 '순미'는 '나'로부터 '형'의 사실을 듣게 되면서 '형'이 여자를 사는 여관방으로 자신을 들여 보내줄 것을 부탁한다. 결국 '형'은 과도한 사랑의 집착을 때죽나무에 지향하고, '순미'는 '형'을 위한 창녀가 되기를 간구한다.

이러한 '형'과 '순미' 사이의 좌절된 사랑의 이야기 사이에는 '어머니'와 '대통령 비서관'의 이루어질 수 없는 사랑이 자리하고 있으며, 한편으로는 '어머니'만을 평생 바라보고 살아온 '아버지'의 헌신적인 사랑이 또한 존재한다. '어머니'와 '대통령 비서관'의 사랑은 남천이라는 곳에 자라난 야자나무로 전이된다.

결국 이 모든 사람들의 사랑은 때죽나무로 야자나무로 상징화되고 있는 것이다. 하여 이 작품은 다음의 한 구절로 요약될 수 있겠다.

'모든 나무들은 좌절된 사랑의 화신이다.'

신화들 속에서 나무들은 흔히 요정이 변신한 것으로 나온다. 요정들은 신들의 욕정과 탐욕을 피해 육체를 버리고 나무가 된다. 신들은 권력을 가진 자이고, 권력을 가진 자들은 한결같이 탐욕스럽다. 그들의 욕망은 도무지 좌절되는 법이 없다. 그들이 (……) 욕망으로부터 자신들의 사랑을 지키기 위해 요정들은 어쩔 수 없이 나무가 된다. 나무들마다 이루어지지 않은 아프고 슬픈 사랑의 사연들을 하나씩 가지고 있는 것은 그 때문이다.

전쟁에 나간 애인을 기다리다가 상사병 때문에 죽은 필리스나 아폴론의 맹목적인 사랑을 피하기 위해 월계수가 된 다프네와 같은 운명을 이 작품의 주인공들은 반복하고 있다. 나무와 나무가 된 요정을 닮은 이들의 사랑은 그래서 아름답고 그 아름다움은 좌절되어서 더욱 빛난다.

안광 장편소설 『유령사냥꾼』

이 세상에 존재하는 모든 것들은 인간들에 의해 인식되고 지각될 수 있을까? 존재하지만 보이지 않는 것도 있고, 존재하지 않지만 보이는 것들도 있다.

그럼에도 우리는 눈에 보이는 것은 보고, 보이지 않는 것은 보지 않는 경우가 대부분이다. 특히 현대사회에 들어서 이성과 과학이 더욱 발달하면서 인간들은 볼 수 있는 것과 볼 수 없는 것을 분할하고 볼 수 있는 것만을 믿고 신뢰해왔다.

간혹 볼 수 없는 것을 보거나 말하는 사람은 비정상적인 존재로 현실 생활에서 격리되거나 소외당했다. 이러한 가시성의 배치를 통해 현대인들은 정상과 비정상, 현실과 환상, 우등과 열등을 구분하고 단절하면서 현대 사회 체계를 지탱하고 유지해나가게 되었던 것이다.

과연 눈에 보이지 않는 것들은 모두 실재하지 않는 것일까? 가만히 앉아만 있어도 등으로 땀이 흘러내리는 무더운 여름이면 우리를 기다리는 것이 있다. 이를테면 처녀귀신이나 드라큘라가 등장하는 괴기 공포영화가 그런 것들이다. 그런데 그런 영화에 등장하는 처녀 귀신이나 드라큘라, 혹은 유령들은 실재하는 것일까? 일상에서 볼 수 없는데도 불구하고 왜 우리는 그런 것들을 두려워하는 것일까?

이처럼 우리들의 인식 지평의 한계를 되돌아보게 하는 소설이 있다. 최근 발간된 안광의 장편소설 『유령사냥꾼』이 바로 그것이다. 소설가 안광은 1987년 『소설문학』으로 등단한 이래 『쥐와 그의 부하들』, 『개와 쥐 사이 우리는 존재해 있다』 등의 작품들을 창작하고 발간해오면서 꾸준하게 문학적 성과를 축적시켜왔다. 특히 이 작품은 90년대 후반부터 최근까지의 많은 시간 동안 작가의 열정과 노고가 결집되고 응축된 노작이다.

그런데 주인공이 유령으로 설정되어 있고 그 유령과 인간들의 교섭과정이 반복적으로 제시된다는 점에서 이 작품은 환상소설에 가깝다.

이 작품에서의 환상성은 현실과 단절되고 폐쇄된 그런 환상성과는 거리가 멀다. 왜냐하면 후기 자본주의 사회의 폐해와 그러한 말세적 상황 가운데 일그러지고 피폐해진 인간 군상들의 삶의 모습들이 작품 속에 손에 잡힐 듯 생생하게 묘사되고 있기 때문이다.

따라서 이 작품은 환상성의 밀도로 인해 작품의 리얼리티를 고양해내면서 이 시대의 절망과 황폐함을 더욱 상동하게 형상화해낸다. 즉 박태원의 『천변풍경』처럼 이 작품은 새로운 기법의 활용을 통해 후기 자본주의 시대의 사회적 총체성을 전형적으로 형상화해냄으로써 새로운 리얼리즘의 확장을 이루어내고 있는 것이다.

여기서 우리가 주목해야 할 부분은 작품의 심층에 흐르는 악마주의적 요소이다. 주인공이자 1인칭 화자인 주인공 유령의 직설적 화법이 제시되거나 자신의 유년체험이 그대로 묘사되면서 작품 곳곳에 악마적 체취와 심리가 포착된다.

그럼에도 작품의 주제가 그러한 악마주의적 요소로부터 멀어져 있는 이유는 내포작가와 주인공 유령간의 서사적 거리 설정 때문이다. 그것은 작가가 세밀하게 관리하고 배치해내는 반어와 역설의 담론 방식 때문이다. 그런 역설과 반어가 유령의 자기 풍자 혹은 자기비판으로 이어지게 하면서 작품의 긍정적 주제를 구현해내고 있는 것이다. 따라서 작가는 부정한 세계(후기 자본주의 사회)에 대한 수사적 부정(반어와 역설, 환상성)을 통해 주제적 긍정에 도달하고 있는 셈이다.

지루한 장마가 계속되고 있다. 지루함과 무더위를 씻어낼 서늘한 냉기를 '유령사냥꾼'을 읽어가면서 찾아보길 권하고 싶다.

이철환 『연탄길』

지난 시절 연탄은 우리들 일상에 꼭 필요한 것이었음에도 그 효용이 다하면 하찮은 대상으로 취급되기 일쑤였다. 그것들은 여기저기 처치 곤란한 쓰레기들과 더불어 골목길에 쌓여만 가곤 했다.

그럼에도 어느 시인의 시에서와 같이 우리는 연탄들처럼 스스로를 찬란하게 불태워 누군가를 따뜻하고 포근하게 해주었던 때가 있었던가.

이러한 이율배반, 역설과 아이러니가 요즘 범람하는 감동을 생산해내는 담론의 주요한 구성 요소로 기능한다. 최근 가슴 찡한 우리 이웃들의 이야기를 담백하게 전해주고 있는 이철환의 『연탄길』은 철저히 역설적 감동의 소통을 전제로 한다.

"마음만 있다면 풀 한 포기만으로도 아름다워질 수 있는 게 우리의 인생이다.", "시간이 많이 남지 않았다. 우리가 서로 사랑할 시간이….", "두 눈 부릅뜨고 세상을 살아가지만 우리가 눈으로 볼 수 있는 것은 얼마나 작은 것인가." 위의 반어적이고 역설적인 경구들이 '인간에 대한 사랑'이라는 주제의 구현을 통해 감동을 생산해낸다.

이 책은 작가가 7년간에 걸쳐 취재하고 집필한 산고작(産苦作)이다. 특히 작가 자신이 달동네에 살고 있는 학생들을 입시학원에서 가르치면서 학생들과 친구들로부터 직접 들었던 가난하고 병든 이웃들의 실화(實話)를 생생한 육성으로 기록해냈다고 한다.

어둠 속에서 스스로 빛이 된 사람들의 이야기, 빛이 될 수는 없지만 더 짙은 어둠이 되어 다른 이들을 빛내준 사람들의 이야기, 부족함 때문에 오히려 넉넉한 사람들의 이야기들이 그것들이다.

이야기 속의 주인공들은 대체로 실존 인물이라고 한다. 그들은 사회로부터 소외된 가난하거나 불구이며, 혹은 불치병에 걸린 사람들이다. 또 한편으로 그들은 부모나 자녀를 잃거나 사랑하는 연인이나 친구를 떠나보낸 사람들이다.

그럼에도 그들은 자신들이 처한 고통이나 불행에 좌절하지 않으며 그러한 상황에 대해 신이나 운명 혹은 다른 사람들을 탓하지 않는다. 이 점이 바로 이 책이 가지고 있는 특장이 된다. 절망에 절망하지 않고 절망에서 희망을 일궈내는 주인공들이 모습이 눈물겹도록 감동적이다. 사랑하는 사람을 위해 자기를 부정하고 헌신하는 모습에서 세상은 살아볼 만한 곳이라는 위안을 읽어내기도 한다.

하지만 그러한 삶에 대한 위안이 현실에 안주하거나 현실의 모순에 대한 방어기제로 작용하는 것은 경계해야 할 것 같다. 특히 이 책에서 간과하고 있는 부분이 있다면 그것은 물질적 분배에서 소외된 이들에게 강요되는 희생과 봉사의 강조이다. 그러한 사랑과 희생과 봉사는 보통 휴머니즘의 중요한 덕목들인데, 그러한 휴머니즘의 실체가 부르조아 이데올로기로 기능한다는 점에서 이 책은 주목을 필요로 한다. 어떤 점에서 사랑과 희생과 봉사는 기득권 계층이 갖지 못한 이들에게 요구하고 강제하는 이데올로기로 작용하기 때문이다. 하여 휴머니즘은 사회 구성원 모두가 공평한 분배 구조

속에서 자족적인 삶을 향유할 수 있는 토대가 구성되어 있을 때에야 비로소 구가될 수 있는 이념태라고 할 것이다. 그러므로 이 책은 소외된 이들의 가난한 삶을 지나치게 긍정하려 하고 있다는 문제를 내포하고 있다.

그렇지만 이와 같은 책들이 가까운 미래 성숙하고 조화로운 사회의 도래를 꿈꾸는 많은 이들에게 어둔 밤길을 안내해 주는 별처럼 빛나게 되기를, 마음이 가난한 모두의 마음을 적시는 생명수가 될 수 있기를 빌어본다.

정채봉·정리태『엄마품으로 돌아간 동심』

생텍쥐페리의『어린 왕자』가 1920년부터 2000년까지 80년 동안 실용서나 학습참고서를 제외하고 가장 많이 팔린 책으로 추정된다는 조사 결과가 최근 어느 신문에 발표된 적이 있다. 단행본으로는 모두 600만권이 팔려나갔으며, 이 책은 지금도 매년 태어나는 60만명의 어린이 중 3분의 1인 20만명에게 읽혀지고 있다는 것이다.

또한 이 책 다음으로 많이 팔린 책들은 헤르만 헤세의『데미안』, 이솝의『이솝 이야기』, 리처드 바크의『갈매기의 꿈』, J.M. 바스콘셀로스의『나의 라임 오렌지나무』등이라고 소개하고 있는데, 그 기사를 보고 나서 한국문학을 전공하는 나로서는 괜한 자괴감에 빠졌던 적이 있다.

사정이 이와 같으니 우리 청소년들이 우리 것의 소중함을 인식하거나 국적있는 문화를 향유하지 못하고 서구화되지 않을 수 없는 것인지도 모른다.

이러한 불모와 같은 상황에 동화작가 정채봉의 역할은 남다른 것이었다. 그는 강소천, 이원수 같은 전통적인 동화작가들의 맥을 이으면서도 한국 동화의 소재와 주제를 확장한 것으로 높이 평가받고 있다. 특히 그의 대표작『오세암』이나『초승달과 밤배』, 그리고『물에서 나온 새』등은 어린이들

만의 동화가 아니라 어른들까지도 같이 읽을 수 있는 '생각하는 동화'라는
새로운 장르를 개척해내기도 하였다.

하지만 평생 소년의 마음을 잃지 않고 맑게 살았던 그가 사람과 사물을
응시하는 따뜻한 시선과 생명을 대하는 겸손함을 글로 남긴 채 2001년 1월,
55세의 나이로 생을 마감했다.

"한평생 외롭게 살아온 그가 그의 문학과 정서를 길러 준 고향의 흙과
바람, 할머니와 어머니 곁에서 쉬게 된 것을 그나마 다행으로 여기고 싶다"
는 법정 스님이나 "이젠 아예 하늘과 맞닿은 순천 땅에 통째로 한편의 동화
처럼 묻히셨군요"라고 한 이해인 수녀님의 남은 자들을 위한 위로의 말들에
도 불구하고 그의 죽음은 한국 문학계나 가족들에게는 크나큰 슬픔이 아닐
수 없으리라.

그런 작가의 1수기 추모집 『엄마 품으로 돌아간 동심』이 그의 딸이자 동
화작가인 정리태에 의해 출간되었다. "이 책을 존경하는 아버지께 바칩니
다"로 시작되는 이 책은 같은 동화작가의 길을 걷는 딸 정리태와 아버지와
의 못다한 사랑 이야기를 기록하고 있다. 또한 이 책은 딸의 애절한 사부곡
(思父曲)이면서 정채봉이란 작가의 대표작을 통해 그의 작품 세계를 재조명
하는 추모집의 의미를 담고 있다.

따라서 이 책에서는 작가의 미발표 유고 작품인 「친구와 함께면 만리도
간다」나 「조용한 아침 나라로 돌아오다」와 같은 작품과 더불어 그의 대표작
인 「꽃다발」, 「물에서 나온 새」, 그리고 「오세암」등을 새롭게 감상할 수 있다.
또한 정리태의 글 「사랑하는 아빠에게」, 「아빠의 사계절」, 「작고 작은 아기의
모습으로」 등에서는 갑작스럽게 아버지를 여윈 딸의 슬픔과 아버지에 대한
그리움이 배어나오기도 한다.

특히 간암이라는 불치의 병마와 싸우면서도 치유에의 의지를 잃지 않는

작가의 육성이 묻어나는 병상에서의 기록들은 사소한 일상들의 소중함과 생명의 의미를 새롭게 반추하게 한다.

‘한 사람에 대한 진정한 평가는 그 사람의 묘비명으로만 가능하다’는 어느 시인의 시 구절처럼 정채봉 작가는 그의 죽음으로 인해 더욱 우리를 아쉽게 하고, 그의 작품들은 더욱 귀중한 자산이 되고 있다.

일찍 우리들 곁을 떠나간 그에 대한 아쉬움이 『엄마 품으로 돌아간 동심』이란 책의 한 장 한 장을 넘기는데 힘들게 할지도 모른다. 더불어 사랑하는 사람들, 특히 가족과의 이별이나 죽음으로 인한 상처, 혹은 사랑했던 사람에 대한 아득한 그리움 때문에 책장을 넘기기가 힘들게 될 지도 모를 일이다.

조경란 장편소설 『우리는 만난 적이 있다』

내가 만약 400년 전 전생에 티벳의 수도승이었으며, 수도승의 신분으로 어떤 여인과 이루어질 수 없는 사랑을 하다가 그 죄책감 때문에 괴로워하고 죽음에 이르렀으며, 자신의 시체로 몰려드는 독수리떼의 모습이 선명한 영상으로 다시 떠오른다면?

우리는 반복된 일상을 살아가는 어느 순간 그 시간과 장소가 처음이면서도 대단히 낯익다는 느낌을 받을 때가 종종 있다. 언젠가 와 봤던 것만 같은 느낌, 그 익숙한 느낌이 가끔씩 의식을 혼돈스럽게 어지럽힐 때가 있는 것이다. 어떤 계기가 주어졌을 때 강렬하고도 충격적인 기억 속으로 빨려 들어가게 되는 그런 일이 기억도 할 수 없을 만큼 오래 전 전생의 일 때문이라면? 그러나 아직까지 그것은 어떤 과학으로도 논리적으로 설명된 적이 없다. 그럼에도 현실에 좌절하거나 그것으로부터 도피하고자 하여 나선 여로에서 우리는 어떤 특정 상황이나 장면으로 자신의 전생을 떠올려 보기도 한다.

이러한 전생에 대한 관심이 1990년대 이후 폭발적으로 증가해오고 있는데, 전생에 관한 영화, 전생을 다룬 소설, 전생 요법 등이 그런 추세를 반영한다.

그 중에서 전생의 의미가 우리의 일상 속에 다가서게 된 것은 강제규 감독의 『은행나무 침대』 때문일 것이다. 현생의 수현과 전생의 연인 미단 공주, 그리고 그들의 사랑에 대한 질투의 화신 황장군을 중심으로 전개되는 이 영화에서는 전생의 이루어질 수 없는 사랑과 갈등이 현생에서까지 반복되는 모습들을 보여준다. 그로 인해 촉발된 전생에 대한 관심들은 우리의 척박한 일상을 아주 먼 과거의 시간에까지 확장시켜 되돌아볼 좋은 기회를 제공하기도 한다. 결국 전생에 대한 관심의 증가는 현실적 고통의 궁극적인 근원을 탐색하려는 우리들의 안타까운 몸부림일 수도 있다.

조경란의 장편소설 『우리는 만난 적이 있다』에서는 현실의 절대 고독을 극복하려는 주인공의 의지적 노력이 전생에 대한 탐색으로 형상화되고 있다. 주인공인 '나'는 "혼자서는 살 수 없거나 생의 얼마쯤도 견뎌낼 수 없는 사람이란, 온전한 혹은 완전한 사람이 아니라는 말이 사실이라면 나는 어쩌면 사람이 아닐지도 모른다"고 생각하는 고독한 존재이다. 또한 이 생의 인연이 아니라면, 더 이상 누군가를 기다리는 일은 없을 것이며, 이미 많은 사람들을 떠나보냈고, '엄마'와 '아버지', 오빠인 '강'이, 애인이었던 '서휘경', 또 이름을 기억할 수 없는 얼굴들, 그리고 지금 곁에 있지만 언젠가는 그들 또한 떠날 것이라고 '나'는 생각한다.

모든 일상은 어긋난 톱니바퀴처럼 일그러져만 간 채 홀로 힘든 생을 견뎌야하는 주인공, 그녀는 학원 강사로 삶을 지탱해가지만 어떤 인간관계 속에서도 자신의 실존의 의미를 찾아내지 못한다. 부모는 이미 돌아가시고, 유일한 혈육인 오빠도 외국 유학을 떠난 이후 캐나다에 정착해 돌아올 여지가 더 이상 없게 된다. 그리고 오직 그의 삶의 근거였던 연인 '서휘경'마저 사소한 실수로 의료 사고를 일으킨 후 삶을 정리하지 못한 채 그녀에게서 떠나가고 만다. 그녀는 철저히 혼자 남겨진 것이다.

그들은 다 어디로 갔을까. 왜 이렇게 누구의 모습도 보이지 않는 것일
까… 이른 저녁의 어둠 속에서 나는 홀연히 내가 누구인지 모른다는 사
실을 발견한다.<중략> 내가 누구인지 알기 위해서는 내 옆에 누가 있는
지를 알아야 하는 법이기에. 그러나 우리는 영원히 헤어지지는 않을 것
이다. 단지 잠시 사라진 것일 뿐, 지금은 잠시 헤어진 것일 뿐. 한번 인연
을 맺은 영혼들은 거듭되는 생에서 다시 만날지니.
그리고 나는 믿는다. 3월의 바람과 4월의 비로 5월에는 꽃이 필 거라
는 전설을.

작품의 결말 부분이다. 절대 고독에 침잠한 주인공은 결국 자신의 고독이
잠시 순간의 문제이며, 그토록 그리운 사람들을 언젠가는 만나게 되리라는
전설을 수용하게 된다. 그러한 수용은 바로 동양의 순환적 시간관을 전제로
한 것이리라. 현실의 고통이 전생의 업(카르마) 때문이라는 윤회설이나 전생
에 대한 탐구 또한 모두 이러한 시간관 때문에 파생된 것이라 할 수 있다.
죽음이 새로운 삶의 시작이며, 새로운 시작은 이전의 것의 죽음 때문에 촉
발된다는 동양적 사유도 바로 이러한 시간관으로부터 근원한다. 이제 주인
공은 동양적 사유를 근거로 자신의 삶을 이해하고 수용하면서 자신의 정체
성에 대한 탐색을 시도하게 된다. 그러므로 이 소설은 '나는 누구인가'라는
정체성 탐색을 위한 주인공의 힘든 방황과 편력의 이야기라고 할 수 있을
것이다

윤대녕 장편소설 『미란』

상실의 시대에는 모든 가치들이 그 의미를 박탈당하고 무의미에 **빠져 버**린다. 그 지점에서 바로 허무주의가 유포된다. 이 시대의 지배적인 인식소(에피스테메)로 기능하는 허무주의가 소설의 원형적인 자질을 이루는 작품이 바로 윤대녕의 소설들이다. 시원으로의 회귀, 신생의 현현, 후기 자본주의 시대의 목가라는 평가를 받은바 있는 그의 소설들은 대상에 과도한 의미를 부여하거나 강요하지 않으면서, 오히려 의미를 갖고 있는 것들의 의미를 퇴색해가는 것으로 이미지화하기도 한다. 그러한 허무에 대한 이미지화, 혹은 지향들이 종종 그의 소설을 미적 신비주의, 현실 전복적 가역반응, 이미지의 황홀경에 대한 편집으로 이해된 적도 있다. 하지만 불현듯 만났다가 사라지는 사랑이나 존재 저편의 비가시적인 아득한 삶에 대한 그리움의 기록 등은 그가 허무의 극단을 통하여 무(無)에 대한 의지, 즉 새로운 영원회귀를 꿈꾸는 것으로 해석해 볼 수도 있다.

그러한 영원회귀의 지향이 최근 그의 장편소설 『미란』에서 환상성을 전경화하는 글쓰기로 드러나고 있다. 낯선 세계로의 끌림이나 예기치 못했던 일에 대한 불안감을 내밀한 문체로 형상화한 바 있는 윤대녕의 소설에서

환상적 요소를 찾기란 어려운 일이 아니다. 「은어낚시통신」에서 비밀 조직
인 은어낚시 구성원들이 갖는 지하에서의 비밀스럽고 몽환적인 회합, 『남쪽
계단을 보라』에서 회전문을 통해 현실과 비현실의 경계가 불분명하게 되는
모호함의 상황, 「천지간」에서 죽음의 이미지로 화한 여인과의 만남과 삶과
죽음의 경계에 대한 몽상 등 그의 소설은 일상이나 상식을 뛰어넘는 환상적
인 이야기들로 구조화되어 있는 것이다.

윤대녕의 소설 문법은 반복되는 패턴을 갖는다. 여로형의 플롯을 통한
'나 찾기'가 그것이고, '나'와 '그녀'와의 어긋난 만남이 또 그것이다. 그런
이유로 그의 소설들은 모두 닮음꼴이다. 그래서 자칫하면 그의 소설은 우리
가 자동화된 일상을 견뎌야하는 것처럼 진부한 느낌을 불러온다. 하지만
그의 소설 심층에는 깊은 영혼의 자기장이 형성되어 있다. 인간의 근원을
이루는 물이나 불에서 촉발되는 흡입적 상상력, 아니 밀어내려 할수록 더욱
흡인되어갈 수 밖에 없는 악마의 속삭임과 같은 고혹적인 매력이 그의 소설
에는 넘쳐흐른다.

그 고혹스러움의 근원, 그것은 바로 그의 소설이 삭막한 일상과 현실로부
터의 탈주 욕망을 불러일으키기 때문이다. 모래 바람이 흘러 다니고, 삶을
거역하다 파멸된 것들과 상처받아 불구가 된 것들이 낮은 장송곡으로 불려
지는 후기 자본주의 삶으로부터의 일탈은 누구나 꿈꾸는 바이다. 그런 일탈
에의 질주를 간절하게 염원하고 호소하는 주인공들의 초상들에서 부인할
수 없는 우리들의 자화상을 확인하면서 우리는 그의 소설에 깊이깊이 자맥
질해 들어간다.

『미란』에서의 주인공들의 사랑 또한 대단히 고혹적이다. 이 작품은 '나'
와 두 명의 '미란'과의 사랑에 대한 이야기이다. 그러나 그들의 사랑 가운데
욕망은 존재하지만 애정은 존재하지 않는다. 그러므로 그들의 만남은 항상

미끄러지거나 엇갈릴 뿐이다. '나'와 '오미란', 혹은 '김미란'의 만남이 그렇다. 그들의 만남과 사랑에는 어떤 애정도 깃들지 못한다. 어쩌면 불구의 사랑으로 명명될 수 있을지 모른다. 애정을 찾을 수 없는 사랑이기에 사랑의 진실은 징후로만 파악될 뿐이다. 특히 이러한 징후로서의 사랑의 매개가 애정이 아니라 운명적인 우연이란 점이 이 소설의 독특한 분위기를 조성한다. 우연이지만 운명으로 인식되는 연인들의 만남 때문에 그 사랑의 절실함은 더욱 간절하게 다가온다.

사랑 없는 사람과 사람이 만나 결국은 사랑 없는 사랑을 하는 것은 당연한 귀결일 터이다. 사랑 없는 사랑은 항상 죽음의 그림자를 드리운다. 충족과 완결이 없는 결핍과 미완의 사랑, 그러한 사랑이기에 더욱 매혹적인지도 모른다. 그런 매혹의 뒤편에 죽음의 충동이 도사리고 있으므로 그 사랑은 매혹을 넘어 고혹적인 것이 되기도 한다.

그런 점에서 『미란』에서 볼 수 있는 허무한 사랑은 우리들의 쉬운 사랑이나 잦은 사랑에 대한 경고일 수 있다. 하여 사랑 없는 사랑을 지향하는 것, 진실없는 진실에 대한 지향이 어느 것에도 지향점을 두지 않는 차라리 깊은 여백, 무(無)를 지향하는 것이 될 지도 모른다. 비움으로써 채워지는 것에 대한 지향이 『미란』에서 구현되는 허무주의의 실체일 것이다.

그러한 죽음과 방황이 우리에게 극단적 허무주의의 재현으로 비쳐지기도 한다. 하지만 허무주의라는 것이 부정적인 의미를 갖는 것은 아니다. 그것은 오히려 역설적 의미를 생산해내는데, 바로 부정의 부정이라는 의미를 지향하는 것이다. 즉 기존의 지배 이데올로기에 대한 허무주의의 표현이 바로 하나의 대항 담론으로 기능할 수 있게 되는 것이다.

기성 사회가 배치하고 규율화하는 제도들에 대한 허무주의는 어쩌면 일상과 제도에 대한 전복을 의미하는 것이기 때문이다.

고재종 시집 『백련사 동백숲길에서』

　나의 문학적 감성을 처음으로 촉발시켜 준 시인은 소월이었다. 머리를 빡빡 밀고 중학교에 입학해서 만난 국어 선생님, 만삭의 배를 하고 채 3개월도 우리를 못 가르치셨던 여자 선생님께서 들려준 소월의 '못 잊어'라는 시가 아직도 귀에 쟁쟁하다. 잊어야 할 그런 구체적인 사건이나 그리운 사람도 없었으면서 그 시적 정서에 대해 선험적 교감이 있었던 이유는 무엇이었을까. 난 그 이후로 줄곧 문학을 꿈꾸는 사람이고자 했다.

　하지만 국문과를 들어가고 80년대 중반을 거쳐 대학을 다니면서 어느새 나는 소월에게서 멀어져가고 있었다. 격동의 소용돌이 속에서 세계와 사람들에 대한 죄스러움과 부끄러움, 열패감, 무력감, 그것들로부터 파생하는 피해의식들이 교묘하게 조합을 이루며 어떤 정서적인 불안, 혹은 신념의 일그러짐같은 것이 내면화되어 가고 있었다.

　폐허가 된 가슴을 안고서 소월을 읽을 수는 없었다. 아니 소월이 읽혀지지 않았다. 세계와 타자의 부조리에 갈등하고 대항하는 서사 문학이 훨씬 매력적인 장르로 내게 다가왔다. 소월로부터 근원하는, 아니 더 거슬러 올라가 고려시가로부터 발원한다는 한국 시의 남성성의 부재, 여성 정조(情調)

나 한의 정서가 도무지 마땅치 않았던 것이다.

그런데 최근 고재종 시인의 소월시문학상 수상 작품집『백련사 동백숲길에서』를 읽으면서 소월에 대한 고정관념을 일정 부분 수정해야겠다는 생각을 하게 되었다. 부끄러운 고백이지만, 대학생이 된 이후 소월의 시를 제대로 읽어 본 적이 없는 나로서는 당연한 일인지도 모르겠다. 고재종 시인의 수상 소감에 있는 다음의 구절 때문이었다. "사실 정한의 비가로 점철된 듯한 소월의 시 중에도 '옷과 밥과 자유'나 '바라건대는 우리에게 우리의 보습 대일 땅이 있었다면' 같은 시들은 당대의 사회성을 직접적으로 반영하고 있습니다." 시 작품 몇 편만으로 시인의 작품 세계 전부를 재단할 수는 없겠지만 적어도 내게는 나름의 충격이었다.

그런 충격을 더욱 무색하게 만드는 것은 바로 소월시문학상 수상 작가 고재종의 시편들이다. 그 절창들이야말로 지난 시대 아우슈비츠 이후로 서정시는 있을 수 없다는 아도르노의 선언을 더욱 더 무색하게 하고 있으니 말이다. 어쩌면 고재종은 아우슈비츠로부터 출발한 시인이었기 때문에 더욱 그러할 지도 모른다. 80년 광주가 아우슈비츠였고 산업화 이후 우리의 농촌이 또 다른 아우슈비츠가 아니었을까? 그의 문학적 토대는 수난의 전라도 땅이었고, 농촌이었다. 적어도 90년대 중반 이전까지 고재종 시인의 시들은 농민들과 소외된 자들의 아픔을 몸으로 실천하면서 그의 또다른 몸인 시로써 극명하게 보여주었고 그의 시를 제대로 수용하지 못한 평자들은 그를 농민시인이라 부르기도 했었다.

그러나 그런 평판과 수사들이 역설적으로 승화되고 있는 양상을「백련사 동백숲길에서」라는 시편들은 절절히 보여주고 있다. 특히 어머니의 헌신과 희생의 수정인 눈물을 자신의 경전으로 봉헌하는「경전」이라는 작품이나, 좋은 일은 다 잊었는데 몸의 상처로 환히 열리는 서러움들이 참으로 야릇하다는 「상처에 대하여」라는 작품들은 그중의 수작(秀作)으로 읽혀진다. 이 작품집에는 우리말의 아름다움과 전통적 서정의 진경들이 작품 하나하나에 전각(篆刻)처럼 새겨져 있다.

잃어버린 시대, 부재의 시대로 규정되는 후기 산업사회를 살아가는 우리가 마지막 지켜내야 할 것이 있다면 우리의 인간다운 본성이고 순수한 성정일 터인데, 그것은 우리의 고향, 즉 흙으로 표상되는 자연이나 순수 생명의 터전 속에서 찾아야 할 것이다. 그러한 탐색의 여로에 고재종 시인의 시들은 무명(無明)을 밝히는 또렷한 등대로 빛나리라.

김성동 장편소설 『꿈』

제발 꿈이기를 바라는 고통스러운 현실과 깨어나지 말기를 바라는 황홀한 꿈 사이에서 우리의 일상은 흘러간다. 결코 현실이어서는 안 되는 그래서 꿈이기만을 바랐던 나날들, 그런 가운데 진정 우리가 꿈꾸는 것은 무엇일까?

욕망의 시대, 욕망만이 끝없이 부유하는 오늘의 현실, 그 욕망을 다시 욕망하는 우리는 어쩌면 충족될 수 없는 그 욕망들을 꿈꾸는 것일 터인데, 하지만 라캉의 표현대로 그 욕망은 충족을 향해 나아가지만 계속해서 미끄러지기만 할 뿐이니, 그것이 바로 공즉시색(空卽是色), 색즉시공(色卽是空) 아니겠는가.

화사한 무늬로 피어난 현실이 결국은 공허한 것이었음을, 그 공허한 가운데서 황홀한 현실을 꿈꾸는 것이 바로 우리의 삶임을 이야기하는 소설이 있다. 그리운 여인과의 아름다운 사랑이 한낱 공허한 꿈이었음을 이야기하는 소설이 바로 김성동의 장편소설『꿈 - 어디서 무엇이 되어 다시 만나리』이다.

이 작품은 열아홉에 출가하여 10년간 불문(佛門)에 들었다가 스물여덟에 소설 창작 때문에 불교계를 비방 하였다는 이유로 승적에서 제적당했던 작가 김성동의 원체험에 근원하고 있는 소설이다. 하지만 색(色)으로 형상되는 원체험이 공(空)이라는 꿈, 혹은 소설로 전이되고 있으니, 이 작품은 본시 어디부터 꿈이고 어디부터가 현실인지 가늠하기가 쉽지 않다. 이처럼 현실과 꿈의 경계가 명확하지 않은 것이 바로 이 작품의 미적 특질이고 작가의 미학적 의도일 것이다.

하여 굳이 그 경계를 구분한다면 작품에서는 원체험이었던 꿈 이전의 세계와 허구의 공간인 꿈의 세계가 쇠북 종소리를 경계로 나누어지고 있다.

이 작품의 주인공 능현 스님은 단 한 번 스치듯 지나갔던 여자를 그리워하다 쇠북 종소리를 들으며 순간 꿈속으로 들어가게 된다. 그는 그 여자 대학생을 만나보고 싶은 그리움에 오체투지(五體投地)로 엎드려 사무치게 간절한 마음으로 관음보살에게 한 번만 만날 수 있게 해달라고 기원히다. 드디어 그 여자에게서 문예잡지가 오고 그것을 계기로 그는 소설을 써서 「종교세계」라는 신문에 투고하여 당선된다. 그 때문에 그는 등록하지도 않았던 승적에서 제적당하게 되고 그 여자에게서 다시 연락이 오자 둘은 방장산, 즉 지리산을 향해 길을 떠난다.

지리산의 토굴에 도착한 그들의 사랑은 더욱 깊어지고, 두 사람은 새로운 종교적 깨달음을 위해 정진한다. 하지만 그러던 어느 날, 그 여자는 어디론가 떠나버리고 주인공은 그녀를 애타게 찾아 헤맨다. 그러나 그 어느 곳에서도 그녀를 찾지 못한 채로, 그 간절한 그리움과 기다림의 끝에 쇠북 종소리가 들려온다.

그 아름다운 사랑은 장엄염불 한 자락을 마친 다음 쳤던 한 망치 소리가 끝나기 전에 꾸었던 꿈이었던 것이다. 목타는 그리움으로 숨막히는 청춘의 세월이 가벼렸음을 확인하면서 작품은 끝을 맺고 있다.

우리가 일상에서 간절하게 염원하고 소망하는 모든 것들이 바로 공(空)임을, 헛된 것임을 작가는 『꿈』을 통해 우리에게 이야기하고 있다.

이 작품의 또 다른 가치는 우리 문장의 아름다움의 극치를 독특한 문체로 그려내고 있다는 점이며, 한편 삼국유사의 「조신몽」 설화로부터 김만중의 『구운몽』, 이광수의 「꿈」으로 이어지는 꿈 소재 소설의 전통을 올곧게 계승하고 있다는 점에 있다고 하겠다.

권정생 『몽실언니』

　소련의 붕괴로 인해 90년대 우리 사회는 뚜렷한 대안을 찾을 수 없는 혼돈을 경험하였다. 소설의 경우에도 민중이나 민족을 주제로 한 거대 서사보다는 개인의 내면과 감정을 앞세운 미시 서사가 주도하게 되었다. 때문에 개인과 세계와의 갈등을 부각시키기 보다는 개인의 내밀한 감정을 전면에 드러내는 소설들이 많이 등장하였다.

　하여 90년대 이후의 소설들은 80년대의 소설들보다 독자들에게 읽는 즐거움을 주지 못했던 것이 사실이다. 그 즐거움이란 부조리한 세계와 갈등하고 좌절하는 이야기속의 주인공들과 대화하면서 그들과 같이 울고 웃게 되는 독자들의 정서적 공감을 의미한다. 즉 그것은 독자들이 주인공의 삶에 감정을 이입함으로써 감동에 도달하는 과정을 필연적으로 수반한다.

　최근의 작품들은 독자들에게 이러한 즐거움을 주는 것에 인색하다. 하지만 창작과 비평사에서 최근 새롭게 선보인 권정생의『몽실언니』는 우리들에게 읽는 즐거움을 새롭게 확인시켜 준다. 이 작품이 많은 이들에게 회자되며 읽혀지고 있는 이유는 그것이 지난 궁핍했던 시절 우리 주위에서 쉽게 볼 수 있는 언니, 혹은 누나의 이야기이기 때문이다.

이 작품의 시대적 배경은 해방 이후로부터 6·25 직후까지의 시간들이다. 그 시공간은 극단의 갈등과 궁핍, 모순에 찬 생존과 죽음들이 반복되고, 인간 아닌 인간으로서의 삶이 요구되는 시절들이었다. 그 가운데 주변인으로서의 아이들의 성장은 더욱 왜곡된 것일 수밖에 없었으니, 이 작품의 주인공 몽실 또한 어머니와 아버지를 잃어야 했고 불구의 몸이 되어야 했다.

다른 많은 소설들처럼 이 작품의 서사는 아버지의 무능과 부재로부터 시작한다. 그 때문에 '어머니'는 새로운 삶을 시도해야 했는데, 그것은 다른 남자를 따라 새로운 가정을 꾸리는 것이었다. 하지만 새로운 '의붓아버지'는 '몽실'에게 폭행과 학대만을 되풀이하고 끝내는 '몽실'의 다리를 불구로 만들고 만다. 그 때 '몽실'은 늦게서야 다시 나타난 '아버지'를 따라 고향집으로 돌아오게 된다. 그리고 '새어머니'를 맞게 되고 따뜻한 가정의 맛을 잠깐 느끼지만 6·25 전쟁이 터지고 '아버지'는 다시 전쟁터로 끌려간다. 그 사이 폐병환자였던 '새어머니'는 애를 낳다가 돌아가시고 '몽실'은 새로 태어난 동생을 돌보아야만 하는 운명에 처한다.

갖은 고생을 다하면서 동생을 돌보던 '몽실'은 전쟁터에서 돌아온 병든 '아버지'의 수발까지 책임져야만 한다. 그리고 '아버지'가 돌아가시고 그 후 '어머니'마저 돌아가시자 '몽실'은 '어머니'가 낳은 동생들까지 책임지는 고달픈 고행의 삶을 살아가게 된다. '몽실'은 불구의 몸으로 어머니와 아버지가 다른 세 동생의 언니이면서 어머니로서의 삶을 기꺼이 수용한다.

그러나 몽실은 이러한 절망적인 상황의 연속에도 불구하고 결코 좌절하거나 절망하지 않는다. 비바람과 눈보라에도 시들지 않는 들풀처럼 가혹한 운명에 맞서 건강한 삶을 꾸려나간다. 여기에 이 소설의 미덕이 자리한다. 지난 궁핍과 절망의 시절, 우리의 많은 어머니들과 누이들은 그것들에 무릎 꿇지 않았다. 그들의 들풀과 같은 생명력으로 인해 오늘날의 따뜻한 평화와 안식이 존재하고 있는지도 모를 일이다. 아버지들이 부재하는 우리의 역사 속에서 그들의 희생과 봉사는 한 편의 아름다운 서사시일 것이다.

어떠한 절망에도 굴하지 않고 건강한 삶을 살아가는 몽실 언니의 의지를 읽어가면서 오늘날 쉽게 좌절하고 절망하는 우리는 새로운 삶의 용기를 불러일으키는, 그 나직한 희망의 목소리를 다시 한번 깊이 새겨볼 일이다.

윤후명 소설 『가장 멀리 있는 나』

목마른 일상에 매몰된 우리들에게 여행은 하나의 신기루와 같다. 힘겨운 일상 속에서 휴가를 간절히 희망하지만 정작 집을 떠나 여로에 들어서고 나면 그것이 일상보다 더 힘겨운 것임을 깨닫는다. 여행길의 고달픔을 통해 우리는 사소한 일상들이 얼마나 소중한 것인가를 재확인하게 된다.

하지만 여행이 우리들에게 신기루의 절망만을 안겨주지는 않는다. 그 고달픔 속에서도 우리는 객관화된 스스로의 정체성을 탐색하게 되는데, 그것은 여행이 일상의 시공간으로부터 나를 멀어지게 함으로써 현실과 나의 거리를 형성하고, 그 거리로 인해 나의 삶에 대한 객관적 인식이 가능하게 되기 때문일 것이다.

따라서 대부분의 여로형 소설들은 '나찾기' 소설이며, 정체성 탐색의 소설이라고 할 수 있다. 이처럼 여행을 통해서 정체성 탐색을 시도하는 소설을 20여년간 일관되게 창작해온 작가가 바로 윤후명이다. 그의 소설 속의 여로는 협궤열차가 달렸던 수인선, 양파꽃이 하얗게 피어나는 누란과 돈황, 하얀 설산의 중앙아시아, 백제의 구드래 나루, 여우 사냥이 이루어지는 시베리아의 눈길을 넘나들고 있다.

윤후명의 근작 소설 『가장 멀리 있는 나』 또한 여로형 소설이며, 정체성 탐색을 주제로 형상화하고 있는 작품이다. 이 작품은 일곱편의 단편소설로 이루어진 연작소설로, 그 여로는 그간의 작품들의 여로보다 더욱 확장된 지평을 갖는다. 주인공인 '나'는 그 여로를 '몽유의 길'로 설정하면서 스리랑카의 누와라엘리야의 산굽이로부터 마늘싹이 파릇파릇 돋아 있는 남해 보리암, 중국의 백두산 밑 백하(白河) 마을, 카리브해의 멕시코 바닷가, 러시아의 남쪽 카스피해 북서쪽의 칼미크 공화국에 다다른다.

그런데 이 작품이 그간의 다른 작품들과 변별되는 것은 작품 속에 현실에 대한 인식이 구체화되고 있기 때문이다. 그의 데뷔작 「돈황의 사랑」부터 근작 소설인 「아으 다롱디리」에까지 이르는 윤후명의 소설 속에서 현실은 구체적 형상을 갖지 못하고 환상 혹은 몽유(夢遊)적인 양상으로 드러나곤 했다. 하지만 이 작품의 주인공은 각각의 단편 소설들에서 그 여로만 달리할 뿐 자아의 정체성 탐색에 몰입하고 있으며, 그것은 다름 아닌 현실적인 아버지 찾기를 전제로 한다.

아들들에게 아버지는 제도이자 이념이고 상징권력으로 작용하면서 아들들의 정체성 형성에 기여한다. 그러므로 이 작품에서 진정한 아버지 찾기는 자아의 정체성 형성의 전제 조건인 셈이다.

그동안 윤후명의 소설에서는 현실적 아버지가 거의 등장하지 않았거나 현실의 제도와 이념으로 기능하지 못했다. 그러나 이 작품에서 주인공은 그동안 행적을 알 수 없었던 아버지가 6·25직전 전사하여 알 수 없는 곳에 가매장되었음을 알게 된다. 아버지가 우리 현대사의 질곡 가운데 실재하였음을 확인하면서 주인공은 분단의 민족사를 새롭게 인식한다.

이와 같은 윤후명 소설의 변화는 작가 스스로 몰입해 있었던 내면에서 벗어나 현실과 적절하게 거리조절할 수 있게 된 데서 비롯한다.

제목이 암시하는 것처럼 '멀리 있는 나'에 대한 인식은 결국 작가가 현실을 있는 그대로 바라볼 수 있게 되었음을 함의하는 것이 된다. 따라서 윤후명의 『가장 멀리 있는 나』는 그간 작가가 보여준 바와 동일한 정체성 탐색의 여로형 소설이면서, 한편으로는 현실에 대한 새로운 지향이 제시됨으로써 윤후명 소설 세계의 섬세한 전이를 추론하게 하는 작품이라고 할 수 있을 것이다.

해체와 역설의 시학

인쇄일 초판 1쇄 2003년 09월 15일
        2쇄 2015년 12월 23일
발행일 초판 1쇄 2005년 09월 30일
        2쇄 2015년 12월 25일

지은이 최 현 주
발행인 정 진 이
발행처 새미
등록일 1994.03.10, 제17-271호

서울시 강동구 성내동 447-11 현영빌딩 2층
Tel : 442-4623~4 Fax : 442-4625
www. kookhak.co.kr
E- mail : kookhak2001@hanmail.net
ISBN 978-89-5628-083-7 93800
가 격 16,000원